Thomas Herzberg
Rache auf Friesisch

AF202253

Das Buch

Auf Nordstrand wird ein Urgestein der Halbinsel und allseits bekannter Mann erschossen. Verdächtige gibt es reichlich, denn Hajo Petersen hat zu Lebzeiten nichts unversucht gelassen, sich Feinde zu machen. Da kommt Verstärkung für die Husumer Mordkommission in Form von Kommissaranwärterin Michi Greve gerade recht. Allerdings sorgen die Altlasten der jungen Frau für zusätzliche Probleme. Als dann ein zweiter Mord geschieht, spitzt sich die Situation zu. Hinter dem Rücken ihrer erfahrenen Kollegen setzt Michi alles auf eine Karte. Doch das gilt auch für ihren unbekannten Widersacher, denn der hat nur eins im Sinn: Rache auf Friesisch …

Der Autor

Thomas Herzberg ist Buchautor und bekennender Tierfreund/-schützer. Er lebt, wo seine Bücher spielen und wo andere Urlaub machen: zwischen den Meeren, wo Wind und Wetter einen fast täglich auf die Probe stellen, die meisten Leute nicht besonders redselig sind und wo das Land so flach ist, dass man morgens schon sehen kann, wer mittags zu Besuch kommt. Thomas Herzberg beschreibt seine Bücher gern als leichte Kost. Wer probieren möchte, ist herzlich eingeladen …

THOMAS HERZBERG

TATORT WATERKANT
RACHE
AUF FRIESISCH

KÜSTENKRIMI

Deutsche Erstveröffentlichung bei
Edition M, Amazon Media EU S.à r.l.
38, avenue John F. Kennedy, L-1855 Luxembourg
September 2024
Copyright © der deutschsprachigen Ausgabe 2024
By Thomas Herzberg

Umschlaggestaltung: semper smile, München, www.sempersmile.de
Umschlagmotiv: © MarcStephan / Getty Images; © PhuchayHYBRID /
Shutterstock; © Bernulius / Shutterstock
Lektorat: Rainer Schöttle
Korrektorat: Manuela Tiller / DRSVS
Gedruckt durch:
Amazon Distribution GmbH, Amazonstraße 1, 04347 Leipzig /
CPI Druckdienstleistungen GmbH, Ferdinand-Jühlke-Straße 7, 99095
Erfurt /
CPI books GmbH, Birkstraße 10, 25917 Leck /
Libri Plureos GmbH, Friedensallee 273, 22763 Hamburg

ISBN: 978-2-49671-682-5
e-ISBN: 978-2-49671-681-8

www.edition-m-verlag.de

1

Am späten Sonntagabend schreckte Hajo Petersen in seinem Fernsehsessel hoch. Offenbar war er mitten im Krimi eingenickt und durfte nun mitansehen, wie der Kommissar im Begriff war, den schrecklichen Mord an einer Schülerin aufzuklären. In üblicher Manier: mit Zigarettenstummel im Mundwinkel, sonorer Stimme und einer Treffsicherheit, als könne er nebenbei hellsehen. Den Täter, einen Mitschüler des Opfers, hatte Petersen von Anfang an in Verdacht gehabt. Er war also wenig überrascht, als der pickelübersäte Knilch den Mord unter Tränen gestand und Besserung gelobte. Dem toten Mädchen würde das nicht mehr helfen.

Hajo Petersen reckte sich, unter ihm knarrte sein elektrischer Fernsehsessel. Sein Mund glich einer Wüste, so trocken fühlte er sich an; vermutlich hatte er schnarchend ganze Wälder abgeholzt. Deshalb fingerte er jetzt am Bedienteil und brachte den Sessel in die Ausgangsposition. Das Teil hatte sogar eine Aufstehhilfe. Aber die brauchte Petersen, trotz der fast achtzig Lenze, die er auf dem Buckel hatte, glücklicherweise noch nicht, um den Weg in die Senkrechte zu finden.

In der Küche zog er die Kühlschranktür auf und nahm eine Milchtüte heraus. Er drehte den Plastikverschluss ab, setzte die

Öffnung an die Lippen und nahm einen großen Schluck. Was er nun im Mund hatte, kam ihm wie Joghurt vor, darum spuckte er den Rest zurück in die Tüte und schüttelte sich angewidert.

»Pfui Deibel! Vielleicht hätte ich vorher dran riechen sollen«, knurrte er an sich selbst gerichtet.

Sein Dackel Benno – ebenfalls schon länger im Rentenalter – rekelte sich auf seiner Decke, die unter dem Küchentisch verteilt lag.

»Ich weiß gar nicht mehr, wann wir die gekauft haben, Benno.« Petersen überlegte angestrengt, doch diese Gedanken sorgten nur für ungezügelte Wut, mit der er es in letzter Zeit beinahe ständig zu tun bekam. Seine Frau Brigitte war vor einigen Jahren gestorben. *Plötzlich und unerwartet*, hatte es in der Traueranzeige geheißen, obwohl das in vielerlei Hinsicht nicht zutraf. Aber darüber wollte er in diesem Moment nicht mal nachdenken, weil das nur neue Wut in ihm schürte. Fakt war: Seit dem ach so plötzlichen und unerwarteten Tod seiner Frau war das Haus viel zu leer und eiskalt. Ganz egal, wie hoch er die Heizung auch drehte.

Benno machte sich bemerkbar, gähnte herzhaft und schaffte es verhältnismäßig flott auf die Pfoten. Schwanzwedelnd näherte er sich seinem Herrchen, vermutlich in der Hoffnung auf ein Leckerli oder wenigstens eine Streicheleinheit.

Hajo Petersen bückte sich hinunter, stöhnte schmerzerfüllt und besann sich notgedrungen eines Besseren. Er wollte schon wieder zur Kühlschranktür greifen, da klingelte das Telefon.

»Nach elf … wer kann das denn sein?« Er sah seinen Dackel fragend an, doch der wusste anscheinend auch keine Antwort.

Das schnurlose Mobilteil lag direkt neben dem Kühlschrank und machte weiterhin mit einer selten dämlichen Melodie auf sich aufmerksam. Petersen hatte einige Male versucht, den Klingelton zu ändern, es aber nicht geschafft. Bei solchen

Herausforderungen fühlte er sich wie ein Dinosaurier, also eine Spezies, die zum Aussterben verurteilt war.

»Anonym«, informierte er Benno hustend nach einem Blick auf das winzige Display. Trotzdem nahm er das Gespräch an und röchelte ein unfreundliches »Petersen!« in den Hörer.

»Was glaubst du eigentlich, wer du bist?«, zischte eine Stimme, die er zunächst einordnen musste. Und die war auch längst noch nicht fertig mit ihm: »Ralf ist gerade weg und hat mir alles erzählt. Wenn du nicht ganz schnell zur Vernunft kommst, lässt du uns keine Wahl ...«

Hajo Petersen, der in seinem Leben schon ganz andere Auseinandersetzungen hinter sich hatte, reagierte gelassen: »Mir ist egal, was ihr zwei Hühnerdiebe davon haltet. Die Sache ist beschlossen und wird deinetwegen bestimmt nicht mehr geändert.«

»Dann hab ich mir also jahrelang umsonst den Arsch für dich aufgerissen?«

Petersen lachte höhnisch. »Den Arsch aufgerissen?«, wiederholte er und hustete abermals. »Du machst doch selbst schon lange keinen Finger mehr krumm. Ansonsten fährst du deine teuren Autos spazieren und machst dich an jeden Rock heran. Soll ich meiner Tochter mal verraten, wo du dich wirklich rumtreibst, wenn du angeblich auf Messen unterwegs bist?«

»Du weißt davon?«, kam es kleinlaut zurück.

»Davon ... und noch viel mehr!«, raunte Hajo Petersen. »Und falls du morgen nicht als armer Schlucker aufstehen willst, dann legst du jetzt lieber auf, lässt mich in Ruhe und trittst mir so schnell nicht wieder unter die Augen. Hast du kapiert oder muss ich es dir etwa näher erklären?«

»Was ist mit den neuen Verträgen für die Mietshäuser? Mein Anwalt meint, wir könnten einige Punkte zu deinen Gunsten ändern, nur ... die neue Miete geht gar nicht, Hajo. Wenn du uns keine Luft zum Atmen lässt, geht deine eigene Familie vor die Hunde. Willst du das ernsthaft?«

»Ihr habt euch jahrelang auf meine Kosten 'ne goldene Nase verdient. Und ich bin vielleicht alt, aber noch lange nicht blöd. Außerdem …« Hajo Petersen verstummte mitten im Satz. Das hatte nichts mit seinem Gesprächspartner, sondern mit einem Geräusch zu tun, das ihm bestens vertraut war. Es stammte von der Hintertür seines Bungalows, die – wenn es zog – oftmals krachend ins Schloss fiel. In etwa so, wie sie es ein paar Sekunden zuvor getan hatte.

»Bist du das?«, fragte er ins Telefon.

»Was? Wovon redest du da, verdammt?«

»Hier ist jemand im Haus. Rufst du vom Handy an? Wenn du mich verarschen willst, kannst du das mit den neuen Mietverträgen ganz vergessen und …«

»Ich bin zu Hause, Hajo! Deine Tochter ist mit ihrem Gesangsverein unterwegs und ich hab dich angerufen, damit du endlich zur Vernunft kommst. Vielleicht denkst du mal daran, wie es weitergehen soll. Falls du uns wirklich den Hahn zudrehst, dann …«

»Halt mal 'nen Moment die Klappe!«, fuhr Petersen dazwischen. Er hatte wieder etwas gehört, konnte den Ursprung jedoch nur ansatzweise nachvollziehen, denn sein linkes und wesentlich besser hörendes Ohr hatte bis eben das Telefon in Anspruch genommen. Inzwischen lag das Gerät auf dem Küchentresen. Sein Schwiegersohn redete und redete, doch dieses Kauderwelsch interessierte Petersen nicht.

Benno knurrte leise und sah in Richtung Flur. Der Dackel war schwerhöriger als sein Herrchen und fast blind. Nur seine Nase arbeitete wie eh und je, zumindest, wenn sie sich auf die Suche nach einem versteckten Leckerli machte.

»Ist da jemand?«, brüllte Hajo Petersen in den dunklen Flur. Er dachte an einen Zeitungsartikel von letzter oder vorletzter Woche. Darin hieß es, dass Einbrecherbanden mittlerweile selbst vor Nordstrand nicht haltmachten. So war es zuletzt in Osterdeich und Odenbüll angeblich gleich zu einem halben Dutzend Einbrüchen gekommen, hauptsächlich in unbewohnte Ferienhäuser. Aber wer wusste denn, ob diese Scheißkerle sich von einem laufenden Fernseher und einem beinahe Achtzigjährigen von irgendwas abhalten ließen?

»Wer ist denn da?«, fragte Petersen, als er erneut ein Geräusch vernahm. Plötzlich sah er einen Schatten an der Wand, dessen Ausmaße stetig wuchsen. Er schnappte nach dem Mobilteil, aus dem immer noch die Stimme seines Schwiegersohns plärrte, und fauchte hinein: »Wir reden morgen! Sag deiner Frau und meiner Tochter, sie soll sich überlegen, wie's mit den Mietshäusern weitergeht!« Damit war das Gespräch beendet.

Inzwischen kläffte Benno wie von Sinnen. Wobei der Dackel keinerlei Anstalten machte, sich dem Eindringling zu stellen, sondern vielmehr zitternd an der Seite seines Herrchens klebte.

Der Schatten nahm Gestalt an und baute sich in der offenen Küchentür auf. Der Umstand, dass dieser Schatten eine Schrotflinte in den Händen hielt, machte die Sache noch um einiges brisanter.

Und so absurd es auch war, fing Petersen zu lachen an. »Du hier?«

»Wen hast du denn erwartet?«

Hajo Petersen musste tatsächlich nachdenken. Am Ende dieser Gedanken hatte er zwar keine richtige Antwort, aber wenigstens einen Kommentar für seinen ungebetenen Besucher parat: »Ich hätte wissen sollen, dass du keinen Schuss Pulver wert bist.«

»Ganz im Gegensatz zu dir«, kam es eiskalt zurück. Der fleischgewordene Schatten setzte ein paar Schritte nach vorn, danach blickte Petersen direkt in die Mündung der Schrotflinte. Das Letzte, was er in seinem Leben wahrnahm, war ein Zeigefinger, der sich um den Abzug krümmte …

2

Am folgenden Montagmorgen hetzte Michaela Greve über die Flure der Husumer Polizeidirektion, als sei der Teufel hinter ihr her. Sie war spät dran. Vor allem, weil sie überzeugt war, Husum auch ohne Stadtplan oder Navigation bezwingen zu können. Doch die *graue Stadt am Meer* – wie Theodor Storm sie einst nannte – hatte ihre Tücken ... und Baustellen.

Deshalb stand sie fünf Minuten zu spät vor einer Tür im hintersten Winkel des Gebäudekomplexes und betrachtete zunächst ein Plastikschild, das verriet, wer in diesem Büro zu Hause war: *Werner Kruse, Erster Kriminalhauptkommissar* und *Ulf Weingärtner, Kriminaloberkommissar.*

»Gleich am ersten Tag zu spät«, flüsterte sie verbittert, bevor sie die Hand hob und klopfte. Eine Reaktion blieb aus, also schob sie die Tür langsam auf. Dahinter fand sie drei verwaiste Schreibtische vor. Der zu ihrer Linken gehörte vermutlich Kruse, denn sämtliche Büroutensilien stammten ihrem Aussehen nach aus dem vorigen Jahrhundert. Dazu ein Computer-Monitor, der von hier direkt ins Deutsche Museum wandern würde. Auf einem zweiten Schreibtisch rechter Hand thronte ein moderner Flachbildschirm von geradezu gigantischen Ausmaßen über allem. Auf dessen Rückseite klebte die

HSV-Raute und machte klar, dass sich Weingärtner offenbar für Fußball und einen speziellen Verein interessierte. Ein dritter Schreibtisch, der noch weiter rechts vor dem Fenster stand, sah aus, als hätte seit Jahrzehnten niemand mehr daran gesessen.

»Ich hoffe nur, Sie sind hier nicht festgewachsen, junge Frau«, erklang es hinter ihr in tiefem Bass.

Michaela schreckte zusammen, wirbelte herum und stand einem hochgewachsenen Mann von Anfang sechzig gegenüber, der eine ordentliche Wampe und eine Halbglatze spazieren führte. »Sorry, hab gar nicht mitbekommen, dass Sie …«

»Vielleicht machen Sie mal Platz«, erbat der Mann, der in seinen Händen einen Kaffeebecher und einen Frühstücksteller hielt. »Frau Greve?«, fragte er auf dem Weg zu seinem Schreibtisch. »Ich hatte Sie pünktlich erwartet und bin nur kurz rüber in die Kantine.«

»Sie haben recht, ich bin leider ein paar Minuten zu spät«, gestand sie mit gequälter Stimme. »Auf dem Weg hierher musste ich …«

Kruse fuhr dröhnend dazwischen: »Pünktlichkeit ist eine Frage des gegenseitigen Respekts! Beim nächsten Mal einfach früher losfahren, das funktioniert in der Regel ganz gut.«

Michaela verschluckte jeden Kommentar und mühte sich um ein Lächeln. »Herr Kruse?«

Der nickte und sah sie unverwandt an. »Wie kommt eine junge Frau wie Sie eigentlich auf die Idee, sich in die Pampa versetzen zu lassen? Sollten Sie sich Ihre Hörner nicht lieber in Hamburg, Berlin oder von mir aus auch München abstoßen?«

Michaela zeigte auf einen Stuhl, der vor Kruses Schreibtisch stand. »Darf ich?«

Da ihr zukünftiger Chef nicht reagierte und stattdessen voll mit seinem Mettbrötchen beschäftigt war, ließ sie sich nieder, schickte ein Räuspern vorweg und fuhr ein wenig zu aufgedreht fort: »Ich bin hier oben aufgewachsen. In Süderlügum, praktisch direkt an der dänischen Grenze. Wenn Sie so wollen, bin ich ein reinrassiges Landei.«

Kruse war noch am Kauen, sah aber wenigstens auf und brachte mit viel Fantasie einen aufmunternden Blick zustande. Eine geschickt getarnte Aufforderung zum Fortfahren.

»Nach dem Abi bin ich mit meinem damaligen Freund nach Osnabrück umgezogen. Er hat studiert und ich bin zur Polizei – wollte ich schon immer.«

»Wieso?«, fragte Kruse, nachdem er seinen Mund zur Hälfte geleert hatte.

»Mein Großvater war auch Polizist«, erwiderte Michaela wahrheitsgemäß. »Er war fast drei Jahrzehnte bei der Kripo und später in Kiel als …«

»Ich weiß«, unterbrach Kruse schmatzend. Als er einen Schluck Kaffee intus hatte, redete er weiter: »Ich hab bei der Kripo unter Ihrem Großvater angefangen. Was meinen Sie wohl, wieso ich Ihr Versetzungsgesuch nach Husum ohne vorheriges Gespräch abgezeichnet habe? Bestimmt nicht aus purer Nächstenliebe«, ergänzte er lachend.

»Und ich hatte mich schon gewundert«, gestand Michaela bewusst schüchtern und versuchte es abermals mit einem Lächeln. Natürlich wusste sie von der gemeinsamen Vergangenheit, wollte diesen Trumpf jedoch nicht zu früh ausspielen. »Wir haben vorher nicht mal telefoniert oder …«

»Eben!« Kruse wischte sich nacheinander Mund und Finger ab, die zerknüllte Serviette landete im Papierkorb neben seinem Schreibtisch. »Als Ihr Großvater vor … wie lange ist das eigentlich her?«

»Er ist vor zwölf Jahren gestorben«, antwortete Michaela leise. »Mir hat man erzählt, er wäre aufs Fahrrad gestiegen, umgekippt und schon tot gewesen, bevor er richtig am Boden lag. Hinterkammerinfarkt.«

Kruse nickte zufrieden, worauf auch immer das in diesem Zusammenhang schließen ließ. »Ich erinnere mich an ein junges Mädchen mit blonden Zöpfen, das auf seiner Beerdigung Rotz und Wasser geheult hat. Waren Sie das?«

»Ich war damals dreizehn und mein Großvater ... na ja ... er hat mir eben sehr viel bedeutet.« Michaela spürte Tränen in sich aufsteigen, doch nach so vielen Jahren der Trauer hatte sie gelernt, die im Zaum zu halten. »Sie können mich übrigens gern duzen. Nennen Sie mich Michaela oder besser Michi ... ist einfacher.«

Kruse nickte erneut. »Und was führt die liebe Michi tatsächlich zurück in ihre Heimat?«

Sie fühlte sich ertappt. Auf die erste Frage dieser Art hatte sie noch mit einer glatten Lüge geantwortet, die Kruse ihr offenbar nicht abkaufte. Fest stand, vor einem alten Fuchs wie ihm müsste sie sich in Acht nehmen. Dennoch war sie nicht bereit, in diesem Stadium mit der Wahrheit herauszurücken, deshalb probierte sie es mit einem Ausweichmanöver. »Es wäre nett, wenn wir über was anderes reden könnten. Wie wäre es mit ...?«

»Ist schon okay«, wiegelte Kruse ab und schenkte ihr zum ersten Mal ein aufrichtiges Lächeln. Er deutete auf seinen leeren Teller. »Auch Hunger?«

»Ich hab gut gefrühstückt. Müsli ... wie jeden Morgen.«

Kruse fiel gegen die Lehne seines Drehstuhls, verschränkte die Hände vor seinem beachtenswerten Bauch und grunzte zufrieden. Seine nächste Frage hätte Michi mühelos vorhersagen können: »Und wieso willst du ausgerechnet zur Mordkommission?«

»Das Interesse daran hab ich wohl von meinem Großvater geerbt. Wenn Sie unter ihm gearbeitet haben, wissen Sie ja, wie er war.«

»Ein richtiger Bluthund und verdammt guter Bulle«, murmelte Kruse nach kurzem Überlegen. »Als Vorgesetzter streng, aber in letzter Instanz auch gerecht – meistens.«

Michi konnte sich ein Grinsen nicht verkneifen. »Ich glaube, der größte Teil seiner Untergebenen hat ihn für ein ziemliches Arschloch gehalten.« Sie schüttelte plötzlich heftig den Kopf und lachte dazu. »Das stammt nicht von mir, sondern von ihm selbst.«

»Und ich wollte es nicht so direkt sagen«, ergänzte Kruse grinsend. »Dein Großvater und ich haben uns viele Jahre ganz gut verstanden. Nur unmittelbar vor meiner Versetzung hätten wir uns fast geprügelt. Da ging es um einen Fall – ich weiß gar nicht mehr genau, um welchen. Doch! Da ging es um den Doppelmord an ...«

»... einem Ehepaar aus Friedrichstadt«, vervollständigte Michi, weil ihr zukünftiger Chef noch über Details grübelte.

Kruse hob erstaunt die Brauen. »Hat er dir davon erzählt? Einem jungen Mädchen, das ...«

»Ich hab alle seine Aufzeichnungen studiert«, unterbrach Michi. »Einiges hätte er bestimmt nicht mit nach Hause nehmen dürfen, aber ...«

»... wo kein Kläger, da kein Richter.« Kruse war anzusehen, dass seine Neugier geweckt war. »Hat er noch mehr über mich geschrieben?«

»Dass Sie damals im Recht waren und er gleich auf Sie hätte hören sollen. Aber am Ende wurde der Mörder ja trotzdem gefasst ... ist übrigens letztes Jahr in Haft verstorben.«

»Du bist gut informiert. Ganz der fleißige Opa, würde ich sagen.«

Michi wollte schon reagieren, doch hinter ihr flog die Tür auf.

»Womit wir bei deinem zweiten Kollegen wären«, erklärte Kruse in ketzerischem Ton. »Heute 'ne Viertelstunde zu spät.

14

Bin gespannt, ob er auch nur 'ne billige Ausrede auf der Pfanne hat.«

Ulf Weingärtner setzte sich wortlos in Bewegung, lud zunächst ein paar Dinge auf seinem Schreibtisch ab und schüttelte Michi dann übertrieben lange die Hand. »Herzlich willkommen, Frau Greve.« Jetzt bekam auch sein Chef einen Blick ab, aus dem sich zuvor jegliche Freundlichkeit verabschiedet hatte. Die Erklärung richtete sich allerdings an Michi: »Während Herr Kruse in der Kantine stand und auf sein Frühstück gewartet hat, habe ich die Arbeit der Mordkommission erledigt.« Sein Tonfall veränderte sich, klang von nun an halbwegs versöhnlich. »Wir haben einen neuen Fall, Werner … auf Nordstrand.«

Michi konnte es gar nicht glauben, wich instinktiv sogar ein Stück vor ihrem Kollegen zurück.

Der sah sie verschmitzt an. »Ja, sieht so aus, als hätte da jemand auf Ihren ersten Tag bei der Mordkommission gewartet. Oder es ist einfach nur Zufall.«

Kruse meldete sich zu Wort: »Wen hat's denn erwischt?«

Vor seiner Antwort fischte Weingärtner einen Zettel aus der Tasche und las den Namen ab. »Einen gewissen Hans-Joachim Petersen. Der Mann war früher Bürgermeister auf Nordstrand, jeder kennt ihn anscheinend und …«

»Der alte Hajo? Ist das dein Ernst?«, platzte Kruse dazwischen.

»War mir klar, dass du ihn kennst«, reagierte Weingärtner irgendwo zwischen genervt und wütend. Seine nächsten Worte galten erneut exklusiv Michi: »Ihr neuer Chef kennt so gut wie jeden im Umkreis von fünfzig Kilometern und hat auch mit jedem irgendeine Geschichte aus der Vergangenheit.« Jetzt wandte sich Weingärtner wieder an Kruse. »Sag schon! Hast du mit Hajo Petersen gekegelt, habt ihr zusammen Skat gespielt oder müssen wir uns gleich eine von deinen langweiligen Anekdoten aus dem Schützenverein anhören?«

»Ich konnte den Kerl nie leiden«, erwiderte Kruse nach einer ausgedehnten Pause. »Der liebe Hajo hat mehr als jeder andere vom touristischen Boom hier oben profitiert. Hat seine früheren Ackerflächen für Millionen verkauft und in den letzten zwanzig Jahren nur noch sein Umfeld terrorisiert.«

»Und wahrscheinlich hat jemand deinem Hajo genau deshalb den kompletten Schädel weggepustet«, hakte Weingärtner in monotonem Singsang ein. »Einer unserer Streifenkollegen meint, das sähe eindeutig nach 'ner ordentlichen Schrotladung aus.«

Michi wartete geduldig auf zusätzliche Informationen, doch das schien es vorerst gewesen zu sein. Infolgedessen traute sie sich nachzufragen: »Und wie geht es nun weiter?«

»Jetzt hängst du dich brav an deinen neuen Kollegen und passt schön auf, dass er alles richtig macht«, antwortete Kruse trocken.

»Du?«, wunderte sich Weingärtner laut und runzelte die Stirn.

Weil sein Chef nicht reagierte, musste Michi die Erklärung übernehmen: »Herr Kruse kannte meinen Großvater. Aber keine Angst, die beiden haben nicht zusammen gekegelt – also, soweit ich weiß.«

In Weingärtners Gesicht machte sich eine Erkenntnis breit. »Deshalb ging das mit Ihrer Versetzung hierher alles so holterdiepolter.«

Michi lächelte schüchtern. »Ja … kann schon sein.«

3

»Ich war ewig nicht auf Nordstrand, als Kind zwei- oder drei-mal«, fing Michi ein paar Minuten später im Auto an. Sie saß auf dem Beifahrersitz neben ihrem Kollegen Weingärtner. Der zeigte sich zunächst unerfreulich schweigsam. »Ist das immer noch 'ne Halbinsel oder braucht man mittlerweile 'ne Fähre, um rüberzukommen?«

Weingärtner beließ es bei einem Kopfschütteln und schwieg beharrlich.

Was den Grund dafür betraf, hatte Michi inzwischen eine Vermutung und äußerte die vorsichtig: »Hatten Sie für meinen Posten jemand anderes im Auge?«

»Wir können uns auch gern duzen«, bot Weingärtner nach einem schweren Atemzug an und hielt Michi seine Rechte entgegen. »Ich bin Ulf … Oberkommissar und Kruses Lieblingssklave.«

»Wie ist er denn so?«

»Als Mensch oder als Chef?«

Michi überlegte kurz. »Beides.«

»Menschlich betrachtet ist er eigentlich ganz okay. Wenn man nach Feierabend ein Bierchen mit ihm trinkt, könnte man glatt denken, er wäre 'n netter Kerl.«

»Aber?«

Ulf, der gerade an einer Kreuzung in Husum halten musste, schaute zur Seite. »Für deinen Posten hatte ich einen Freund vorgeschlagen, den ich schon seit der Polizeischule kenne. Dessen Unterlagen hat sich Kruse nicht mal richtig angesehen.«

In Michis Kopf drehte sich alles. Derartige Themensprünge mochte sie nicht, daher knüpfte sie erneut an ihrem Ende an: »Und was ist Herr Kruse nun allgemein für ein Chef? Wovor muss man sich bei ihm in Acht nehmen und welche Fehler macht man besser nicht?«

Ulf schickte ein Stöhnen vorweg. »Da er dich einfach so duzt, konnte er deinen Großvater anscheinend gut leiden. Und ansonsten solltest du dir klugerweise selbst ein Bild von ihm machen.« Diesen Vorschlag relativierte er umgehend. »Wenn er dir was aufträgt, lässt du alles andere am besten sofort stehen und liegen und erledigst seine Anfrage möglichst pronto. Er hat nämlich kein Verständnis dafür, sich irgendwo hinten anstellen zu müssen. Und sollte dir mal ein Fehler unterlaufen, gestehst du ihn lieber gleich, weil er dir ohnehin auf die Schliche kommt.«

»Dann ist er auf jeden Fall ein guter Bulle«, rekapitulierte Michi.

»Kann man so sagen, ja.«

»Und wieso fahren wir allein zum Tatort? Muss er sich den als Chef nicht mit eigenen Augen ansehen?«

Ulf starrte zwar weiter auf die Straße, grinste jedoch. »Ich wette, Kruse hängt schon am Telefon, seitdem wir die Tür hinter uns geschlossen haben. Wie gesagt: Er kennt hier oben so gut wie jeden und weiß ganz genau, wen er fragen muss, um schnell Antworten zu bekommen. Außerdem ist Außendienst nicht so seine Sache.«

* * *

18

In der Tat hing Kruse bereits am Telefon, aber keineswegs wie gedacht. Seine beiden Mitstreiter waren eben erst verschwunden, da klingelte es. Die Vorwahl kannte der Hauptkommissar nicht, deshalb meldete er sich halbwegs förmlich: »Kruse, Kripo Husum.«

»Lohmann, Kripo Osnabrück … ich leite den Laden hier.«

»Glückwunsch«, knurrte Kruse. »Was kann ich denn für Sie tun, Kollege?«

»Ist Frau Greve schon bei Ihnen eingetroffen?«

»Und längst unterwegs zu ihrem ersten Einsatzort.« Was polizeiinterne Dinge anging, so hatte Kruse seit jeher einen siebten Sinn, der sich in diesem Moment schreiend zu Wort meldete. Ihm war bewusst, dass dieser Lohmann nicht anrief, um der neuen Kollegin letzte Grüße und ein Schulterklopfen mit auf den Weg zu geben.

Und genauso kam es. »Ich fürchte, da haben Sie sich einen faulen Apfel eingehandelt«, fuhr Lohmann übertrieben akzentuiert fort. »Frau Greve hat an ihrem letzten Tag hier bei uns einem Kollegen einen Faustschlag verpasst. Das endete mit einer gebrochenen Nase und zwei wackelnden Zähnen.«

»Das Mädel scheint ja 'ne ordentliche Keule zu schwingen«, lobte Kruse lachend, wurde danach aber todernst. »Worum ging es denn bei der Auseinandersetzung?«

»Ich kann bloß das wiedergeben, was das Opfer ausgesagt hat.«

»Wen hat's erwischt?«

»Hauptkommissar Fischer, Frau Greves Vorgesetzten und …«

Kruse fuhr ungeniert dazwischen: »Norbert Fischer, der früher in Kiel war?«

Diese Nachfrage sorgte am anderen Ende der Leitung für kurzes Schweigen. Die Antwort erfolgte nicht mehr ganz so selbstsicher wie zuvor: »Ja, soweit ich weiß, war der Kollege früher in Kiel stationiert und hat dort einen hervorragenden Job gemacht.«

An diesen Kollegen und dessen *hervorragenden Job* erinnerte sich Kruse nur zu gut. Aber er wollte seinem Gesprächspartner keinerlei Vorlage liefern und beschränkte sich daher auf eine einfache Frage: »Planen Sie was Disziplinarisches gegen Frau Greve?«

»Selbstverständlich! Wo kämen wir denn hin, wenn eine Kommissaranwärterin ihren Vorgesetzten mit der Faust ins Gesicht schlägt, und das hätte keine Konsequenzen?«

Kruse hatte nicht vor, die Frage zu beantworten, vermutlich war sie ohnehin nur rhetorischer Natur. Auf der anderen Seite wurde es Zeit für eine klare Stellungnahme: »Seit heute bin ich Frau Greves Vorgesetzter und insofern läuft alles über mich. Wäre also nett, wenn Sie mich auf dem Laufenden hielten.«

»Worauf Sie sich verlassen können, Kollege!«

Nachdem das Gespräch beendet war, saß Kruse eine Weile regungslos hinter seinem Schreibtisch. Seine Gedanken wanderten in die Vergangenheit. Er dachte an seinen ersten Tag bei der Kripo. Insbesondere an einen Hauptkommissar von seinerzeit Mitte vierzig, der ihn nicht gerade mit offenen Armen empfangen hatte. *Bei ihm müsse man sich seine Sporen erst mal verdienen*, hatte Hubert Greve gleich zur Begrüßung verlauten lassen.

Für diese *ersten Sporen* hatte Kruse ein paar Monate gebraucht und war im Nachhinein froh und dankbar für die harte Schule.

Schon komisch, ging es ihm jetzt durch den Kopf. Jahrzehnte später bekam er es plötzlich mit der Enkeltochter seines damaligen Chefs zu tun. Und die stand zweifellos vor großen Problemen. Ohne fremde Hilfe müsste sich Michaela Greve garantiert schon sehr bald nach einem neuen Job umsehen …

4

Die Ermittler befanden sich bereits auf Nordstrand und kamen ihrem Ziel immer näher. Der gesamten Halbinsel war anzusehen, dass man hier der Nordsee jeden Quadratmeter Land mühsam abgerungen hatte. Meterhohe Deiche rundherum verdeutlichten, dass man nicht willens war, das Gelände kampflos wieder herzugeben.

Da Ulf bis eben mit einem Kieler Kollegen telefoniert hatte, ging es erst jetzt zwischen Michi und ihm weiter. Bevor er mit seinem Bericht über den gemeinsamen Chef fortfuhr, senkte er die Stimme. »Was ich dir jetzt erzähle, behältst du bitte möglichst für dich. Hast du verstanden?«

Michi nickte.

»Ich kenne erfreulicherweise keine Details, kann mir aber meinen Teil zusammenreimen, weil Kruse keine Toilette auslässt und meistens Ewigkeiten braucht, bis er aus der Keramikabteilung wieder auftaucht.«

»Dann hat er es vermutlich mit der Prostata«, schob Michi ein. Derartige Probleme kannte sie von ihrem Vater. Der musste nachts in der Regel dreimal raus, war nie ausgeschlafen und deshalb viel zu häufig schlecht gelaunt.

»Wäre bei einem Mann in seinem Alter ja nicht ungewöhnlich, oder?« Ulf schüttelte den Kopf und gab sich gleich selbst die Antwort: »Manchmal muss ich mitten während der Fahrt anhalten, Kruse schlägt sich ins Unterholz und kommt schweißüberströmt zurück. Sag mir, dass das normal ist, und ich tue so, als hätte ich nie drüber geredet.«

»War er mit dem Problem mal beim Arzt?«

»Keine Ahnung«, entrüstete sich Ulf. »Wir reden nur selten über privaten Kram, und wenn, dann bestimmt nicht über seine krankhaft vergrößerte ...«

»Ist schon gut«, unterbrach Michi abermals, um sich und ihrem Kollegen den Rest zu ersparen. »Vielleicht unterhalten wir uns lieber über den neuen Fall«, schlug sie vor.

»Besonders viel weiß ich noch nicht. Der Notruf ging heute Morgen um kurz nach sieben ein und stammte von der Mitarbeiterin eines mobilen Pflegedienstes. Die Frau stellt Petersen jeden Morgen die Tabletten zusammen und passt auf, dass er sie auch nimmt. Ich hab vorhin mit einem Streifenkollegen vor Ort telefoniert und der meinte, da hätte jemand ein Blutbad in der Küche angerichtet. Das ist erst mal alles.«

»Wie gehen wir in solchen Fällen vor?«

»Zuerst mal lassen wir der KTU und unserem Erkennungsdienst den Vortritt. Beim Sichern der Spuren stehen wir möglichst wenig im Weg herum und versuchen, uns nebenbei einen ersten Eindruck zu verschaffen. Die anschließende Suche nach dem Täter oder den Tätern ist eigentlich gar nicht so spannend.«

»Aha! Wie meinst du das?«

»Ganz einfach: Tötungsdelikte passieren zumeist im Affekt und sind selten von langer Hand geplant. Wir dürfen also immer auf Hinweise hoffen, die schnell zur Aufklärung führen.

Oftmals kommt es sogar vor, dass die Täter von Gewissensbissen geplagt werden und sich freiwillig stellen.«

»Und wenn nicht?«

Ulf ließ sich mit seiner Antwort Zeit. »Es gibt natürlich auch Fälle, bei denen es uns jemand nicht ganz so leicht macht. Wir hatten neulich einen Typen, der ein narrensicheres Alibi für den Tatzeitpunkt vorweisen konnte. Dabei handelte es sich um den Mord an seiner Ehefrau, während er in einem Konzert saß.«

»Hat man ihn dort gesehen oder ist er 'ner Überwachungskamera vors Objektiv gelaufen?«

»Ich rede von einem klassischen Konzert, bei dem der mörderische Ehemann im Orchester das Cello spielte – vor Hunderten Zeugen.«

»Und wie konnte er dann gleichzeitig seine Frau umbringen?«

»Die Frau wurde durch einen einzelnen Stich in die Brust getötet«, erklärte Ulf. »Unser Cellist hat monatelang an einer Apparatur gebastelt, die die Tatwaffe – ein dreißig Zentimeter langes Messer – pfeilartig abgeschossen hat. Als er nach dem Konzert heimkam, hat er sein scheußliches Kunstwerk in Einzelteile zerlegt und die Polizei alarmiert. Da war seine Frau seit Stunden tot und er als Täter logischerweise gleich außen vor.«

»Und wie seid ihr ihm dann trotzdem auf die Schliche gekommen?«

»Kruse kam die Sache von Anfang an seltsam vor. Er kannte zufällig einen der Nachbarn und der wiederum meinte, dass es zwischen den Eheleuten ständig zu handgreiflichen Streitigkeiten gekommen wäre, die sie auch gern mal im Garten ausgetragen hätten. Daraufhin hat Kruse veranlasst, dass das Messer noch mal gründlicher untersucht wird, und schon hatten wir unseren ersten Hinweis. Also Spuren, die diese Apparatur am Griff hinterlassen hatte.« Ulf knurrte wie ein hungriger Löwe. »Du wirst es ja selbst erleben: Wenn dein Chef einen richtig in die Mangel nimmt, gesteht der nach ein paar Stunden auch einen Mord, den er gar nicht begangen hat. Nur, um endlich Ruhe zu haben.«

Mittlerweile hatten die beiden ihr Ziel erreicht, einen schmucken Bungalow im Süden der Halbinsel, in dessen Umgebung nur vereinzelt weitere Häuser standen. Insgesamt machte es den Anschein, als hätte hier jemand größten Wert auf Abgeschiedenheit gelegt.

Michi wollte schon aussteigen, doch Ulf hielt sie am Ärmel ihrer Windjacke fest. Er deutete zur Haustür, vor der zwei Uniformierte zum Rauchen standen. »Wenn dir gleich schlecht wird oder du nicht mehr kannst, dann gib mir ein Zeichen und renn einfach raus.« Er lächelte vielsagend. »Beim ersten Fall ist es keine Schande, nicht bis zum Ende durchzuhalten.«

»Das ist nicht meine erste Leiche!«, erwiderte Michi bockig. »Ich war in Osnabrück auch bei der Mordkommission und weiß, was mich dort drinnen erwartet. Also … in etwa.«

»Na dann!« Ulf zog am Türöffner. »Auf in den Kampf, Frau Greve!«

* * *

Nach dem Anruf aus Osnabrück und dunklen Gewitterwolken, die Kruse seither aufziehen sah, war der neue Fall für ihn vorerst unwichtig. Vielmehr ging es darum, herauszufinden, warum eine junge Frau ihrem Vorgesetzten einen Fausthieb verpasst und damit ihre Karriere leichtfertig aufs Spiel gesetzt hatte. Er langte zum Hörer. Nach dem ersten Tuten war die Verbindung hergestellt.

»Thomsen«, meldete sich eine tiefe Stimme.

»Werner hier, moin, Klaus … hast du 'nen Moment?«

»Ich dachte, du wärst längst im Ruhestand«, antwortete Klaus Thomsen belustigt. Bei dem Mann handelte es sich ebenfalls um ein Urgestein der Kripo, mit dem Kruse in jungen Jahren Seite an Seite Dienst geschoben hatte.

»Und ich wundere mich, dass du überhaupt noch rangehst. Liegt wohl am Sensenmann, weil selbst der dich nicht leiden kann.«

»Was gibt's?«, fragte Thomsen halbwegs ernst. »Du rufst doch nicht an, weil du plötzlich Sehnsucht nach mir hast. Und falls du mich wie früher anpumpen willst, muss ich dich leider enttäuschen. Ich hab vor anderthalb Monaten meiner Tochter und meinem Schwiegersohn mit der Anzahlung fürs neue Haus geholfen. Seitdem herrscht Ebbe in Vatis Kasse.«

»Was kannst du mir über deinen ehemaligen Kollegen Fischer erzählen?«, fragte Kruse ohne Umschweife.

Mit der Antwort dauerte es ein wenig und die folgte in leicht gedämpftem Tonfall: »Wir waren alle froh, als sich der Idiot endlich vom Acker gemacht hat. Reicht dir das oder legst du Wert auf schlüpfrige Details?«

Kruse, der lediglich einige Gerüchte über Norbert Fischer kannte, setzte behutsam nach. »Erklär mir nur, warum ihr euch so gefreut habt!«

»Na ja … Es gab seinerzeit ein paar Beschwerden von Kolleginnen, bei denen es um Fischers klebrige Flossen ging. Aber das wurde alles unterm Deckmantel der Verschwiegenheit abgehandelt. Zwei der Frauen durften sich hinterher über 'ne Beförderung freuen, Fischer wurde nach Osnabrück versetzt und … du weißt doch selbst, wie das in unserem Laden läuft, Werner. Also stell dich nicht blöder, als du bist!«

Kruse freute sich innerlich diebisch über einen spontanen Volltreffer, auf den er nicht mal zu hoffen gewagt hatte. Erst als am anderen Ende der Leitung ein Räuspern erklang, bedankte er sich artig. Ferner versprach er einen Besuch bei seinem nächsten Dienstausflug nach Kiel und verabschiedete sich mit einer Auswahl wüster Beschimpfungen, die sein Kollege routiniert konterte.

Und wieder saß Kruse eine Weile regungslos hinter seinem Schreibtisch. Hubert Greve hatte ihm gleich zu Beginn eine seiner Weisheiten förmlich aufgezwungen. Dabei ging es um die Stärken und Schwächen eines jeden. Der eine könne gut mit Menschen jeder Couleur, der nächste einem Verdächtigen fünf Kilometer in vollem Lauf folgen, und ein dritter verfüge über einen messerscharfen Verstand, der sich mühelos in jedes kriminelle Hirn hineinversetzen könne. Dieser Weisheit folgte eine Empfehlung, die sich Kruse im originalen Wortlaut gemerkt hatte: *Sehen Sie zu, dass Sie so schnell wie möglich herausfinden, wo Ihre Stärken und Schwächen liegen. Und sagen Sie Bescheid, wenn Sie fündig geworden sind ...*

Kruse lachte in sich hinein. Er war kein Spitzensportler und auch Empathie gehörte definitiv nicht zu seinen großen Stärken. Blieb nur der Verstand, und der machte ihm just in diesem Moment einen Vorschlag, wie er Michaela Greve vor einer Suspendierung und womöglich Schlimmerem würde bewahren können ...

5

Zunächst umrundeten die beiden Ermittler Ulfs Dienstwagen und blieben dahinter stehen. Er öffnete per Knopfdruck den Kofferraum, denn darin verbarg sich das übliche Sortiment. Während Ulf anfing, sich einen weißen Einmaloverall überzuziehen, lieferte er eine Erklärung: »Keine Ahnung, wie ihr es in Osnabrück gehändelt habt, aber hier läuft alles streng nach Vorschrift. Dazu gehören Ganzkörperanzug, Überzieher für die Schuhe, Haarnetz und immer Handschuhe.« Er deutete zur Tür des Bungalows, durch die gerade zwei Beamte in ähnlicher Verkleidung nach draußen traten. »Wenn du irgendwas weglässt, handelst du dir im günstigsten Fall ’nen ordentlichen Anschiss ein. Kruse hatte sogar schon mal ein Jahr Tatort-Verbot, weil er sich nicht dran halten wollte.«

Michi war fast fertig und zog sich die Kapuze des Overalls über. Jetzt schaute sie an sich herunter. »Vielleicht ein bisschen zu groß. Was meinst du?«

»Wenn du länger bei uns bleibst und deinen zukünftigen Lieblingskollegen dran erinnerst, bestelle ich die Dinger gern in deiner Größe.«

Ulf setzte sich in Bewegung, aber Michi schaffte es, ihn am Ärmel festzuhalten. Durch das Loch in der Kapuze schenkte sie ihm ein aufrichtiges Lächeln. »Glaubst du, du kannst dich an mich gewöhnen?«

»Du meinst, weil eigentlich mein Freund deinen Posten haben sollte?«

Michi nickte.

»Was bleibt mir denn anderes übrig?«, fragte Ulf nach kurzer Bedenkzeit und tat betrübt. Doch plötzlich erwiderte er Michis Lächeln. »Um ehrlich zu sein: Der Freund war im Prinzip nur ein guter Bekannter und hätte im Dienstalltag wahrscheinlich für mehr Probleme gesorgt als du.«

»Wieso?«

»Na … jedenfalls hätte Kruse den dritten Hahn im Korb bestimmt nicht gleich geduzt.«

Michi beließ es dabei und winkte ab. Gemeinsam brachen sie in Richtung Haustür auf. Dort wurden sie von den Kollegen nickend empfangen. Deren Aufmerksamkeit galt in erster Linie Michi, die selbst in ihrem aktuellen Aufzug und mit halb verdecktem Gesicht ein echter Hingucker war.

»Moin!«, rief Ulf und deutete auf seine neue Kollegin. »Das ist Michaela Greve, Kommissaranwärterin. Ab sofort die Dritte im Bunde – also bleibt ausnahmsweise mal einigermaßen freundlich und verkneift euch eure versauten Witze.«

Obwohl es aus spurentechnischen Gründen streng genommen nicht gestattet war, begrüßte Michi die beiden Männer per Handschlag. Einer starrte sie durchdringend an, seine Miene verzog sich mitleidvoll, während er über die Schulter zeigte. »Willst du dir das da drinnen wirklich antun, solange die Leiche noch nicht abgeholt wurde?«

»So schlimm?«, fragte sie.

Die Antwort bestand lediglich aus einem Nicken. Von dem sie nicht sagen konnte, ob es Ulf überhaupt wahrgenommen hatte, denn der zog sie bereits hinter sich her. Sie blieben im

Hausflur stehen, wo die Scheinwerfer der Spurensicherung für grelles und unnatürliches Licht sorgten.

»Euer Kunde liegt in der Küche«, informierte ein Beamter die Ermittler im Vorübergehen.

Michi blickte nach rechts ins Wohnzimmer. Dort herrschten ähnliche Lichtverhältnisse wie im Flur. »Sieht für einen alten Mann eigentlich ganz nett und modern aus. Schau dir mal den Fernseher an, der kostet garantiert so viel wie 'n Kleinwagen.«

Dieser verkappte Kleinwagen mit gigantischem Flachbildschirm schien Ulf nicht besonders zu interessieren. Stattdessen fuhr er mit seinen Erklärungen fort: »Unsere Leiche wird erst abtransportiert, nachdem die Todesursache vorläufig feststeht und wir wissen, ob es sich um ein Tötungsdelikt handelt.« Er lief los, sein Ziel war klar. »Und bitte nicht wundern: Die Kollegen entkleiden die Leiche grundsätzlich, um sich vor Ort ein Bild von weiteren möglichen Verletzungen zu machen.«

Davon durfte sich Michi in der Küche gleich selbst überzeugen. Dort lag ein nackter Mann beziehungsweise das, was noch von ihm übrig war. Und das galt nicht nur für den fehlenden Kopf, sondern auch für einen schneeweißen Körper, an dem der Fraß zahlreicher Jahrzehnte deutliche Spuren hinterlassen hatte. Rechts und links des abgemagerten Torsos lagen zwei dürre Arme mit schlaffer Haut. Die Beine waren von blauen Flecken übersät, vermutlich das Resultat eines Blutverdünners. Negatives Highlight waren die gelben, viel zu langen Fußnägel, die schon seit Ewigkeiten nach einer Schere brüllten. Ein Busch aus munter wucherndem grauem Schamhaar verdeckte die Sicht auf alles, was sich womöglich darunter verbarg.

Michi wandte sich angewidert ab. Nicht, weil ihr schlecht wurde, sondern weil sie sich ein paar Sekunden herunterfahren, sozusagen *resetten* wollte.

»Geht's?«, fragte Ulf und fasste sie am Arm.

»Ja, kein Problem … Wie alt war Herr Petersen eigentlich?«

»Das sind Informationen, um die du dich zum Beispiel auf der Fahrt hättest kümmern können«, antwortete Ulf leicht schnippisch.

»Beim nächsten Mal«, versprach Michi, wobei sie merkte, wie ihre Miene umgehend gefror.

»Neunundsiebzig«, nuschelte Ulf. »Nächsten Monat wäre er achtzig geworden.«

Michi sah ihn erstaunt an.

»Hab ich vorhin im Revier recherchiert, weil ich dachte, dass Kruse gleich fragt. Aber das war ja überflüssig … wahrscheinlich kennt er auch den genauen Geburtstag von Hans-Joachim Petersen.«

Ein Beamter vom Erkennungsdienst, der bisher neben dem Leichnam gekniet hatte, erhob sich unter schmerzhaftem Stöhnen. Sein erster Blick – zweifellos fragend – galt Michi.

»Das ist Frau Greve, eine neue Kollegin«, erklärte Ulf unaufgefordert. »Wie weit seid ihr mit eurer Arbeit?«

»Wir haben im Prinzip gerade erst angefangen. Ich hab mich schon gewundert, als wir vor euch hier ankamen.«

»Kannst du uns irgendwas über den Todeszeitpunkt sagen?«

»Die Pflegerin war gestern Abend um kurz nach acht noch mal hier, um Petersen was zum Abendessen zu bringen. Reste von Rouladen, Rotkohl und Kartoffeln. Da hat er auf jeden Fall noch gelebt. Und bevor ihr fragt: Ein Streifenbeamter hat 'nen Rettungswagen gerufen und die Frau vorsichtshalber nach Husum in die Klinik verfrachten lassen. Die war völlig von der Rolle, als sie ihn heute Morgen gefunden hat.«

»Soll ich das alles aufschreiben oder willst du?«, fragte Michi und stieß Ulf von der Seite an.

Der winkte ab. »Habt ihr Spuren für gewaltsames Eindringen gefunden?«

»Negativ«, erwiderte der SpuSi-Mann. Ein hagerer Typ, den Michi nach einem prüfenden Blick durch das, was der

Overall freiließ, auf Anfang fünfzig schätzte. Er schickte ihr ein aufmunterndes Lächeln. »Du nimmst dir am besten erst gar kein Beispiel an deinen Kollegen. Ich weiß noch, wie es früher war: Da hat die Kripo an einem Tatort für Kaffee und Brötchen gesorgt, statt nur Fragen zu stellen.«

»Tatort?«, pickte sich Michi heraus. »Demnach handelt es sich weder um Selbstmord noch um einen Unfall?«

Diese Frage sorgte für aufkeimende Heiterkeit. »Ein Unfall, bei dem sich einer aus Versehen den Kopf mit 'ner Schrotflinte wegpustet?« Ein energisches Kopfschütteln gab gleich die Antwort. »Und falls es Selbstmord wäre, hätten wir wohl die Flinte gefunden, oder?«

»Also kommt beides nicht infrage«, resümierte Ulf der Form halber. Er deutete auf das Küchenbuffet und den Kühlschrank, an denen sich Petersens Schädel großflächig verteilt hatte. »Das muss aus nächster Nähe passiert sein.«

Der SpuSi-Mann nickte. »Wenn ihr uns in Ruhe arbeiten lasst, können wir euch spätestens heute Abend sagen, welche Art Schrot verwendet wurde, ob wir Fingerabdrücke gefunden haben und …«

»Verstanden«, unterbrach Ulf mit wegwerfender Geste. Nach einer Floskel zum Abschied standen die Ermittler kurz darauf wieder vor der Tür des Bungalows, wo sie unter sich waren. Stück für Stück entledigten sie sich ihrer vorschriftsmäßigen Verkleidung.

Michi lieferte unterdessen ein Fazit: »Auch nicht anders als in Osnabrück. Die Toten sind tot und die Kollegen der verschiedenen Abteilungen können sich gegenseitig nicht ausstehen. Woran auch immer das liegen mag.«

»Dann bist du also so was wie 'ne alte Häsin«, stellte Ulf grinsend fest.

»Gibt es das überhaupt?«, fragte Michi. »Nein, sag nichts … hätte ich auf der Fahrt hierher recherchieren müssen, richtig?«

31

Ulf sah sie durchdringend und mit einem Hauch von Misstrauen an. »Ist da etwa jemand nachtragend oder 'ne Mimose?«

»Da ist jemand für Gerechtigkeit! Und soweit ich mich erinnere, haben wir uns auf der Herfahrt über was völlig anderes unterhalten. Wenn du mir jetzt erklärst, wie ich nebenbei alles über unser Mordopfer herausfinden sollte, bin ich ganz Ohr.«

»Hast recht!«, erwiderte Ulf und klopfte ihr auf die Schulter. Er zeigte nach links und rechts, wo eine schmale Straße von Polizeifahrzeugen größtenteils blockiert wurde. »Lust auf ein paar Nachbarn zum zweiten Frühstück?«

»Zu essen wird es wahrscheinlich nichts geben, aber auf die Weise hören wir, was die über Hajo Petersen zu erzählen haben.«

»Damit fangen wir immer dann an, wenn sich der Mörder nicht gleich freiwillig stellt, die Tatwaffe mitbringt und am besten noch Fotos von sich selbst, wie er gerade …«

»Ich hab schon kapiert«, unterbrach Michi. »Im Doppelpack oder als Einzelkämpfer?«

»Was wäre dir denn lieber?«

Michi horchte in sich hinein. Ulfs bissige Bemerkung in Sachen Recherche würde sie ihm nicht auf Dauer übel nehmen, aber sie warf dennoch einen leichten Schatten auf die zarte Pflanze des ersten Zusammenraufens. »Allein, wenn das kein Problem ist«, antwortete sie wahrheitsgemäß.

»Mir soll's recht sein. Aber vergiss nicht, Notizen zu machen! Manches vergisst man schneller als …«

Michi schaffte es, ihren neuen Kollegen mit einem strengen Blick auszubremsen.

Ulf hob abwehrend die Hände. »Ist ja gut! Ich hatte vergessen, dass du 'ne alte Häsin bist.«

»Das werde ich auch überprüfen.«

»Was genau?«

»Ob es wirklich so etwas wie 'ne Häsin gibt. Falls nicht ...«

»... nehm ich alles zurück und behaupte das Gegenteil«, lenkte Ulf ein. Er sah erneut die Straße entlang. »Und ansonsten viel Glück, Kollegin Hase!«

6

Michi bog in die eine, Ulf in die andere Richtung ab, um jeweils mit dem ersten Haus zur Linken und zur Rechten des Petersen-Bungalows anzufangen. Bei Michi handelte es sich um ein zweistöckiges Gebäude mit kleinen Fenstern, das zwar alt aussah, aber offenbar gut in Schuss gehalten wurde. Sie zückte ihr Handy, machte ein Foto vom Namensschild neben der Haustür, auf dem sich die Augustins vorstellten, und klingelte. Nichts geschah. Rechter Hand fand sie einen Carport, allerdings verwaist. Weil sie nicht so schnell aufgeben wollte, umrundete sie das Haus auf einem gepflasterten und sorgsam von Unkraut befreiten Weg und rief dabei mehrfach »Hallo!«.

Plötzlich erklang eine Antwort: »Hier hinten!«

Michi beschleunigte ihre Schritte und erreichte nun den Garten, in dem eine ältere Frau in einem Gemüsebeet kniete. »Frau Augustin?«

Die sah sie an und lächelte freundlich. »Richtig! Sind Sie von der Polizei?«

»Wieso? Kommt die häufiger vorbei?«, fragte Michi, die ihr Erstaunen nicht verbergen konnte.

»Mein Mann meinte vorhin, dass es bei dem Auflauf vor Petersens Haus nur um einen Todesfall gehen kann. Und er meinte übrigens auch, dass wir früher oder später Besuch bekommen würden.«

»Ihr Mann scheint sich ja sehr gut auszukennen. Ist er auch da?«

»Rudi ist zum Einkaufen, müsste aber demnächst wieder eintrudeln.« Für ihr Alter erhob sich die Frau wieselflink und stapfte Michi entgegen. »Ich hoffe, er bringt Salat mit. Unser eigener ist dieses Jahr zum größten Teil den Schnecken zum Opfer gefallen.« Sie zeigte auf ein weiter entferntes Beet. »Keine Ahnung, warum die Biester neuerdings so gefräßig sind. Ist der alte Petersen tot?«, folgte es dann ohne jeden logischen Zusammenhang.

»Ich darf darüber nicht reden«, erwiderte Michi spontan. »Aber vielleicht so viel: Ihr Mann ist wirklich ein schlauer Kopf, das muss man ihm lassen.«

Die Frau sah in Richtung Petersen-Bungalow, auch wenn ihr dabei das eigene Haus im Weg war. »Ich konnte den alten Griesgram noch nie leiden. In all den Jahren hab ich keine fünf Sätze mit ihm gewechselt. Rudi ist sich sicher, dass er uns nur für niederes Volk gehalten hat.«

»Wie lange sind Sie denn schon Nachbarn?« Michi fischte ihr Notizbuch aus der Tasche und demonstrierte Schreibbereitschaft.

»Puh … das müssten mindestens zehn Jahre sein, wahrscheinlich mehr. Wenn Sie wollen, sehe ich gern nach.«

Michi beließ es bei einem fragenden Blick.

»Ach so! Ich hab damals, als das Haus nebenan gebaut wurde, haufenweise Fotos gemacht. Dem alten Petersen war es völlig egal, ob die Lkw den halben Tag die ganze Straße versperrt haben, und ich hab mich mehrfach über ihn beschwert. Wir durften monatelang einen riesigen Bogen fahren, um irgendwohin zu kommen.«

Michi, in deren Notizbuch bisher nur *10–12 Jahre* stand, ließ den Kugelschreiber sinken. »Was können Sie mir denn sonst so über Herrn Petersen erzählen? Sie haben ja anscheinend beobachtet, was er nebenan so treibt.«

Über ihre Antwort machte sich die Frau zunächst Gedanken. »Ich kann nur wiederholen, was die Leute hinter vorgehaltener Hand so tratschen. Inselklatsch – Sie verstehen?«

»Der wie aussieht?«

Die Frau überlegte erneut. »Wollen Sie erst mal die Kurzfassung?«

»Warum eigentlich nicht?«

»Okay … es heißt, der Petersen hätte Geld wie Heu und wäre geizig wie Dagobert Duck.«

Michi lachte, hatte sich aber schnell wieder im Griff. »Wissen Sie zufällig, ob er Kinder hat?« Insgeheim ärgerte sich Michi, weil ihr neuer Kollege Ulf recht hatte. Sie hätte im Vorwege schon etliche Sachverhalte recherchieren können.

»Brigitte hat eine Tochter mit in die Ehe gebracht.«

»Brigitte?«

»Petersens Frau! Dachte, so was wüssten Sie.«

Michi fluchte innerlich. Beim nächsten Mal, beschloss sie, wäre sie definitiv besser vorbereitet. »Können Sie mir etwas über Brigitte erzählen?«

»Sie ist tot, schon seit ein paar Jahren.« Trotz dieser Tatsache hellte sich die Miene der alten Frau auf. »Im Gegensatz zu ihrem widerlichen Mann war sie allerdings ein herzensguter Mensch. Weihnachten hat sie immer Kekse gebacken und welche davon rübergebracht. Ich mochte die Dinger nicht, aber mein Rudi hat sie gefuttert, als es gäbe es kein Morgen.«

Michi schmunzelte in sich hinein. Nach und nach fühlte sie sich an ihre eigene Kindheit erinnert und an Gepflogenheiten, wie sie wohl nur das Landleben mit sich brachte. Doch dieser Ausflug in die Vergangenheit half ihr hier und jetzt kein Stück weiter, deshalb fuhr sie einfach fort: »Das klingt für mich, als wäre die Ehe der Petersens nicht besonders glücklich gewesen.«

»Brigitte hätte mal bei ihrem damaligen Freund bleiben und den heiraten sollen.«

Michi wedelte mit ihrem Notizbuch. »Können Sie mir da mit einem Namen helfen?«

»Puh … das ist mittlerweile über fünfzig Jahre her – keine Ahnung.«

»Und was ist mit Ihrem Mann? Kann der sich möglicherweise erinnern?«

»Mein Rudi … Gott bewahre! Der könnte Ihnen nicht mal mehr meinen Mädchennamen nennen, wenn Sie ihn fragen.«

Inzwischen klang Michi leicht frustriert. »Glauben Sie, Ihr Mann könnte mir mehr über die Petersens erzählen? Irgendwas, wovon Sie nichts wissen?«

»Nö, woher denn?«

»Na gut!« Michi wollte ihr Notizbuch schon wegstecken, hielt jedoch inne. »Sind Sie so nett und geben mir Ihre Telefonnummer? Könnte sein, dass mir noch was einfällt und ich Sie …«

»Selbstverständlich, Kindchen. Wenn was Wichtiges ist, können Sie gern jederzeit anrufen.«

»Wirklich jederzeit?«, hakte Michi mit schrägem Grinsen nach.

»Kommt drauf an, wie wichtig die Sache ist. Schreiben Sie auf, ich hab die Nummer gerade einigermaßen im Kopf.«

Nachdem Michi damit fertig war, sah sie auf. »Dann versuche ich es mal beim nächsten Nachbarn, vielleicht hab ich dort mehr Glück.«

Die alte Frau drehte sich in die entsprechende Richtung um, ihre Züge verhärteten sich. »Sie können froh sein, wenn der Jensen nicht auf Sie schießt. Nehmen Sie sich bloß in Acht vor dem!«

Michi konnte sich ein Lachen nicht verkneifen. »Soll das bedeuten, der ist noch schlimmer als Petersen?«

Die alte Frau schloss sich dem Lachen an. »Sie können sich gar nicht vorstellen, wie schlimm.«

* * *

Zwei Häuser weiter hockte Ulf in einem Wohnzimmer, das äußerlich den Eindruck machte, als hätte es den Jahrtausendwechsel verschlafen. Hier roch es nach verstaubten Gardinen und auch das abgewetzte Ledersofa, auf dem er saß, stank zum Gotterbarmen.

Er hatte es mit einem alten Mann von weit über achtzig zu tun, der ihm in der letzten Viertelstunde seine komplette Lebensgeschichte aufgezwungen hatte. Unter anderem, dass er seit über zwanzig Jahren Witwer sei und die kümmerliche Rente nie bis zum Monatsende reiche. Dann ging es um Krankheiten wie Bluthochdruck, Arthrose und Diabetes. In Anbetracht solcher Leiden hatte sich der alte Mann dann allerdings erstaunlich flink erhoben, um kommentarlos in der Küche zu verschwinden. In diesem Moment kehrte der weißhaarige Zwerg mit einem Tablett in den Händen ins Wohnzimmer zurück.

»Soll ich helfen?«, fragte Ulf, denn die Tassen darauf gerieten zunehmend ins Schwanken.

»Geht schon. Wie sagten Sie, ist Ihr Name?«

»Weingärtner, Ulf Weingärtner, Kripo Husum.«

Nachdem das Tablett unfallfrei auf dem Wohnzimmertisch gelandet war, sah der alte Mann auf und musterte seinen Besucher aus trüben Augen. »Sind Sie der Sohn vom alten Weingärtner?«

Ulf musste ein Lachen herunterschlucken, das für leise Grunzlaute sorgte. »Gilt das nicht irgendwie für jeden Mann, der Weingärtner heißt? Wen meinen Sie denn konkret?«

Der Mann winkte ab und ließ sich ächzend in seinem Ohrensessel nieder. Dabei nuschelte er unverständliches Zeug und schien von einer Sekunde zur nächsten in eine Art Trance zu fallen.

Für Ulf ein guter Grund, deutlich lauter fortzufahren: »Wie gesagt, Herr Reimann: Ich würde gern so viel wie möglich über Ihren Nachbarn erfahren, Hajo Petersen.«

»Hab ihn ewig nicht gesehen«, kam es nach langer Pause genuschelt. Zu allem Überfluss klapperte das Gebiss des alten Mannes. Die Teetasse, die er vorher mit zitternden Fingern hochgenommen hatte, setzte er wieder ab, ohne einen Schluck daraus getrunken zu haben. »Seine Frau ist neulich gestorben.«

Ulf schwante Böses. Aufgrund seiner vorangegangenen Recherchen wusste er, dass der Tod von Brigitte Petersen schon einige Jahre zurücklag. In diesem Zusammenhang von ›neulich‹ zu reden, passte also gar nicht. Doch bevor er etwas hätte sagen können, ging es auf der anderen Tischseite weiter.

»Ist der Petersen nicht der Sohn vom …?«

»… alten Petersen«, vollendete Ulf zerknirscht. Trotzdem brachte er wenigstens ein halbes Lächeln zustande. »Seien Sie mir bitte nicht böse, Herr Reimann. Ich hab noch einen ganzen Haufen Nachbarn vor mir und müsste langsam …« Es klingelte an der Haustür, was ihn mitten im Satz abschnitt.

Herr Reimann versuchte mühsam, sich aus seinem Sessel zu erheben, doch das scheiterte offenbar an mangelnder Kraft und physikalischen Gesetzen.

»Ich geh schon«, bot Ulf an und sprang im selben Moment auf. Nach ein paar Schritten erreichte er die Haustür und zog sie auf. Direkt vor ihm stand Michi. Deren Miene verriet, dass sie ziemlich durch den Wind war.

»Probleme?«, fragte er sogleich.

»Ich musste vor 'nem Schäferhund Reißaus nehmen, den ein gewisser Herr Jensen auf mich gehetzt hat. Außerdem hat er so 'ne Art Geisel genommen ...«

»Willst du mich verarschen?«

Michi sah ihn völlig entgeistert an. »Glaub mir, das ist das Letzte, wonach mir der Sinn steht!«

7

»Ich hab mir schon gedacht, dass du früher oder später anrufst«, meldete sich Robert Stegemann am Telefon. »Sag an, was willst du wissen, Werner?«

Diese Begrüßung überraschte Kruse keineswegs und er konterte auf ähnliche Weise: »Dann funktioniert der Inselfunk also immer noch tadellos.«

»Hat Hajo sich umgebracht?«, kam es umgehend als Frage zurück.

»Kein Kommentar«, grummelte Kruse. »Wann hast du ihn denn zum letzten Mal gesehen?«

»Wieso? Glaubst du etwa, ich hab ihn …?«

»Jetzt hör mal zu!«, fuhr Kruse dazwischen. »Du bist nach deinem Freund Hajo der zweitgrößte Grundeigentümer auf Nordstrand.«

»Freund?«, ertönte es am anderen Ende der Leitung empört. »Wie kommst du darauf, dass wir mehr als Geschäftspartner gewesen wären? Meine Freunde kann ich mir erfreulicherweise aussuchen, und Hajo gehörte ganz bestimmt nicht dazu.«

»Ich weiß, dass ihr regelmäßig Grundstücke getauscht und gegenseitig eure Geschäfte am Laufen gehalten habt. Also hör auf, mich wie einen Idioten zu behandeln, Robert!«

Diese rabiate Ansage zeigte Wirkung, denn dessen Tonfall veränderte sich grundlegend. »Ich hab Hajo vorgestern getroffen. Wir bauen doch zusammen ein paar neue Ferienhäuser, oben am Norderhafen.«

Kruse grunzte zufrieden. »Hat er was von Problemen erzählt?«

Eine Frage, die zunächst für Schweigen sorgte. Es ging mit nachdenklicher Stimme weiter: »Seit Brigitte tot ist, hat Hajo seinen alten Biss verloren. Das muss man sich mal vorstellen: Er meinte, wir sollten den Handwerkern lieber 'nen Bonus zahlen, um die bei Laune zu halten. Glaubt man so was – ausgerechnet Hajo?«

Weil Kruse auf derlei Fragen nicht antworten wollte, präsentierte er stattdessen seine nächste: »Weißt du, ob er aktuell mit jemandem Zoff hatte?«

»Er hatte immer mit jemandem Streit!« Stegemann lachte kurz auf. »Aber da ist mir nichts Besonderes zu Ohren gekommen. Das klingt übrigens, als wäre er umgebracht worden, du alter Geheimniskrämer.«

Kruse sah, wie eine zweite LED auf seinem Telefon zu blinken anfing. Die Nummer wurde nicht angezeigt. Weil er auf einen dringenden Rückruf aus Kiel wartete, beschloss er, dieses Gespräch vorerst zu beenden. »Am besten sperrst du deine Lauscher auf, Robert. Und falls du was hörst, sag sofort Bescheid!«

Einen Knopfdruck später war die Verbindung mit dem nächsten Anrufer hergestellt. »Kruse.«

»Bin ich da richtig bei der Kriminalpolizei?«

»Sind Sie! Mit wem spreche ich und was kann ich für Sie tun?«

»Jürgen Leuschner. Ich hatte gestern Abend ein ziemlich seltsames Telefonat mit meinem Schwiegervater …«

Beim Namen Leuschner klingelte etwas in Kruses Hinterkopf. Doch ehe seine grauen Zellen die Lösung präsentierten, kam ihm der Mann zuvor: »Hajo Petersen, vielleicht kennen Sie ihn?«

So gut scheint der Inselfunk doch nicht zu funktionieren, stellte Kruse fest. »Dann haben Sie es also noch gar nicht gehört?«

»Was denn?«

Wenn es um Informationen am Telefon ging, gab es klare Vorschriften, doch die ignorierte Kruse für gewöhnlich mit voller Absicht. Insbesondere, um die Schwingungen einer ersten Reaktion ungefiltert auszuwerten. »Wie es aussieht, wurde Ihr Schwiegervater umgebracht. Meine Kollegen sind bereits vor Ort.«

Noch war vom anderen Ende der Leitung lediglich Keuchen zu vernehmen. Als Jürgen Leuschner von Neuem anhob, lag in seiner Stimme ein geschockter Unterton. »Soll das heißen, jemand ist in sein Haus eingebrochen und hat ihn …?«

»Wir stehen noch ganz am Anfang unserer Ermittlungen. Sagen Sie mir einfach, was es mit diesem ›seltsamen Telefonat‹ auf sich hat.«

Leuschner brauchte einen Moment, um sich zu sammeln, doch dann ging es verhältnismäßig energisch weiter: »Ich glaube, da war jemand im Haus, als ich mit meinem Schwiegervater geredet habe. Er hat das Gespräch von jetzt auf gleich abgebrochen, wobei das bei ihm nicht ungewöhnlich ist. Aber … keine Ahnung, was da passiert ist.«

Kruse war sich zwar sicher, dennoch fragte er: »Sie wohnen doch auch auf Nordstrand, oder?«

»Meine Frau und ich bewirtschaften den alten Hof der Familie, unten in …«

»Ich weiß, wo der ist. Sind Sie zu Hause?«

»Wieso? Wollen Sie vorbeikommen?«

»Ich schicke meine Kollegen zu Ihnen. Bis dahin sollten Sie erreichbar bleiben, Herr Leuschner.«

Kruse legte auf und wollte gerade Ulfs Nummer wählen, als sein Telefon erneut bimmelte. Dieser Rückruf aus Kiel hatte Vorrang, also ging er ran.

8

Nachdem Michi Ulf über die näheren Umstände informiert hatte, entpuppte sich die erwähnte Geisel als ein Dackel namens Benno. Der war nach dem Mord an seinem Herrchen durch die Klappe in der Küchentür entkommen und hatte sich zwei Hausnummern weiter in einem Garten versteckt. Unterdessen hatten die Ermittler Jensens Grundstück erreicht, blieben dort jedoch vor einer Pforte stehen, an deren rechtem Pfahl eine schmutzige Klingel befestigt war.

»Ich hab's vorhin mehrfach probiert, aber er hat nicht aufgemacht. Also bin ich rein, nur um ...« Michi musste kurz verschnaufen. Ihr war anzuhören, wie tief der Schrecken immer noch in ihren Gliedern steckte. »Ich konnte nicht mal was sagen, da hat er auch schon seinen Schäferhund auf mich gehetzt. Als ich wieder auf dem Gehweg stand, hat er mich in übelstem Plattdeutsch angebrüllt. Ich konnte kaum was verstehen. Zuletzt hieß es, ich soll mir Petersens blöden Köter schnappen und verschwinden.«

»Wo ist denn der ›blöde Köter‹?«, fragte Ulf grinsend. »Und woher weißt du, dass es sich um einen Dackel handelt, der Benno heißt?«

Michi zeigte zum Grundstück nebenan. »Der Nachbar ist eben nach Hause gekommen und hat mir alles erklärt. Außerdem meinte er noch, Jensen hätte nicht mehr alle Latten am Zaun.«

Ulf nahm die entsprechende Einfriedung in Augenschein und schüttelte den Kopf. »Würde ich nicht sagen. Der Zaun ist wahrscheinlich das Beste an allem.« Jetzt drückte er den Klingelknopf und hielt ihn gleich fest. Es dauerte eine Weile, doch dann öffnete sich die Haustür.

In etwa zehn Metern Entfernung fing dieser Jensen sofort wieder das Schimpfen an: »Ick häff doch sächt, ihr schallt euch zum Deibel scheren! Un schafft mie de verdammte Köter ut mien Gorten, mien Jule moakt de ganze Tach Alorm.«

Bevor er auf diese Forderungen reagierte, drehte sich Ulf zu Michi und flüsterte: »Ich hab zwar nur die Hälfte verstanden, aber ich glaube, du hattest recht.« Er wandte sich an den Hausherrn. »Sie schalten jetzt erst mal ein paar Gänge runter, Herr Jensen! Falls nicht, rufen wir Verstärkung und reden weiter, nachdem Sie Handschellen tragen. Haben Sie mich verstanden? Sprechen Sie auch richtiges Deutsch?«

Jensen nickte. Es war offensichtlich, dass er unverändert kochte. Dann setzte er unvermittelt einen Schritt vor seine Haustür, schloss die hinter sich und näherte sich den Ermittlern wie in Zeitlupe.

»Ich kann's gar nicht glauben«, beschrieb Michi ihren ersten Eindruck flüsternd. Damit meinte sie Jensen, einen Mann von um die sechzig, der eine ausgebeulte Cordhose und ein schmutziges Unterhemd trug. Darüber Hosenträger, die das äußere Bild auf absurde Weise komplettierten.

Jetzt öffnete sich der Mund in einem unrasierten Gesicht. »Wat is'n mit dem Petersen?«, erklang es halbwegs artikuliert. »Hat's den Scheißkerl endlich erwischt?«

»Die Fragen stellen wir, Herr Jensen!«, stellte Ulf energisch klar. »Bleiben Sie friedlich oder müssen wir doch Zwangsmaßnahmen ergreifen?«

Jensen nickte abermals, wobei sich das hoffentlich auf den ersten Teil der Frage bezog.

Michi sah sich den Mann derweil genauer an. Abgesehen von seinem äußeren Erscheinungsbild wirkten seine Augen hellwach. *Ein schräger Zeitgenosse, vor dem man sich in Acht nehmen muss,* kam sie zu einem Ergebnis.

»Ist Ihnen gestern Abend – sagen wir mal ab acht – irgendwas aufgefallen? Ein unbekanntes Auto, jemand, der vor Herrn Petersens Haustür stand oder …?«

»Der Typ interessiert mich nicht«, unterbrach Jensen barsch. Als er Ulfs Blick sah, fuhr er sich ein Stück herunter. »Solche Leute wie Hajo Petersen sind das Schlimmste, was Nordstrand passieren kann.«

Michi schielte zu ihrem Kollegen. Der wollte schon nachsetzen, wurde jedoch von seinem Handy abgehalten.

»Machst du mal kurz weiter«, bat Ulf. »Das ist Kruse, da gehe ich besser sofort ran.«

Als sich Michi Jensen zuwandte, präsentierte dessen unrasiertes Gesicht ein Grinsen und ließ es wie eine Grimasse aussehen. »Bist du nicht 'n bisschen zu jung für 'ne richtige Polizistin?«

»Wir sollten beim Sie bleiben! Können Sie mir erklären, was Sie da eben meinten? Wieso ist Herr Petersen …?«

»Weil er die komplette Insel nach und nach an Investoren verschachert hat und ansonsten seinen Pächtern keine Luft zum Atmen lässt. Ich kenne Leute, die nennen ihn Dracula, und das hat bestimmt gute Gründe. Glauben Sie nicht?«

Während Michi noch überlegte, inwiefern sie sich nach Details über diesen vermeintlichen Blutsauger erkundigen sollte, ging es munter weiter: »Fragen Sie doch mal Ralle, was der von Petersen hält!«

»Wer bitte ist Ralle?«, erkundigte sich Michi und zückte ihr Notizbuch.

»Der betreibt den Pferdegnadenhof hier in der Nähe. Eigentlich heißt er Ralf … den Nachnamen müssen Sie selbst rausfinden.«

»Und was genau ist mit diesem Ralf? Hatte der besondere Probleme mit Herrn Petersen, oder warum erwähnen Sie ihn derart deutlich?«

»Hajo hat ihm vor 'ner Weile den Pachtvertrag gekündigt. Und das, nachdem Ralle die maroden Ställe jahrelang renoviert und ansonsten auch ordentlich reingebuttert hat.«

»Ralf … Pferdegnadenhof«, murmelte Michi und notierte dabei die Hinweise. Ein schreckliches Winseln, das offenbar aus dem Garten hinter dem abbruchreifen Haus stammte, ließ sie aufhorchen. Sie sah dessen Besitzer durchdringend an. »Ist das Benno?«

Jensen nickte. In seinem Gesicht machte sich ein merkwürdiges Lächeln breit, mit dem Michi nichts anfangen konnte.

»Würden Sie ihn dann bitte holen!«, forderte sie den Mann kurzerhand auf.

Die Antwort war lediglich ein Kopfschütteln.

Michis Stirn kräuselte sich. »Vorhin konnte es Ihnen doch gar nicht schnell genug gehen. Was ist denn plötzlich los?«

»Hajo schuldet mir noch vierhundert Piepen. Sein bescheuerter Köter ist 'n paarmal rübergekommen und hat meine Gänse gerissen.«

»Ein Dackel?«, hinterfragte Michi skeptisch.

»Kennen Sie sich mit Vögeln aus?«

Die eventuelle Zweideutigkeit einer solchen Frage überging Michi gepflegt und beließ es bei einem Kopfschütteln.

Was Jensen auf absurde Weise triumphieren ließ. »Ich hab mal gesehen, wie 'n Hund dreißig Gänse auf einmal gerissen hat. Die meisten fallen vor Schreck einfach tot um.«

»Und was hat das mit Benno zu tun?«, bohrte Michi leicht genervt weiter.

»Das Vieh ist für mindestens acht tote Gänse verantwortlich und ich hab Hajo schon vor Monaten gesagt, dass er mir deshalb vierhundert Piepen schuldet.«

Obwohl Michi bereits eine Vermutung hatte, hakte sie nach: »Hat er sich geweigert?«

Jensen schickte ein gehässiges Lachen vorweg. »Er meinte, ich soll mich zum Teufel scheren und lieber meinen Zaun reparieren. Glaubt man so was?«

»Und was ist jetzt mit Benno? Sie erwarten doch hoffentlich nicht von uns, dass wir ...«

»Doch, natürlich! Wenn Hajo wirklich tot ist, von wem soll ich denn ansonsten meine Kohle kriegen?«

Michi stöhnte. Innerlich noch lauter als äußerlich. Sie sah sich um und fand auf der lieblos gepflasterten Auffahrt zum Haus, die von Gras und Unkraut überwuchert war, ein Auto. Wobei dieser Begriff nicht ganz zutraf. Vielmehr handelte es sich um eine amtlich anerkannte Rostlaube, deren hinterer Auspufftopf fast bis zum Boden herunterhing.

»Ist das Ihrer?«, fragte sie.

Jensen folgte dem Fingerzeig, Stolz machte sich in seinem Gesicht breit. »Das Schätzchen kriegt nächstes Jahr 'n H-Kennzeichen und ist dann offiziell ein Oldtimer. Davon finden Sie in ganz Deutschland keine zwanzig Stück mehr.«

Michi nickte, tat zunächst bewundernd und ließ sich mit weiteren Worten bewusst Zeit. »Ich könnte mal meine Kollegen vorbeischicken. Die interessieren sich bestimmt auch für den Gesamtzustand. Wenn ich mir allein den Auspuff so anschaue, dann ...«

»Was willst du?«, fuhr Jensen ungehalten dazwischen. Eine Nachfrage, die einiges über seine Gerissenheit verriet.

Ausgerechnet in diesem Moment klang erneut ein Winseln aus dem rückwärtigen Garten. »Haben Sie den armen Kerl irgendwo angebunden?«

»Wie soll ich das Scheißvieh denn sonst …?«

»Das reicht!«, schimpfte Michi. Sie deutete in die Richtung, aus der das Winseln kam. »Sie holen jetzt Benno, geben ihn mir ohne weitere Zicken oder ich sorge höchstpersönlich dafür, dass Sie sich Ihr H-Kennzeichen abschminken können. Ist das angekommen, Herr Jensen, oder muss ich noch deutlicher werden?«

9

Nach einem kurzen Telefonat mit Ulf legte Kruse den Hörer nicht mal aus der Hand, sondern wählte gleich die nächste Nummer. Erneut mit Kieler Vorwahl. Es klingelte mehrere Male, dann meldete sich eine sonore Stimme, die bestens zu einem stellvertretenden Polizeichef im Ruhestand passte: »Wolter.«

Kruse fing fröhlich an. »Na, wie gefällt dir das Rentnerleben? Nervst du nur deine Karotten und Kohlköpfe oder muss deine arme Frau auch unter dir leiden? Und komm bloß nicht auf die Idee zu lügen, mir sagt Elli ohnehin die Wahrheit.«

»Hat sie dich angerufen?«, kam es ungewohnt dünn zurück.

Allein dieser Tonfall versetzte Kruse in Habachtstellung. Zudem keimten Sorgen in ihm auf. »Was ist los, Gerd? Du willst mir doch hoffentlich nicht erzählen, dass du …«

»Die Ärzte geben mir noch drei Monate, höchstens ein halbes Jahr.« Dazu passend erklang ein Husten, das gar kein Ende nehmen wollte. Irgendwann hatte sich Gerd Wolter wieder einigermaßen im Griff, keuchte jedoch unverändert. »In besten Zeiten hab ich drei Schachteln am Tag gequalmt und darf mich wohl nicht beschweren. Ich hatte nur gehofft, dass ich den Achtzehnten meiner Enkeltochter noch erlebe. Aber dafür müsste ein Wunder geschehen.«

Selbst ein Typ wie Kruse, der nicht unbedingt für sein Feingefühl bekannt war, überlegte, ob er den Grund seines Anrufs einfach für sich behalten sollte. Während dieser Entschluss in ihm reifte, machte ihn eine Frage vom anderen Ende der Leitung überflüssig.

»Wenn Elli dich nicht angerufen hat, um meine Beerdigung zu planen, willst du doch bestimmt irgendwas. Sag an … meine Kohlköpfe können warten.«

Kruse fasste sich ein Herz. »Erinnerst du dich an Norbert Fischer?«

»Wie könnte ich den vergessen? Elli behauptet bis heute, ich hätte dem Vogel mein zweites Magengeschwür zu verdanken.«

»Sagst du mir auch, wieso?«

»Der Mistkerl hat sich seinerzeit mit Händen und Füßen gegen seine Versetzung gewehrt. Erst als ich ihm mit einem Ermittlungsverfahren gedroht habe, hat er endlich eingelenkt.«

»Ging es da um das, was ich befürchte?«

Am anderen Ende erklang ein heiseres Lachen. »Ich glaube, es gab im ganzen Präsidium keine Frau, bei der er es nicht versucht hat. Traurig genug, aber von solchen Grapschern liefen bei uns so einige rum.«

»Und wieso hat keine der Kolleginnen richtig Rabatz gemacht?«

»Komm, Werner … du weißt doch selbst, wie es früher bei uns zuging. Heute hat fast jede Dienststelle 'ne eigene Frauenbeauftragte, und sobald einer zu Unrecht die Finger ausstreckt, kann der froh sein, wenn er alle behalten darf. Die Veränderungen haben viel zu spät angefangen – aber besser spät als nie, würde ich sagen.«

»Glaubst du, eins der früheren Opfer ist heute noch bereit, gegen Fischer vorzugehen?«

»Ich weiß, worauf du hinauswillst, aber die Geschichten sind längst endgültig vom Tisch. Wäre es nach mir gegangen, hätte der Scheißkerl den Hut nehmen müssen, aber ich hatte eben auch einen Chef ...«

Kruse entging nicht, dass Wolter den Satz offenbar ganz bewusst nicht beendet hatte. »Klingt, als wäre das nicht alles«, murmelte er deshalb.

»Da waren 'ne Menge Gerüchte im Umlauf.«

Bereitwillig äußerte Kruse eine Vermutung und traf damit voll ins Schwarze: »War dein damaliger Chef ebenfalls involviert? Einer von den Grapschern?«

»Wenn du mich fragst, war er mit Abstand der Schlimmste. Was meinst du wohl, weshalb das Ganze untern Teppich gekehrt wurde und keiner mehr drüber gesprochen hat?«

In Kruse machte sich ein mulmiges Gefühl breit, weil damit im Prinzip alles gesagt war. Doch es fiel ihm schwer, sich einfach so zu verabschieden. »Kann ich irgendwas für dich tun, Gerd? Egal, was!«

»Ich könnte 'ne neue Lunge gebrauchen.«

»Abgesehen davon?«

Diese letzte Frage sorgte für langes Schweigen. »Wenn es vorbei ist und Elli dich anruft, dann ...«

»... bin ich für sie da, du hast mein Wort drauf, Gerd!«

* * *

Mit dem Dackel unterm Arm machte sich Michi kurze Zeit später auf die Suche nach Ulf. Sie fand ihn etwa hundert Meter weiter am Straßenrand. Er telefonierte immer noch.

»Was wollte Kruse denn?«, fragte sie, als das Gespräch endlich beendet war.

»Das war längst jemand anders«, tat Ulf ab. Er schien erst jetzt auf Benno aufmerksam zu werden, der ganz ruhig in

Michis Arm hing. »Was soll eigentlich aus dem da werden? Das nächste Tierheim ist in ...«

»Kommt überhaupt nicht infrage!«, fauchte Michi.

»Und was dann?«

Darüber hatte sie sich bislang noch gar keine Gedanken gemacht. »Meine neue Vermieterin hatte bis vor einem Jahr auch einen Dackel. Schätze, sie hat Interesse.«

»Du schätzt?«

»Ich muss eben erst mal vorsichtig fragen!« Michi kraulte Bennos Kopf, was der sichtlich genoss, denn seine Augen schlossen sich und er grunzte zufrieden. »Bevor er im Tierheim landet, nehm ich ihn einfach mit zu mir. Das wird schon irgendwie gehen.«

Ulfs Stirn lag in Falten. »Hast du vorhin nicht was von 'nem möblierten Zimmer erzählt, das es locker mit 'ner Besenkammer aufnehmen kann?«

»Platz ist in der kleinsten Hütte. Was wollte Kruse denn so Dringendes?«

»Wir müssen sofort los. Der Chef will, dass wir uns unbedingt mit Petersens Schwiegersohn unterhalten.«

»Hat er auch gesagt, warum?«

»Ansatzweise. Der Typ heißt Jürgen Leuschner und war am Telefon wohl mehr oder weniger live dabei, als es Petersen erwischt hat.«

»Und wieso hat er sich nicht sofort an die Polizei gewandt? Das ergibt doch keinen Sinn.«

Ulf blieb stehen, sah Michi durchdringend an. »Genau deshalb sollen wir zwei Hübschen hinfahren und ihn auf den Pott setzen. Befehl vom Alten.«

10

»Sie haben ja schon mit unserem Chef gesprochen und ihm erzählt, dass Sie gestern Abend etwas mitgekriegt hätten«, begann Ulf, als Michi und er Jürgen Leuschner in einer geräumigen Wohnküche gegenübersaßen.

»Was heißt mitgekriegt? Ich hab meinen Schwiegervater angerufen und ...«

Michi mischte sich ein und deutete auf ihr Notizbuch, das vor ihr auf dem Küchentisch lag. »Können Sie sich erinnern, wann genau das war?«

Leuschner, der schon antworten wollte, besann sich eines Besseren und stand auf. Wenig später hielt er ein weißes Mobilteil in der Hand und drückte darauf herum. »Angerufen hab ich ihn um 23:07 Uhr und etwa fünf Minuten mit ihm geredet. Reicht das?«

»Genauer geht es ja kaum – der Technik sei Dank«, murmelte Ulf, bevor er mit einer neuen Frage fortfuhr: »Verraten Sie uns, worum es so spät noch ging und wieso das nicht bis zum nächsten Tag warten konnte?«

»Ich war stinksauer! Am liebsten wäre ich hingefahren, um ihn ...«

»Um ihn was?«, bohrte Ulf, weil es nicht weiterging.

Das erste Resultat war ein langes Kopfschütteln. Danach entschuldigte sich Leuschner mit einem matten Lächeln. »Ich müsste ein bisschen weiter ausholen.«

»Die Zeit nehmen wir uns gern.«

Ein tiefer Atemzug diente als Startsignal. »Ich hab meine Frau vor über zwanzig Jahren kennengelernt, drei Jahre später haben wir geheiratet.«

»Wo ist Ihre Frau eigentlich?«, fragte Ulf.

»Sie ist mit ihrem Gesangsverein unterwegs und kommt planmäßig erst nächste Woche zurück. Die sind zuerst in München, dann in Wien und zuletzt in ...«

»Weiß sie schon vom Tod ihres Vaters?«

Leuschner verneinte und fuhr mit seiner Geschichte fort, die er im Tonfall eines Opfers präsentierte: »Ich hätte viel früher wissen sollen, was ich mir da antue.« Ein freudloses Lachen erklang. »Femke, also meine Frau, hat Hajo seinerzeit gefragt, ob er die Kosten für die Hochzeit übernimmt. Das ist hier bei uns gute Sitte und normalerweise auch selbstverständlich, wenn die Tochter ...«

»Ist klar«, unterbrach Ulf. »Ich stamme ebenfalls von hier oben und weiß in etwa, wie der Hase läuft.«

Ein zweifelnder Blick. »Haben Sie schon mal gehört, dass der Brautvater seinen künftigen Schwiegersohn beiseitenimmt, ihm einen Kredit anbietet und dafür auch noch horrende Zinsen haben will? Natürlich bis ins kleinste Detail vertraglich abgesichert.«

Ulf sah ehrlich erstaunt aus. »Bis jetzt nicht. Erfreulicherweise!«

»Das ist übrigens noch nicht alles. Am Hochzeitsabend hat er mir einen Schuldschein unter die Nase gehalten und nicht Ruhe gegeben, bis ich ihn unterschrieben hatte. Seiner Tochter gegenüber hat er den großen Gönner geheuchelt und hintenrum den Korinthenkacker gemimt.«

»Ich habe heute von einer Nachbarin Ihres Schwiegervaters gehört, dass Ihre Frau nur Herrn Petersens Stieftochter ist. Trifft das zu?«, meldete sich Michi zu Wort.

»Hajo hat, wenn es um Femke ging, manchmal von 'nem Kuckucksei geredet. Spielt das 'ne Rolle?«

»Ein Teil unserer Ermittlungen umfasst auch die gesetzliche Erbfolge«, hob Ulf nüchtern hervor.

»Erbfolge!« Wieder erklang ein Lachen, das in Sachen Verbitterung jedes vorherige bei Weitem in den Schatten stellte. »Hajo hat vorgesorgt und niemand aus seinem Umkreis erbt auch nur einen Cent. So hat er es zumindest gesagt, nachdem Brigitte tot war. Meine Frau hat irgendwann endlich kapiert, was ihr blüht, und sich auszahlen lassen. Ein mickriges Trinkgeld, wenn Sie mich fragen.«

»Und wer erbt dann alles?«, wollte Ulf sofort wissen. »Wir haben zwar noch keine genaueren Informationen, aber es handelt sich doch garantiert um ein stattliches Vermögen, oder etwa nicht?«

»Keine Ahnung! Aber wie ich Hajo kenne, hat er sich bestimmt was richtig Hässliches ausgedacht. Er hat keinem auch nur das Schwarze unterm Nagel gegönnt.«

Ulf nahm einen neuen Anlauf. »Dann erklären Sie uns jetzt bitte, wieso Sie stinksauer waren und Ihren Schwiegervater mitten in der Nacht angerufen haben.«

»Ralf war gestern Abend bei mir, der hat vor Wut geschäumt.«

»Ralf … und weiter?«

»Bendixen.«

»Ist das der Ralf vom Pferdegnadenhof?«, hakte Michi nach und erntete dafür gleich zwei erstaunte Blicke. »Über den hat Herr Jensen vorhin auch gesprochen«, erklärte sie ihrem Kollegen leise.

Gegenüber nahm Jürgen Leuschner den Faden auf. »Dazu muss man wissen, dass Brigitte begeisterte Reiterin war und Pferde geliebt hat. Ich glaube, sie war auch ein paar Tage vor ihrem Tod noch bei Ralf im Stall und hat ihre Boxen eigenhändig ausgemistet. Irgendwann hat sie mir mal anvertraut, dass sie das Leben mit Hajo ohne ihre Tiere nie so lange ausgehalten hätte.«

Ulf zuckte mit den Schultern, klang ratlos: »Das lässt sich ja heute nicht mehr zweifelsfrei verifizieren. Verraten Sie uns stattdessen, was dieser Ralf ausgerechnet von Ihnen wollte.«

»Mein Schwiegervater hat ihm ein uraltes Gehöft überlassen, das eigentlich nur aus Trümmern bestand. Und selbst dafür musste Brigitte damals mit Engelszungen auf ihn einreden«, kam es bitter hinterher. »Der Pachtvertrag lief zehn Jahre und müsste spätestens Ende des Monats verlängert werden.«

»Hat sich Herr Petersen geweigert?«, setzte Ulf fort.

»Ganz genau! Ralf hat unglaublich viel Geld in den Hof gesteckt – seine kompletten Ersparnisse und die von Inken ebenfalls ...«

»Inken ist Ralfs Frau?«, fragte Michi, die für Notizen verantwortlich war.

Nicken. »Die beiden haben wirklich alles für die Pferde getan und ... ich glaube, zeitweise waren es über dreißig, denen es gar nicht besser gehen konnte. Aber damit ist es ab sofort ja vorbei.«

Ulf wollte etwas sagen, aber Michi kam ihm zuvor, was ihr einen wütenden Seitenblick einbrachte. »Was wird denn nun aus den ganzen Pferden, wenn Petersen den Pachtvertrag nicht verlängert hat?«

Jürgen Leuschner erwiderte frustriert: »Ralf hat gestern Abend genau dort gesessen, wo Sie jetzt sitzen, und am Ende Rotz und Wasser geheult. Für ein paar Pferde findet sich bestimmt ein neuer Platz, aber die anderen ...« Leuschner verstummte für einen Moment und fuhr dann energischer fort: »Wollen Sie wissen, was Hajo gesagt hat, als Ralf und Inken weinend vor ihm standen?«

Michi nickte, Ulf fiel mit ein.

»Die zwei sollten sich lieber beeilen, weil die auf dem Pferdeschlachthof nicht jedes Tier nehmen. Können Sie sich das vorstellen?«

Lange Zeit herrschte Schweigen. Ulf brach es mit leiser Stimme. »Kommen wir zurück zu Brigitte Petersen. Die Frau hat sich also auf dem Gnadenhof engagiert und hatte dort auch eigene Pferde stehen, richtig?«

»Poldi und Malik, die beiden Wallache, sind nach ihrem Tod dortgeblieben. Und nicht mal für die interessiert sich mein feiner Herr Schwiegervater oder kommt für deren monatlichen Unterhalt auf.«

»Sie sagten, Ralf Bendixen sei stinksauer gewesen«, setzte Ulf fort. »Wissen Sie noch, wann er aufgebrochen ist?«

Über Jürgen Leuschners Gesicht breitete sich ein dunkler Schatten. Offenbar sorgte erst diese konkrete Nachfrage dafür, dass auch in ihm ein böser Verdacht wuchs. »Glauben Sie ernsthaft, Ralf hat mit Hajo kurzen Prozess gemacht?«

»Nach dem, was Sie uns bisher erzählt haben, würde ich fürs Gegenteil nicht die Hand ins Feuer legen. Wie war denn Ihr Eindruck, als sich Ralf Bendixen verabschiedet hat? Denken Sie, er wäre zum Schlimmsten imstande gewesen?«

Leuschner überlegte. Erneut langte er nach dem Mobilteil, drückte eine Weile darauf herum und präsentierte dann das Ergebnis. »Ralf ist kurz vor zehn weg. Meine Frau hatte mich angerufen, und während ich mit ihr gesprochen habe, hat er sich verdrückt.«

»Also etwa um zehn herum«, wiederholte Michi und notierte auch diesen Umstand brav. Sie sah zur Seite, aber Ulf schien vorerst keine weiteren Fragen zu haben. Deshalb probierte sie es mit einer besonders brisanten: »Wissen Sie zufällig, ob Herr Bendixen eine Schrotflinte besitzt?«

»Ich kenne hier kaum jemanden, der keine hat.«

Ulf brauste auf. »Meine Kollegin hat Sie explizit nach Ralf Bendixen gefragt! Hören Sie mit dem Zickzackkurs auf, Herr Leuschner!«

Der reagierte aufgrund einer solchen Ansage brüskiert. »Ich denke, er hat eine, ja.«

»Denken Sie?«

»Ja … aber vielleicht fragen Sie ihn lieber selbst.«

»Worauf Sie sich verlassen können.«

11

Nach dem Mittagessen kehrte Kruse satt und zufrieden ins Büro zurück. Er war eben erst hinter seinen Schreibtisch geplumpst, da klingelte das Telefon. Normalerweise hätte er jetzt – wie es bei ihm am frühen Nachmittag gute Sitte war – für ein paar Minuten die Augen geschlossen, um ein Nickerchen zu machen. Von einem ihm unbekannten Anrufer hätte er sich davon nicht abhalten lassen, doch die Nummer auf dem Display verhieß Ärger. Aus jahrelanger Erfahrung wusste er, dass man diesem viel zu häufig auftretenden Phänomen nicht davonlaufen konnte.

Also nahm er das Gespräch übertrieben heiter an. »Moin, Martin! Hast du dich verwählt oder willst du tatsächlich mit mir sprechen?«

Martin Weise – seines Zeichens Landespolizeidirektor mit Sitz in Kiel – war anscheinend nicht nach Scherzen zumute. »Ich hatte gerade einen Anruf aus Hannover. Kannst du dir vorstellen, worum es dabei ging?«

»Wahrscheinlich plant ihr schon eure nächste Weihnachtsfeier bei der *Roten Rosi* oder ...«

»Werner!«, dröhnte es scharf. »Soweit ich weiß, hast du heute Morgen mit dem Osnabrücker Chef gesprochen und ihn auf deine übliche Art abserviert. Stimmt das?«

»Was heißt denn hier abserviert? Der kommt mit irgend-welchen haltlosen Vorwürfen um die Ecke und will mich am Telefon langmachen. Wo kommen wir hin, wenn neuerdings jeder dahergelaufene …?«

»Von haltlosen Vorwürfen kann doch überhaupt keine Rede sein«, empörte sich Weise lautstark. »Der Sachverhalt wurde ordnungsgemäß dokumentiert und es gibt mindestens drei Zeugen, die bestätigen, dass deine neue Mitarbeiterin den Kollegen Fischer grundlos attackiert hat. Seine Nase ist gebro-chen und zwei …«

»… Zähne wackeln«, vervollständigte Kruse gelangweilt. »Hoffentlich sind es Milchzähne.«

»Das ist nicht witzig, Werner! Hannover macht richtig Druck und die wollen, dass wir die Ermittlungen gegen – Sekunde …«

Im Hintergrund hörte Kruse Papier rascheln.

»… die disziplinarischen Ermittlungen gegen Michaela Greve nach Kräften unterstützen.« Weise räusperte sich. »Wenn's nach mir geht, nimmt die junge Frau jetzt gleich ihren Hut und bleibt erst mal zu Hause, bis sie endgültig suspendiert wird. Darauf läuft es ja so oder so hinaus.«

Kruse wurde es zu bunt. Seinem auf Länderebene obersten Chef auf den Schlips zu treten, war vielleicht nicht die beste Idee, aber darauf konnte und wollte er keine Rücksicht neh-men. »Norbert Fischer ist 'ne Drecksau und kann die Finger nicht von seinen Kolleginnen lassen. Ist dir das auch bekannt, oder trägst du neuerdings Scheuklappen im Dienst?«

»Ich habe so einiges über Fischer gehört«, erklang es ver-hältnismäßig kleinlaut. Dann wurde Weises Stimme wieder lau-ter. »Aber das gibt Frau Greve noch lange nicht das Recht, ihren Vorgesetzten zu schlagen. In solchen Fällen hat auch sie sich an den Dienstweg zu halten und …«

»Dienstweg!«, wiederholte Kruse mit bitterem Lachen. »Kann es sein, dass du schon seit jeher mit Scheuklappen rumläufst? Dein Dienstweg hat noch keiner Frau wirklich aus der Patsche geholfen!«

»Die Zeiten haben sich geändert, Werner. Aber das hast du anscheinend verschlafen. Außerdem heißt es, Fischer hätte sich mittlerweile unter Kontrolle und solche Vorfälle gebe es wohl schon länger nicht mehr.«

»Weil er immer weiter oben in der Nahrungskette sitzt und jede neue Kollegin Schiss hat, sich die Finger zu verbrennen. Tu doch nicht so blöd!«

»Mir reicht's, Werner! Solltest du nicht umgehend handeln und Frau Greve aus dem Spiel nehmen, dann lässt du mir keine andere Wahl ...«

Kruse kannte seinen Chef schon seit dessen erstem Tag im Polizeidienst. Während Martin Weise sein Heil von Anfang an in der Verwaltung gesucht hatte, war Kruse bei der Kripo nach und nach aufgestiegen und hatte es immerhin zum Ersten Kriminalhauptkommissar gebracht. Obwohl die beiden inzwischen ein paar Dienstgrade trennten, schätzte man sich gegenseitig und sprach regelmäßig ganz offen miteinander. Gerade deshalb wollte Kruse hier und jetzt nicht klein beigeben und hielt ein weiteres Mal dagegen. »Was ist, wenn ich Zeugen finde, die bestätigen, dass Fischer seine Flossen immer noch nicht im Griff hat? Wenn ich beweisen kann, dass er dasselbe Schwein wie eh und je ist?«

»Zeugen abgesehen von Frau Greve?«

»Was denkst du denn?«

Martin Weise ließ sich mit seiner Antwort Zeit. »Falls das Ganze wasserdicht ist und mir keine zusätzlichen Probleme einbrockt, stell ich mich für deine neue Mitarbeiterin auf die Hinterbeine und sag den Hannoveranern, die sollen ihren Fischer in die Wüste schicken.«

»Dann übst du am besten schon mal!«, erwiderte Kruse und donnerte den Hörer auf.

* * *

Auf dem Weg zum Pferdegnadenhof, der so ziemlich im Herzen der Halbinsel Nordstrand lag, schrie Michi auf, als sie einen Edeka-Markt passierten. »Halt an, bitte!«

Ulf zuckte erschrocken zusammen, weil er bis dahin mit seinen eigenen Gedanken beschäftigt war. »Was ist denn los?«, fragte er leicht angesäuert. Selbst Benno, der zusammengerollt auf der Rückbank lag, meldete sich gähnend und schien in der nächsten Sekunde wieder zu schlafen. »Hast du Hunger?«

Michi schüttelte den Kopf und stieß die Beifahrertür auf, ehe der Wagen richtig stand. Sie verschwand im Inneren des Supermarkts und kehrte bald darauf mit zwei großen Plastikbeuteln zurück, in denen sich Karotten befanden.

»Ein seltsames Mittagessen«, kommentierte Ulf Michis Einkauf. »Muss man die nicht vorher schälen oder wenigstens waschen?«

»Die sind für die Pferde! Sie lieben Möhren, Äpfel und … eigentlich alles, was sie nicht täglich in ihrem Futtereimer finden.«

»Heißt das, du kennst dich mit Pferden aus?«

»Ich bin früher geritten, hab im Stall geholfen und …«

»Bis andere Hengste interessanter wurden«, warf Ulf grinsend ein.

Michi hätte es gern verhindert, doch ihre Miene gefror.

»Hey! Das war nicht so gemeint und ganz bestimmt nicht …«

»Ist schon okay.« Michi mühte sich um ein Lächeln, was ihr kläglich misslang. »Ich bin in der Hinsicht vielleicht ein bisschen überempfindlich.« Sie zeigte auf die Plastikbeutel, die vor ihr im Fußraum lagen. »Hoffen wir mal, dass die Pferde Hunger haben.«

Wenig später erreichten die Ermittler den Gnadenhof. »Sieht ja auf den ersten Blick richtig nett aus«, bemerkte Ulf nach dem Aussteigen anerkennend. Seinen Wagen hatte er vor einem Stallgebäude geparkt, an das ein zweites im rechten Winkel anschloss. Überall auf dem Hof liefen Hühner herum, die den gummibereiften Störenfried eifrig gackernd empfingen. Nach und nach wurde es leiser.

Michi deutete zum Misthaufen, auf dessen Spitze sich ein Hahn aufplusterte, um klarzumachen, wer hier der Herr aller Reusen war.

»Du könntest ruhig mal für uns krähen«, forderte Ulf den stolzen Gockel auf.

Doch der flatterte nur aufgeregt und verschwand auf der Rückseite des Misthaufens.

»Ich hab noch kein einziges Pferd gesehen«, moserte Ulf gleich weiter. »Wahrscheinlich war die Aktion mit den Karotten ein Schuss in den Ofen.«

»Kann ich Ihnen helfen?«, rief plötzlich eine Frau von etwa fünfzig, die sich kurz zuvor durch ein Schiebetor aus einem der Ställe ins Freie geschoben hatte. Sie trug eine Arbeitshose und derbe Stiefel, an denen Stroh hing. Außerdem ein grünes T-Shirt, aus dessen Ärmeln beachtliche Muskeln herausragten. Die Zeugen jahrelanger körperlicher Arbeit.

»Inken Bendixen?«, fragte Ulf.

Es blieb bei einem Nicken. Zudem machte sich in einem gebräunten Gesicht ein Hauch von Misstrauen breit.

»Wir sind von der Kripo Husum. Mein Name ist Weingärtner, das ist meine Kollegin, Frau Greve.« Ulf hielt Inken Bendixen seinen Dienstausweis entgegen, doch die hatte momentan nur Augen für zwei durchsichtige Plastikbeutel, in denen Möhren steckten.

Michi fiel der Blick auf. »Darf ich? Also … falls die Pferde noch hier sind.«

Als hätte jemand hinter der Scheune auf genau dieses Angebot gewartet, fing ein ohrenbetäubendes Geschrei an.

»Was ist denn jetzt los?«, brüllte Ulf erschreckt.

»Wir haben noch eine Reihe alter Pferde, die in ihren Boxen stehen, und vier Mulis«, erklärte Inken Bendixen. Zuerst lächelte sie warmherzig, dann verfinsterte sich ihre Miene. »Wenn wir für die kleine Bande niemanden finden, dann …« Den Rest verschluckte sie. Und sogar die Mulis schwiegen abrupt.

Weil Ulf dazu offenbar nichts einfiel, fühlte sich Michi berufen. »Wir haben von Ihrem Dilemma gehört. Lässt sich da gar nichts mehr machen?«

Inken Bendixen lachte verbittert. »Der Petersen weigert sich, unseren Pachtvertrag zu verlängern. Wir haben ihn auf Knien angefleht und ihm sogar mehr Pacht angeboten.« Inzwischen war die Frau den Tränen nahe. »Die Tiere sind mir im Laufe der Jahre dermaßen ans Herz gewachsen. Einige – aber nur die jüngeren – konnten wir ganz gut unterbringen. Was aus den alten werden soll, weiß ich nicht.«

»Wo ist Ihr Mann?«, wollte Ulf wissen.

»Ralf ist unterwegs. Er bringt die beiden letzten vermittelbaren Stuten nach Norderfriedrichskoog, wo sie als Beisteller ihr Gnadenbrot kriegen. Hoffe ich zumindest.«

Eine Weile herrschte Schweigen. Irgendwo hinter der Scheune brüllte eins der Mulis, die anderen fielen kurz im Chor mit ein, dann wurde es wieder still.

Ulf war anzusehen, dass er sich alles andere als wohl in seiner Haut fühlte. Trotzdem wurde es Zeit, die Karten auf den Tisch zu legen. »Herr Petersen ist tot«, murmelte er und wich dabei jedem Blick aus.

Michi konzentrierte sich auf Inken Bendixen. Die wirkte aufrichtig erstaunt und konnte es dem Anschein nach gar nicht fassen. »Hajo Petersen? Wie … also … was ist denn passiert?«

»Besitzt Ihr Mann eine Schrotflinte?«, fragte Ulf anstelle einer Antwort.

»Klar! Ralf vertreibt damit von Zeit zu Zeit die Füchse, wenn die sich ein Huhn holen wollen.« Die Frau sah Michi an und sprach übereilt weiter: »Er schießt nur in die Luft, das hält immer ein paar Tage. Ralf würde niemals ein Tier erschießen.«

Während Michi zufrieden nickte, setzte Ulf nach: »Wo war Ihr Mann gestern Abend, sagen wir zwischen acht und elf?«

»Ich bin früh ins Bett, weil ich nach der Arbeit hier total fertig war. Außerdem wurden zwei Ponys abgeholt, die bei uns waren, seit sie …« Inken Bendixen schwieg plötzlich, in ihren Augen sammelten sich neue Tränen. »Ralf ist erst weit nach Mitternacht heimgekommen und hat mich aufgeweckt. Sie glauben doch hoffentlich nicht ernsthaft, dass er …?«

Ulf fuhr dazwischen: »Was wir glauben, ist irrelevant! Wissen Sie, wo Ihr Mann seine Schrotflinte aufbewahrt?«

»Im Geräteschuppen.«

»Sind Sie dann bitte so nett und führen uns dorthin? Vorausgesetzt, Sie sind damit einverstanden, dass wir die Flinte vorläufig sicherstellen.«

»Natürlich bin ich einverstanden, wir haben nichts zu verbergen.« Inken Bendixen marschierte einfach drauflos. Keine Minute später stand sie vor einem Blechspind, dessen Sicherheitsschloss geöffnet am Verschlussriegel hing. Sie zog die Tür auf und stutzte.

Michi linste an ihr vorbei und fand ihre Vermutung sofort bestätigt. Im oberen Regal lag zwar eine Pappschachtel, die zur Hälfte mit Schrotpatronen gefüllt war, nur von der dazugehörigen Flinte war nichts zu sehen.

»Das Teil ist verschwunden«, flüsterte Inken Bendixen. »Wie ist das möglich und warum …?«

»Können Sie Ihren Mann telefonisch erreichen?«, fiel ihr Ulf ins Wort.

Die Frau nickte.

»Dann sollten Sie das schleunigst tun!«

12

Schon den ganzen Tag hatte es Kruse bei Gisela Moltzen probiert, doch Hajo Petersens Schwester ging erst bei diesem neuerlichen Versuch ans Telefon und meldete sich mit einem atemlosen »Hallo?«.

»Werner hier, Moin, Gisela … stör ich?«

Diese Begrüßung sorgte für kurzes Schweigen. »Ich hab die Enkelkinder zu Besuch. Wer ist denn da?«

Kruse musste sich eingestehen, dass er den Anfang vielleicht etwas zu vertraulich gewählt hatte. Das letzte Treffen zwischen Gisela Moltzen und ihm lag mindestens fünf Jahre zurück und offenbar hatte er seinerzeit keinen bleibenden Eindruck hinterlassen. Deshalb wurde es Zeit für eine ausführliche Vorstellung. »Werner Kruse, Kripo Husum. Ich dachte, du erinnerst dich an mich.«

»Ach so! Sag das doch gleich, Werner!« Jetzt veränderte sich der Tonfall grundlegend. »Rufst du wegen Hajo an?«

»Dann hast du es also schon gehört?«

»Das hat inzwischen wohl jeder gehört. Ich weiß aber nicht, was ich da für dich tun kann.«

Mit einer ähnlichen Antwort hatte Kruse gerechnet, schließlich wusste er um das Verhältnis zwischen den Geschwistern.

Vor über zwanzig Jahren war es nach dem Tod der gemeinsamen Eltern zu einer regelrechten Schlammschlacht um das Erbe gekommen. Gerüchten zufolge war Hajo Petersen als Sieger aus dieser familiären Schlacht hervorgegangen und seine Schwester hatte die Niederlage vermutlich bis heute nicht restlos verdaut.

»Wann hast du das letzte Mal mit Hajo gesprochen?«, erkundigte sich Kruse.

»Vorletzte Woche.«

Diese Antwort überraschte Kruse. Er hatte mit Jahren, wenn nicht gar Jahrzehnten gerechnet. »Worum ging es bei eurem Gespräch?«, fragte er weiter.

Im Hintergrund war das Geschrei mehrerer Kinder zu hören. Wiederholt fiel das Wort Oma, anscheinend ging es um Eis oder Süßigkeiten. Kruse hörte Gisela Moltzens gedämpfte Stimme, dann war sie wieder deutlich zu verstehen. »Keine Ahnung, was er wirklich wollte. Er rief spätabends an, klang entsetzlich und hat die ganze Zeit nur von Brigitte geredet. Ich glaube, er ist über ihren Tod nie ganz hinweggekommen.«

»Aber er muss doch irgendwas von dir gewollt haben!«

»Für mich hörte es sich nach Abschied an. Er hat mir erzählt, dass er höchstens noch ein paar Monate hätte. Bauchspeicheldrüsenkrebs. Auf 'ne Chemo oder etwas anderes wollte er sich in seinem Alter nicht mehr einlassen.« Kurze Pause, erneut wurde im Hintergrund nach Oma gerufen. »Wenn ich so drüber nachdenke, ging es ihm eigentlich nur darum, ob ich noch alte Fotos von Brigitte hätte.«

»Und? Hattest du?«

»Nur die typischen Aufnahmen. Von Weihnachten, Ostern … du weißt schon.«

Warum Kruse dieses Interesse an Details verspürte, hätte er nicht erklären können, aber er fragte dennoch: »Hat er sich die Bilder abgeholt?«

»Ich hab sie in einen Umschlag gesteckt und Henning hat sie ihm letzte Woche vorbeigebracht.«

»Sind die beiden sich übern Weg gelaufen?«

Das erste Resultat war ein Lachen, danach ging es keuchend weiter: »Henning hat seit unserer Hochzeit nie wieder ein Wort mit meinem Bruder gesprochen. Ich kann mir nicht vorstellen, dass die beiden plötzlich …«

»Aber du weißt es nicht.«

Gisela Moltzen klang völlig unbekümmert. »Frag Henning doch einfach! Ich kann dir aber gleich sagen, dass er sich beim Thema Hajo selten im Griff hat. Also pass lieber auf, dass du nichts abkriegst.«

»Hat er immer noch den Fischbrötchen-Stand am Norderhafen?«

»Da werden sie ihn eines Tages tot raustragen. Ich hab mich oft genug gefragt, ob er mit mir oder seiner Fischbude verheiratet ist.«

Kruse merkte, dass es Zeit für einen Abschied wurde, daher kam ihm der Themenwechsel ganz gelegen. »Dann grüß Henning schön und sag ihm, ich melde mich demnächst.«

»Wird erledigt! Und, Werner …«

»Ja?«

»Stimmt es, dass Hajo umgebracht wurde und ihm der Kopf fehlt?«

Kruse war mit derartigen Fragen Angehöriger vertraut und wich routiniert aus. »Dein Bruder ist tot. Wie genau es passiert ist, spielt jetzt keine Rolle mehr. Wie gesagt: Grüß Henning schön und …«

»Hast du schon mit Robert gesprochen?«, fragte Gisela Moltzen unvermittelt.

Augenblicklich meldeten sich Kruses Instinkte, wobei er nicht vorhatte, etwas von seinem heutigen Telefonat mit Robert

Stegemann zu verraten. Stattdessen reagierte er mit einer Gegenfrage: »Warum sollte ich?«

»Am Telefon meinte Hajo, Robert hätte ihm irgendwie die Pistole auf die Brust gesetzt.«

»Hat er auch gesagt, worum es dabei ging?«

»Nicht direkt. Ich nehme an, dass von den neuen Ferienhäusern oben am Norderhafen die Rede war. Da gibt es offenbar Probleme, weil Handwerker Mangelware sind und Robert trotzdem nicht vernünftig zahlen will.«

Kruse wartete noch einen Moment, aber das schien zunächst alles zu sein. »War da auch von Streit die Rede, Handgreiflichkeiten oder …?«

»Nö! Du weißt doch selbst am besten, wie Hajo ist. Er hat einem immer nur das erzählt, was er wollte, nie ein Wort mehr.«

Derweil überlegte Kruse, ob er es dabei belassen sollte. Eine kleinere Alarmglocke in seinem Hinterkopf schrillte angesichts einer Ungereimtheit. »Wenn er eigentlich nur nach Fotos von Brigitte fragen wollte, wieso ging es plötzlich um die neuen Wohnungen am Norderhafen?«

Gisela Moltzens Tonfall veränderte sich, sie klang ein wenig verlegen. »Als Robert und Hajo das Projekt damals geplant haben, sind wir mit eingestiegen. Zwei Wohnungen – unser Sparschwein fürs Alter.«

»Und weiter?«

»Genaueres kann ich dir nicht sagen. Um geschäftliche Dinge kümmert sich Henning und …«

»Der redet schon seit Ewigkeiten nicht mehr mit deinem Bruder!«, vervollständigte Kruse.

Bevor es zu diesem Thema weiterging, musste er erneut mit anhören, wie sich die Enkelkinder lautstark bemerkbar machten. Dieses Mal hatte deren Oma eine energische Zurechtweisung parat und fuhr danach mit leicht genervtem Unterton fort: »Auf dem Bau läuft wohl einiges nicht nach Plan. Angeblich hat einer der Handwerker bei der Dachkonstruktion gepfuscht und der Schaden geht schnell in die Hunderttausende. Robert und Hajo haben mehrfach mit dem Chef der Firma geredet, aber da gibt es bisher keine zufriedenstellende Lösung.«

»Kannst du mir Namen sagen? Von der Firma und deren Chef?«

»Da musst du …«

»… Henning fragen, ist klar. Und jetzt kümmer dich lieber um deine Enkelkinder, Gisela!«

13

»Ich glaube, das reicht langsam, sonst platzen die Mulis noch«, spottete Ulf. Kein Wunder, denn der erste Plastikbeutel war längst leer. Inzwischen fischte Michi eine Karotte nach der anderen aus dem zweiten. Vier Mäuler wurden es nicht müde und rangelten um jede einzelne, als sei es die letzte auf Erden.

»Sind die nicht zu putzig?«, fragte Michi mit strahlenden Augen. »Wenn sich für die kleine Bande tatsächlich kein neuer Platz findet, dann müssen wir wohl rumfragen. Vielleicht kennt Kruse jemanden, der ...«

»Und was wird aus dem Dackel?« Ulf zeigte zum Auto hinüber. »Sollten wir den nicht mal rausholen, falls er pinkeln muss?«

»Der wird sich schon melden. Sind die Fenster offen, damit er Luft kriegt?«

»Immer noch sperrangelweit«, beruhigte Ulf seine Kollegin. »Und wenn Frau Bendixen richtigliegt, müsste ihr Mann jeden Moment zurückkommen. Ich denke, das wird interessant ...«

Wie bestellt war auf dem Kiesweg, der zum Hof führte, das Knirschen von Reifen zu hören. Kurz darauf geriet ein altersschwacher Kastenwagen ins Blickfeld der Ermittler. Ein Hüne mit sehnigen Armen, breiten Schultern und halblangen Haaren sprang heraus und näherte sich mit energischen Schritten.

»Immer schön sachte!«, bremste Ulf den Mann mit erhobenen Händen aus. »Wir sind nicht auf Ärger aus und ich hoffe, Sie auch nicht, Herr Bendixen.«

Dessen Miene entspannte sich zumindest ein Stück weit. Als er vor Ulf stehen blieb, sackten seine Schultern in den Keller. »Ich weiß gar nicht, was Sie hier wollen. Denken Sie etwa, ich hätte Hajo was angetan?«

»Vielleicht überlassen Sie besser uns die Fragen«, schlug Ulf noch halbwegs freundlich vor. »Wie es aussieht, hat Sie Ihre Frau bereits am Telefon über Herrn Petersens Tod informiert.«

Nicken.

»Darüber hinaus ist uns zu Ohren gekommen, dass Sie gestern Abend seinem Schwiegersohn einen Besuch abgestattet und sich fürchterlich über Hajo Petersen ausgelassen haben. Stimmt das?«

Erneut Nicken, aber dieses Mal hatte Bendixen auch etwas zu sagen: »Hajo ist ein verdammter Scheißkerl und ich würde ihm mit größtem Vergnügen den Hals umdrehen, aber …«

»Was?«, drängte Ulf, weil es nicht weiterging.

In Bendixens Gesicht machte sich Genugtuung breit. »Ich war's nicht. Demjenigen, der es getan hat, würde ich allerdings sofort einen Orden verleihen.«

»So was sollten Sie lieber nicht zu laut sagen«, empfahl Ulf, ehe er in anderer Sache fortfuhr: »Ihre Frau war so nett, uns den Spind zu zeigen, in dem Sie Ihre Schrotflinte aufbewahren.«

»Inken sagt, die wäre verschwunden«, kam Bendixen den Ermittlern zuvor. »Ist Hajo mit einer …?«

»… Schrotflinte erschossen worden«, vervollständigte Michi, die sämtliche Karotten verfüttert hatte. »Die Geschichte sieht nicht besonders gut für Sie aus.«

Ulf übernahm wieder. »Herr Leuschner meinte, Sie wären gegen kurz vor zehn bei ihm aufgebrochen. Von Ihrer Frau wissen wir, dass Sie erst weit nach Mitternacht zu Hause waren. Sind Sie zu Fuß unterwegs gewesen oder wieso hat das so lange gedauert?«

Inken Bendixen näherte sich dem Trio, hinter dem die Mulis unruhig am Zaun flanierten. Aus vier Kehlen erklang gleichzeitig Geschrei. Es mussten also zunächst reichlich Streicheleinheiten verteilt werden, bevor Ruhe einkehrte und ihr Mann Ralf eine Antwort geben konnte: »Ich bin bei Jürgen weg und erst mal 'ne Weile rumgefahren.«

»Einfach so rumgefahren?«, hakte Ulf schnippisch nach.

Was bei Ralf Bendixen gar nicht gut ankam. Sein Gesicht leuchtete rot, aufkeimende Wut trieb ihm Tränen in die Augen. Er zeigte zu einem der Ställe hinüber. Dabei war ihm anzuhören, dass er seine Stimme nur mit aller Mühe unter Kontrolle hatte. »Einige der Pferde sind seit über zwanzig Jahren bei uns. Können Sie sich vorstellen, was das für ein Gefühl ist, wenn man plötzlich vor dem Nichts steht? Wenn alles, was man aufgebaut hat, plötzlich in Trümmern liegt?«

»Wir verstehen sehr gut, was Sie durchmachen«, versuchte Michi ihn zu beruhigen.

Doch das verfehlte seine Wirkung, denn es ging noch lauter weiter: »Petersen hätte den Pachtvertrag nur verlängern müssen und alles wäre in Ordnung gewesen. Wir haben hier ein Vermögen investiert, um seinen alten Hof einigermaßen auf Vordermann zu bringen. Und jetzt, wo das meiste fertig ist, was kriegen wir da als Dankeschön? Einen Arschtritt mit Anlauf. Finden Sie das gerecht? Oder wären Sie auf einen wie Petersen sonderlich gut zu sprechen, wenn er mit Ihnen so umgesprungen wäre?«

Ulf mühte sich um einen ruhigen Tonfall: »Ich wollte Ihnen keinesfalls zu nahe treten, aber ...«

Ralf Bendixen, dessen Kopf mittlerweile aussah, als würde er jeden Moment explodieren, stoppte Ulf mit bebendem Organ: »Sieben Tage die Woche fahren wir her und kümmern uns von morgens bis abends um die Tiere. Und dann kommt so ein Scheißkerl wie Petersen, macht alles kaputt und wir wissen nicht, wohin mit all den armen Viechern.«

»Ist gut jetzt, Ralf«, besänftigte ihn seine Frau und packte ihn am Arm. Sie warb mit einem Lächeln um Verständnis für ihren Mann, der vorübergehend nur noch schnaubte. »Einige Fohlen haben wir mit der Flasche großgezogen«, flüsterte sie und ließ ihren wehmütigen Blick über leere Weiden wandern. »Die sind für uns wie Kinder und man bekommt jeden Tag so viel zurück.«

Lange Zeit herrschte Schweigen. Irgendwann fing Michi an, die Plastikbeutel in eine Kugel zu verwandeln, und stopfte sie in eine ihrer Jackentaschen. »Ich hör mich mal um, ob jemand wenigstens Interesse an den Mulis hat. Gibt es denn gar keine Alternative zu diesem Hof?«

Es platzte regelrecht aus Ralf Bendixen heraus: »Klar! Die nächste Baustelle, die einer auf unsere Kosten renovieren lässt und hinterher nichts anderes als einen Tritt in den Arsch für uns übrig hat. Es interessiert sich kaum einer für notleidende Tiere oder das, was wir Menschen tagtäglich anrichten. Und wenn überhaupt mal jemand mit 'ner Spende um die Ecke kommt, dann nur, um das eigene schlechte Gewissen zu beruhigen.«

»Wir sollten uns alle ein Stück herunterfahren«, schlug Ulf vor. »Ich möchte noch mal daran erinnern, dass es uns um den Mord an Herrn Petersen geht.« Er nahm Ralf Bendixen mit strengem Blick ins Visier. »Sie sind also gestern Abend bei Jürgen Leuschner aufgebrochen und waren danach kreuz und quer auf Nordstrand unterwegs. Ist das so weit richtig?«

Bendixen nickte energischer denn je. Mittlerweile hatte sein Gesicht wieder eine halbwegs normale Farbe angenommen.

»Gibt es dafür Zeugen? Sind Sie jemandem begegnet oder …?«

»Mitten in der Nacht?«

»Also nicht.« Ulf schaute kurz zu Michi, die ebenfalls einen ratlosen Eindruck machte. Bevor er die nächste Frage stellen konnte, klingelte sein Handy. »Entschuldigung … da muss ich rangehen, ist mein Chef.«

Während sich Ulf zum Telefonieren entfernte, brach Michi das betretene Schweigen: »Wie haben Sie das alles hier eigentlich bisher finanziert?«

»Ralf arbeitet als Krankenpfleger im Schichtdienst und verdient ganz gut«, antwortete Inken Bendixen bereitwillig. »Ich mache nebenbei ein bisschen mit Pferdezubehör im Internet. Insgesamt kommen wir einigermaßen über die Runden, aber Sie können sich nicht vorstellen, was allein Futter, Tierarzt und Hufschmied jeden Monat kosten.«

»Wie wär's, wenn Sie einen Verein gründen?«

»Dafür muss man erst mal mindestens sieben Leute zusammenbekommen, denen was am Tierwohl liegt – möglichst auf Dauer und nicht nur aus 'ner Laune heraus«, erwiderte jetzt der Mann. »Das stellt man sich leichter vor, als es ist.«

»Ich wäre dabei«, bot Michi lächelnd an. »Und der Mann meiner großen Schwester ist übrigens Tierarzt. Ich frag ihn mal, ob er von Zeit zu Zeit vorbeischaut, um …«

Inken Bendixen unterbrach zutiefst betrübt: »Hier ist alles vorbei. Wir können nicht mehr und sind zu alt, um noch mal ganz von vorn anzufangen. Außerdem haben wir die meisten Tiere nach und nach vermitteln können. Wie sollen wir den Leuten denn erklären, dass wir sie plötzlich zurückhaben wollen?«

Michi holte bereits Luft, aber Ulf, der sich eilig näherte, kam ihr mit lauter Stimme zuvor: »Meine Kollegen haben unweit von Petersens Haus eine Schrotflinte gefunden. Einer hat gleich ein Foto gemacht.« Ulf zückte sein Smartphone, wischte kurz darauf herum und hielt es Ralf Bendixen vor die Nase. »Kommt die Ihnen bekannt vor?«

Der Mann sah sich die Aufnahme genau an, kniff dabei die Augen zusammen. »Ich hab das Teil nicht besonders häufig in der Hand, aber die sieht meiner verdammt ähnlich.«

»Und Sie wollen immer noch behaupten, Sie hätten mit Herrn Petersens Tod nichts zu tun und wären gestern Abend ziellos herumgefahren?«

»Ja, natürlich!«

»Tja … da ist mein Chef offenbar anderer Meinung und hat Ihre vorläufige Festnahme angeordnet.«

Inken Bendixen meldete sich verzweifelt zu Wort. »Sie können Ralf doch nicht einfach so mitnehmen! Ich meine – ohne Beweise?«

»Doch, können wir!«

14

»Ulf hier«, meldete der sich eine halbe Stunde später über Freisprecheinrichtung bei seinem Chef. »Ralf Bendixen wurde gerade von zwei Streifenkollegen abgeholt und ist auf dem Weg nach Husum. Willst du dir den Mann allein vorknöpfen oder warten, bis wir zurück sind?«

»Hockt deine neue Kollegin neben dir?«

»In voller Lebensgröße«, übernahm Michi selbst die Antwort. »Was gibt's denn, Chef?«

»Schon gut. Bevor ihr herkommt, habt ihr noch was vor, also sperrt die Lauscher auf!«

Michi und Ulf wechselten einen Blick, da ging es auch schon weiter: »Ihr fahrt zum Norderhafen und stattet Henning Moltzen einen Besuch ab. Die Fischbrötchen-Bude dort gehört ihm.«

»Sagst du uns auch, warum und wer der Typ ist, oder müssen wir dafür eins der Brötchen fragen?«, knurrte Ulf, weil Kruse eine Pause machte.

»Der liebe Henning war Hajo Petersens Schwager und ist mit dessen Schwester Gisela verheiratet. Fühlt ihm einfach ein bisschen auf den Zahn … Nebenbei könnt ihr euch auf der Baustelle dort umschauen. Plaudert mit den Handwerkern, stellt die Löffel auf und achtet insbesondere auf Zwischentöne. Den Rest besprechen wir nachher im Büro.«

Es folgte ein Tuten, damit war das Gespräch einseitig beendet.

Michi suchte erneut Ulfs Blick und fand ihn. »Ist das normal?«

»Dass er uns ins kalte Wasser schmeißt?« Ulf lachte freudlos. »Völlig normal! Der Alte liebt es, mit Informationen hinterm Berg zu halten. Er meint, auf die Weise behalten wir alle einen freien Kopf und laufen nicht wie Idioten in dieselbe Richtung. Irgendwie stimmt das auch – wenigstens teilweise.«

»Ist es weit bis zum Norderhafen?«

»Viertelstunde. Es sei denn, da treibt gerade einer seine Schafe von einer Weide zur anderen.«

Das war nicht der Fall, denn nicht mal zehn Minuten später parkte Ulf seinen Dienstwagen neben der Fischbrötchen-Bude von Henning Moltzen. Mitten auf dem Höhepunkt der Herbstferien hatte der Mann gut zu tun und war zunächst noch eine Weile mit einem Pärchen beschäftigt, das sich nicht entscheiden konnte.

Als die jungen Leute mit Rollmops und Räucherlachs von dannen zogen, widmete sich Henning Moltzen den Ermittlern. »Moin! Was kann ich denn für euch zwei Hübschen tun?«

Michi merkte, wie es beim Geruch all der Leckereien in ihrem Magen zu rumoren anfing. Kein Wunder, schließlich war es inzwischen früher Nachmittag und sie hatte seit dem Müsli am Morgen nichts mehr gegessen.

Eine mögliche Bestellung ihrerseits verhinderte Ulf. Um gleich für klare Kante zu sorgen, hielt er seinen Dienstausweis hoch. »Weingärtner und Greve, Kripo Husum. Herr Moltzen?«

Der nickte und sah ein wenig enttäuscht zu seinen Brötchen hinunter. »Ihr seid bestimmt wegen Hajo hier, richtig?«

»Dann wissen Sie also bereits vom Tod Ihres Schwagers?«

Abermals Nicken. Bevor Moltzen etwas sagen konnte, war Michi an der Reihe: Sie deutete in die Auslage. »Die sehen alle köstlich aus! Ich nehme eins mit Räucherlachs und Senfsoße.«

Ulf musterte seine neue Kollegin skeptisch, doch auch in seinem Fall obsiegte der Hunger. »Für mich dasselbe ... bitte.«

Während die Ermittler kurz darauf um die Wette mampften, fing Henning Moltzen unaufgefordert von vorn an. »Wisst ihr schon, wer Hajo auf dem Gewissen hat?«

»Die Neuigkeiten sprechen sich ja schnell rum«, antwortete Ulf mit halb vollem Mund. »Haben Sie 'ne Idee, wer es gewesen sein könnte?«

Eine Frage, die auf der anderen Tresenseite für energisches Kopfschütteln sorgte. Wobei das nahtlos in ein Nicken überging. »Hajo ist ein Arschloch vor dem Herrn – war! Vermutlich hat er den Bogen überspannt und endlich hat ihm mal einer gezeigt, dass man sich im Leben nicht alles erlauben kann.«

»Und Sie haben wirklich keine Idee, wer das gewesen sein könnte?«

Moltzens Gesicht verzog sich. Ihm war anzusehen, dass er sich seine nächsten Worte gern verkniffen hätte: »Ihr solltet mal mit Robert Stegemann reden.«

Der Name war Ulf ein Begriff, deshalb bremste er Michi, die gleich nachfragen wollte, mit einer Handbewegung aus. »Heißt das, Sie denken, Herr Stegemann hat etwas mit Petersens Tod zu tun?«

»Ich denke nur, der kann euch am ehesten sagen, mit wem Hajo gerade im Clinch lag.« Wieder sah es aus, als würde der Herr über Lachs und Rollmöpse am liebsten schweigen. Trotz allem fuhr er mit einem Fingerzeig, der einer nahe gelegenen Großbaustelle galt, fort. »Das da drüben ist Roberts und Hajos größtes Problemkind.«

»Inwiefern?«, hakte Michi nach, weil Ulf mit dem letzten Bissen seines Brötchens beschäftigt war.

»Bis zuletzt waren die zwei mit einem der Handwerker vor Gericht, aber da geht's nicht weiter, weil sich die Gutachter 'ne Menge Zeit lassen. Mehr weiß ich nicht.«

Ulf wischte sich die Finger mit einer dünnen Papierserviette ab, knüllte sie zusammen und warf sie in den Plastikmülleimer neben sich. Er schaute Moltzen skeptisch an. »Ihrem Gesicht nach zu urteilen ist das noch nicht alles, oder?«

»Meine Frau und ich sind leider auch mit im Boot, haben schon vor anderthalb Jahren in das ach so tolle *Traumprojekt mit Gewinngarantie* investiert. Das Einzige, was dabei garantiert ist, sind jeden Monat neue Magenschmerzen«, kam es frustriert hinterher.

»Stammte die Empfehlung seinerzeit von Ihrem Schwager?«

»Von Hajo? Mit dem rede ich seit Ewigkeiten nicht mehr!« Moltzen wirkte nachdenklich. »Wenn ich es mir recht überlege – eigentlich hab ich mich nie richtig mit ihm unterhalten. Aber das lag ganz bestimmt nicht an mir.«

Ulf beließ es bei einem Schulterzucken, was für die gewünschte Fortsetzung sorgte: »Den Mist hat mir Robert eingebrockt.«

»Stegemann?«, vergewisserte sich Michi nebenbei.

»Kein Geringerer! Ich weiß noch genau, wie Robert dort gestanden hat, wo Sie jetzt stehen, und mir einen vom Pferd erzählt hat. Jeder, der nicht investieren würde, wäre ein totaler Idiot und hätte nicht verstanden, wie der Hase läuft und wie sich Geld von ganz allein vermehrt.«

»Um wie viel geht es denn in Ihrem Fall?«, hakte Ulf nach.

»Um 'ne halbe Million, fast unsere kompletten Ersparnisse.«

»Können Sie nicht mit Herrn Stegemann reden? Vielleicht ist er ja bereit, Ihren Anteil zurückzukaufen oder …«

»Robert? Dem steht das Wasser doch neuerdings auch bis zum Hals.«

»Das müssen Sie uns näher erklären!«

»Er hat sich verzockt. Dieser Baustopp hier am Norderhafen ist nur eins seiner Probleme. In der Nähe von Husum hat er letztes Jahr ein ehemaliges Gewerbegrundstück gekauft und wollte darauf Reihenhäuser hochziehen. Dann hat sich herausgestellt, dass der Boden verseucht ist und abgetragen werden muss. Da geht's um Millionen, und ich weiß zufälligerweise, dass ihm die Banken mittlerweile die kalte Schulter zeigen. Die haben ihm den Hahn abgedreht.«

Ulf wollte es genauer wissen. »Wie ist das möglich? Ich dachte immer, Herr Stegemann wäre so was wie der hiesige Donald Trump.«

Eine Annahme, die Henning Moltzen zum ersten Mal von Herzen auflachen ließ. »Das stimmt sogar. Aber wenn an den Gerüchten was dran ist, hat Robert längst alles, was ihm gehört, als Sicherheit verpfändet, um die Kredithaie bei der Stange zu halten.«

Selbst Michi hatte Mühe, ein Schmunzeln zu unterdrücken.

Neben ihr holte Ulf tief Luft. Seine nächsten Worte bewiesen, dass er das Thema Robert Stegemann vorerst ad acta legen wollte. »Sind Sie so nett und sagen uns, wo Sie gestern Abend zwischen acht und elf waren, Herr Moltzen?«

Der lachte erneut auf, allerdings handelte es sich dabei um ein Anzeichen von Empörung. »Sie glauben doch hoffentlich nicht, ich hätte …?«

»Antworten Sie einfach! Falls Sie nichts zu verbergen haben, müssen Sie sich ja auch keine Sorgen machen.«

Auf diesem Kommentar kaute Moltzen noch eine Weile herum, bevor er der Aufforderung folgte: »Ich war bis circa acht hier. In den letzten Tagen der Saison nehm ich alles mit, was geht. Dann bin ich nach Hause, hab meine Bestände gecheckt und Bestellungen gemacht – etwa bis neun.«

»Und danach?«, fragte Michi, weil es nicht weiterging. Sie wedelte mit ihrem Kugelschreiber, um Bereitschaft zu signalisieren.

»Ich hab noch was gegessen und bin ziemlich früh ins Bett. Sollten Sie mir nicht glauben, fragen Sie meine Frau, die kann alles bestätigen.«

»Kennen Sie Ralf und Inken Bendixen?«, erkundigte sich Ulf nach längerem Schweigen.

»Die Pferdeleute … kennt hier so gut wie jeder. Wieso fragen Sie?«

»Nur so«, wiegelte Ulf ab und zückte seinen Geldbeutel. »Was bekommen Sie? Für beide?«

»Geht aufs Haus.«

»Das ist nicht nötig, wir …«

»Grüßen Sie Ihren Chef, wenn Sie zu Wort kommen!«

Ulf grinste, wollte gerade nachfragen, doch Henning Moltzen war schneller: »Werner und ich haben früher in einer Mannschaft gekegelt. Er ist irgendwann ausgeschieden, weil er ständig mit allen Streit hatte.«

»Kann ich mir kaum vorstellen«, entgegnete Ulf scheinheilig.

Moltzen war noch nicht fertig: »Und vielleicht erinnern Sie Werner mal daran, dass er sich am letzten Clubabend 'nen Zwanziger von mir geliehen hat. Hab ich bis heute nicht zurück.«

15

»Erinnerst du Kruse an seine Schulden, die er bei Henning Moltzen hat?«, erkundigte sich Michi grinsend, nachdem sie mit Ulf in Richtung Baustelle aufgebrochen war.

»Glaubst du, ich bin lebensmüde? Das soll der Moltzen mal schön selbst mit dem Alten besprechen. Außerdem wird das Geld kaum reichen, um sein missglücktes Immobilien-Investment auszugleichen.«

Michi deutete im Laufen über die Schulter, gemeint war die Fischbrötchen-Bude. »Was war das da eben eigentlich? Ist Moltzen einer für unseren Kreis der Verdächtigen?«

Ulf blieb stehen und zwang Michi dadurch ebenfalls zu einer Vollbremsung. »Ich wette, unser Chef weiß jetzt schon viel mehr, als wir aus dem Kerl herauskitzeln konnten. Hab ich dir doch vorhin erklärt: Kruse will, dass wir einen freien Kopf behalten und nicht wie Schafe blökend alle in eine Richtung laufen.«

»Hab ich verstanden. Aber andererseits wäre es auch möglich, dass wir viel mehr zustande bringen, wenn er uns vorher mit Informationen füttert. Ich meine ja nur …«

Ulf hatte sein Gesicht nicht unter Kontrolle, eine Form von Entsetzen machte sich darin breit. »Das kannst du ihm gern mal genau so sagen. Bin gespannt, wie er reagiert.«

* * *

Aktuell überaus gereizt. Ein weiteres frustrierendes Telefonat lag hinter Kruse und er knallte den Hörer wütend auf. Ausgerechnet in diesem Moment klopfte eine Kollegin vom Wachtresen an, steckte ihren blonden Lockenkopf herein und hatte gleich eine Erklärung parat: »Vorn bei uns wurde ein Herr Bendixen für Sie abgegeben. Er ist bereits erkennungsdienstlich behandelt worden und unsere KTU hat ihn auf Schmauchspuren untersucht. Darf ich den Mann hier bei Ihnen lassen?«

»Dürfen Sie!«, rief Kruse und winkte. Diesen angekündigten Mann, der die junge Beamtin locker um anderthalb Köpfe überragte, konnte er längst sehen. »Nicht so schüchtern, Herr Bendixen! Kommen Sie rein, machen Sie die Tür hinter sich zu und setzen Sie sich!« Als das passiert war, fuhr der Hauptkommissar nicht minder energisch fort: »Wie sieht's aus? Wollen Sie Ihrem Gewissen von allein Luft verschaffen oder muss ich mit ein paar Fragen nachhelfen?«

Ralf Bendixen saß stocksteif, als hätte er einen Besenstiel verschluckt, vor dem Schreibtisch. »Ich weiß überhaupt nicht, wovon Sie da reden«, empörte er sich, während sein Gesicht eine ungesunde Farbe annahm.

Kruse fiel demonstrativ gegen die Lehne seines Drehstuhls und verschränkte die Hände vor der Brust. Seine Miene wirkte spöttisch. »Wie es aussieht, wurde Hajo Petersen mit Ihrer Schrotflinte erschossen, Sie haben kein Alibi und ein erstklassiges Motiv. Ich kann mich kaum an einen Fall erinnern, bei dem die Sachlage eindeutiger war.«

Daraufhin fiel Ralf Bendixen ebenfalls gegen die Lehne seines Stuhls. Er wollte gerade, Kruses Beispiel folgend, die Hände vor der Brust verschränken, ließ es jedoch und begann kopfschüttelnd: »Mir ist Ihre Sachlage völlig egal. Ich war's nicht. Basta!«

»Und wer war's dann? Nehmen wir mal an, ich glaube Ihnen, dann müssten Sie doch wenigstens einen Verdacht haben, wer es ansonsten auf Ihren Freund Hajo abgesehen hatte.«

»Hajo Petersen war alles, aber bestimmt nicht mein ›Freund‹!«, spie Bendixen wie pures Gift aus. »Ich hab das schon Ihren Kollegen gesagt: Demjenigen, der den Scheißkerl erledigt hat, möchte ich am liebsten einen Orden verleihen.«

Kruse lächelte süffisant. »Und Sie haben wirklich keine Idee, wer sich den verdient hätte?«

Schulterzucken.

»Okay … dann anders gefragt: Wer konnte an Ihre Schrotflinte gelangen, damit zu Hajo Petersen fahren und ihn kaltblütig erschießen? Dazu 'ne Idee?«

Erneut Schulterzucken. Doch dieses Mal beließ es Ralf Bendixen nicht dabei. »Ich kenne niemanden, der Hajo Petersen leiden konnte. Manchmal frag ich mich, wie es seine arme Frau so lange mit ihm aushalten konnte.«

»Brigitte war allgemein hart im Nehmen«, verlängerte Kruse. Aus gutem Grund, denn er wollte durch diesen Kurswechsel Sympathie bei seinem Gegenüber wecken. »Haben Sie sich auch um Brigittes Pferde gekümmert?«

»Natürlich! Und als sie noch gelebt hat, gab es nur selten Probleme mit Hajo. Wir konnten zwar nie aus dem Vollen schöpfen, aber sie hat uns immer, so gut es ging, unterstützt.« Ein Lächeln umspielte Bendixens Mundwinkel. »Sie hat mir mal erzählt, wie sie ihren bekloppten Mann häufig bezirzen musste, um ihm ein paar Euro aus dem Kreuz zu leiern.«

»Abgesehen davon! Wer konnte sich Ihre Schrotflinte schnappen und kurzen Prozess machen?«

»Ich weiß es nicht! Meine Frau sagt, jemand hätte mit 'nem Schlüssel den Spind geöffnet. Zumindest wurde er nicht aufgebrochen.«

»Wer könnte denn einen Schlüssel gehabt haben?«, setzte Kruse nach. Diese Taktik des Mürbemachens war seine Spezialität und er beherrschte sie aufgrund jahrzehntelanger Erfahrung in absoluter Perfektion.

»Ich weiß es nicht!«, antwortete Bendixen abermals und in identischem Tonfall. »Außerdem interessiert es mich nicht! Hajo ist tot und für meinen Geschmack hätte das Schwein gern länger leiden dürfen.«

Kruse wurde hellhörig. »Woher wollen Sie wissen, wie lange er gelitten hat?«

Bendixens Miene machte deutlich, dass er sich in die Enge getrieben fühlte. Entsprechend brauste er auf: »Sie haben doch selbst gesagt, dass er mit 'ner Schrotflinte erschossen wurde. Ich kann mir nicht vorstellen, dass das besonders lange gedauert hat.«

»Wer sich mit solchen Flinten auskennt, kann die Sache bestimmt auch in die Länge ziehen«, stellte Kruse beiläufig in den Raum. »Zuerst ein Bein, dann ...«

»Das dürfen Sie gern mal ausprobieren, wenn Sie die Gelegenheit bekommen«, unterbrach Ralf Bendixen den Vortrag. »Und noch mal zum Mitschreiben: Ich war's nicht!«

»Tun wir noch mal so, als würde ich Ihnen glauben«, begann Kruse nach exakt dosierter Pause von Neuem. »Dann bleibt zumindest die Tatsache, dass Sie dem Mörder zu einer tödlichen Waffe verholfen haben. Da kommt einiges auf Sie zu, ist Ihnen das bewusst?«

Bendixen widersprach entschlossen: »Der Schrank war ordnungsgemäß abgeschlossen.«

»Ein Spind, der nie und nimmer die Vorschriften zum Lagern einer Schusswaffe erfüllt!«

»Trotzdem war das Teil abgeschlossen«, erklang es jetzt um einiges kleinlauter.

»Natürlich ... und dass ein anderer zufällig einen Schlüssel hatte, wussten Sie auch nicht. Das können Sie Ihrer kranken Großmutter erzählen, Herr Bendixen.«

Der fiel nach vorn und versenkte sein Gesicht in Händen, die Bratpfannen glichen.

Unterdessen ließ sich Kruse ein wenig Zeit mit seiner nächsten Frage und gähnte davor herzhaft. »Wer außer Ihnen hatte noch einen Schlüssel?«

»Niemand! Zumindest niemand, von dem ich wüsste«, erklang es durch zwei Hände gedämpft. Doch urplötzlich befreite Ralf Bendixen sein von Wind und Wetter gegerbtes Gesicht aus der selbst gewählten Umklammerung und sah auf, Kruse direkt in die Augen. »Es gibt doch jemanden.«

»Und zwar?«

»Brigitte hatte von allen Türen Schlüssel, auch den Spinden.«

»Brigitte Petersen, Hajos Frau?«, setzte Kruse zur Sicherheit nach.

Was eifriges Nicken zur Folge hatte. »Sie war die Einzige, die ...«

Kruse fuhr rabiat dazwischen: »Wollen Sie behaupten, Hajo selbst hätte die Schrotflinte aus Ihrem Spind geklaut?«

»Wäre doch möglich. Sind Sie sich ganz sicher, dass es kein Selbstmord war?«

»Hajo wurde der Kopf weggepustet! Ihre Schrotflinte hat man auf einer Wiese nicht weit von seinem Haus entfernt gefunden. Können Sie mir mal verraten, wie er das angestellt haben soll?«

»Keine Ahnung«, murmelte Ralf Bendixen nach einigem Zögern. »Ich kann Ihnen nur sagen, dass ich es nicht war.«

Kruse horchte in sich hinein. Was er dort fand, behagte ihm nicht. Sein kriminalistischer Instinkt, der es im Laufe von Jahrzehnten mit jeder nur denkbaren Abart von Lügen zu tun bekommen hatte, funkte munter Entwarnung. Mit anderen Worten: Sein Gegenüber war entweder ein hochbegabter Ausnahmelügner oder unschuldig.

»Was kann ich noch tun, um Sie zu überzeugen?«, fragte Ralf Bendixen. Offenbar wurde ihm die Gesprächspause zu lang. Er brüllte fast: »Ich hab 'ne Schrotflinte, ja! Und vielleicht hab ich das Teil nicht gut genug weggesperrt – mag sein. Aber deshalb bin ich noch lange kein Mörder!«

Kruse zuckte mit den Schultern und schwieg ansonsten ganz bewusst, um der Wut des anderen freien Lauf zu lassen.

»Ich muss mich um die restlichen Pferde und Mulis kümmern, bevor der Pachtvertrag endgültig ausläuft und die zwangsweise abgeholt werden. Wo deren Reise dann hingeht, brauche ich Ihnen hoffentlich nicht zu erklären, oder?« Ralf Bendixen verstummte, hatte wohl erst mal ausreichend Druck abgelassen.

»Mulis?«, wiederholte Kruse nach weiterem Schweigen.

Bendixen sah ihn verwirrt an, lieferte aber zumindest eine biologische Definition: »Die Kreuzung aus Pferdestute und Eselhengst. Muli oder auch Maultier genannt.«

»Und wenn es umgekehrt wäre, Mutter Esel und Vater …«

»Dann nennt man es Maulesel.«

»Aha.«

Kruses zur Schau getragene Gelassenheit brachte den anderen beinahe zur Weißglut. »Die Tiere landen allesamt auf dem Schlachthof, wenn Sie mich wegsperren. Meine Frau hat keinen Führerschein, und selbst wenn …« Bendixen unterbrach sich selbst mit einem freudlosen Lachen. »Mit 'nem Pferdeanhänger ist alles doppelt schwer.«

Nach einem hörbaren Atemzug reagierte Kruse unverändert ruhig. »Unsere Spurensicherung ist längst bei Ihnen vor Ort und müsste bis heute Abend fertig werden. Ihr Hof ist ...«, der Hauptkommissar machte eine Pause, um nachzudenken, »auf jeden Fall relevant für unsere weiteren Ermittlungen und somit vor jeglichem Zugriff geschützt.«

»Heißt das, niemand kann kommen und uns die Pistole auf die Brust setzen?«

»Derjenige sollte sich schön hüten, weil er es sonst mit Polizei und Staatsanwaltschaft zu tun bekommt.«

»Wie lange könnten Sie diesen Zustand denn aufrechterhalten?«

»Bis auf Weiteres. Ich bin kein Freund von Versprechungen, die ich hinterher nicht halten kann.«

Lange Zeit herrschte Schweigen. Dann traute sich Ralf Bendixen zu fragen: »Und was wird jetzt aus mir?«

Kruse, der schon seit Gesprächsbeginn mit einer Büroklammer spielte und die inzwischen in sämtliche Richtungen verbogen hatte, schleuderte das Teil auf die Schreibunterlage. Er beugte sich nach vorn und stützte sich mit den Ellbogen darauf ab. »Wenn ich Sie laufen lasse und sich am Ende herausstellt, dass Sie es doch waren, hab ich 'n Problem. Ein ziemlich großes sogar.«

»Ich war's nicht«, kam es flüsternd zurück.

»Ich weiß – aber ich hab oft genug erlebt, wie Unschuldige wegen Mordes hinter Gittern gelandet sind.«

16

Als Michi und Ulf am späten Nachmittag ins Büro der Mordkommission zurückkehrten, trafen sie Kruse dort telefonierend an. Beim Anblick seiner Kollegen wurde der Hauptkommissar plötzlich hektisch, verabschiedete sich eilig und vertagte den Rest der Unterhaltung auf den nächsten Morgen oder irgendwann.

»Probleme?«, erkundigte sich Ulf, während er hinter seinem Schreibtisch landete.

Kruse schüttelte energisch den Kopf und deutete auf Michi, die vor ihrem neuen Arbeitsplatz stand und Kruse den Rücken zuwandte. Er legte sich einen Finger an die Lippen und erklärte pantomimisch, dass er auch die Erklärung hierfür auf später vertagen wollte.

Also tat Ulf einen hörbaren Atemzug und fing ein wenig zu laut an: »Wir haben ein paar ganz interessante Dinge herausgefunden, die uns vielleicht weiterbringen. Ist dir nach Zuhören oder willst du selbst den Anfang machen?« Er sah seinen Chef fragend an, erntete jedoch keinerlei Reaktion. Vielmehr schien Kruse die Rückansicht der neuen Kollegin zu bewundern und war völlig darin vertieft. »Alles in Ordnung?«, fragte Ulf daher.

Er wollte bereits nachsetzen, da ging ein Ruck durch Kruses Körper.

»Interessante Dinge?«, wiederholte der Hauptkommissar unverändert abwesend.

Ulf hingegen war erleichtert und langte nach dem rettenden Strohhalm. »Ganz genau! Wusstest du, dass Robert Stegemann kurz vor der Pleite steht? Munkelt man zumindest.«

»Wer munkelt so was?«

»Zuerst nur dein Kumpel Henning, mit dem du früher gekegelt hast. Aber wir sollten uns ja auch auf der Baustelle umhören, und das haben wir getan.« Ulf machte eine Pause, sah seinen Chef dieses Mal triumphierend an, doch der reagierte – abgesehen von einem herzhaften Gähnen – nicht weiter. An eine Frage, die für Interesse an zusätzlichen Details sprach, war gar nicht erst zu denken. Also fuhr Ulf in monotonem Singsang fort: »Einige der Handwerker meinten, dass Stegemann deren Firmen schon seit Längerem unpünktlich oder gar nicht mehr bezahlt. Deshalb – und weil wohl nebenbei ein Prozess in Sachen Pfusch läuft – geht auf der Baustelle so gut wie nichts mehr voran.«

Michi war mit dem Inspizieren ihrer Wirkungsstätte fertig und ließ sich mit ihrem halben Hinterteil auf Ulfs Schreibtischkante nieder. Weil die Blicke beider Männer auf ihr ruhten, lieferte sie bereitwillig die Fortsetzung: »Henning Moltzen hat nach eigenen Angaben seine kompletten Ersparnisse in das Bauprojekt am Norderhafen investiert und macht sich Sorgen um sein Geld. Klingt für mich nachvollziehbar.«

»Wie viel?«, hakte Kruse nach.

»Angeblich 'ne halbe Million – das werden wir aber noch überprüfen.«

»Was war denn bei den Nachbarn und was hat euch der liebe Jürgen erzählt?«

Ulf übernahm wieder: »Jürgen Leuschner, also Petersens Schwiegersohn, macht nicht den Eindruck, als hätte er was mit der Sache zu tun. Er trauert nicht gerade um seinen ...«

»Niemand trauert um Hajo!«, knurrte Kruse. »Wieso auch?«

Während Ulf schon fortfahren wollte, schaffte es sein Chef dieses Mal, ihn gleich vor dem ersten Wort auszubremsen. »Wir machen es wie immer und teilen die Arbeit gerecht auf!«, erklang es im Befehlston. »Unsere neue Mitstreiterin übernimmt das Opfer und du«, Ulf bekam einen Blick ab, der nicht mehr ganz so freundlich wirkte, »übernimmst die Täterseite.«

Weil plötzlich Schweigen herrschte, erlaubte sich Michi eine Frage: »Was genau hab ich denn da zu tun?«

»Es geht um Hajo Petersens Leben, also bevor ihm jemand den Kopf weggepustet hat. Was eben so dazugehört. Finanzieller Hintergrund, Familie, Freunde und ...«

»Freunde kannst du dir gleich sparen«, warf Ulf grinsend ein.

Was bei Kruse nicht besonders gut ankam. »Wir müssen alles über Hajo herausfinden. Wirklich alles! Verstanden, Frau Greve?«

Michi wich in Anbetracht dieser Anrede selbst auf der Schreibtischkante sitzend ein Stück zurück.

Das war auch Kruse nicht entgangen. Seine zuvor ernste Miene entspannte sich nach und nach, bis daraus zumindest ein halbes Lächeln wurde. »Du drehst Petersen komplett auf links. Am Ende will ich wissen, ob er Schweißfüße, Hämorrhoiden oder ein Magengeschwür hatte. Außerdem nimmst du dir in aller Ruhe seine verstorbene Frau vor. Würde mich nicht wundern, wenn die der Grund für seinen gewaltsamen Abgang ist. Ist das in Ordnung für dich, Michi?«

»Klar, Chef!«

»Wo du gerade von Brigitte Petersen sprichst«, meldete sich Ulf zu Wort. »Die Verbindung zum Pferdegnadenhof stammt ja von ihr. Was hast du mit Ralf Bendixen angestellt?«

»Schätze, der ist längst wieder aufm Weg nach Hause.«

Ulf entglitten sämtliche Gesichtszüge. »Du hast ihn laufen lassen? Bei der Beweislage?«

»Der Typ ist vielleicht ein leidenschaftlicher Tierschützer, aber bestimmt kein Mörder«, hielt Kruse gegen. »Davon abgesehen hatte Brigitte Petersen auch einen Schlüsselsatz. Einer davon passt zum Spind, aus dem die Schrotflinte verschwunden ist.«

Ulf winkte ab. »Und weiter? Weiß du auch schon, wer sich die Schlüssel gekrallt und Petersen mit der gestohlenen Flinte erledigt hat?«

»Dann könnten wir uns den Rest hier sparen und Feierabend machen«, raunte Kruse. Wobei seine Aufmerksamkeit vielmehr Michi gehörte, denn die saß mit hängendem Kopf auf der Schreibtischkante und schien auf etwas herumzukauen. »Alles in Ordnung?«, fragte er und rüttelte sie damit wach.

Michi schüttelte langsam den Kopf. »Was soll denn jetzt aus dem Gnadenhof werden? Da sind ja noch vier Mulis und ein paar uralte Pferde im Stall, von denen niemand weiß, ob sich ein neues Zuhause für sie findet.«

Ulf kam einer Antwort von Kruses Seite zuvor: »Unsere neue Kollegin ist ebenfalls leidenschaftliche Tierschützerin. Auf dem Weg hierher haben wir einen Dackel namens Benno bei ihrer Vermieterin abgeliefert. Der Gute ist gleich wie ein Toter aufs Sofa gefallen und hat sogar nach mir geschnappt, als ich mich von ihm verabschieden wollte.«

Kruses bis dahin unbewegte Miene verzog sich zu einem Grinsen. »Der Hund gefällt mir … scheint Geschmack zu haben.«

Bevor Ulf reagieren konnte, hakte Michi ein: »Meine Vermieterin ist mit fliegenden Fahnen auf ihren Dachboden und hat die Sachen von ihrem früheren Dackel runtergeholt – die würden wahrscheinlich auch für ein ganzes Rudel reichen.«

Kruse sah Michi erneut an und erschrak vor den väterlichen Beschützerinstinkten, die in ihm erwachten. »Was den Gnadenhof betrifft, brauchst du dir erst mal keine Sorgen zu machen. Bis das Erbe von Petersen geklärt ist, passiert da ohnehin nichts.«

Michi hob gleich zur Widerrede an: »Die Bendixens haben ab Monatsende keinen Vertrag mehr und können doch nicht einfach …«

»Doch, genau das können sie!«, wiegelte Kruse ab und nahm mit einiger Genugtuung zur Kenntnis, wie Michis Gesicht nach und nach einen zufriedenen Ausdruck annahm. »Und jetzt machst du Feierabend und kümmerst dich um deinen neuen Freund Benno. Haben wir uns verstanden?«

»Ich würde gern sofort mit den Recherchen zu Petersen anfangen und …«

»Du machst Feierabend und bist morgen früh zur Abwechslung pünktlich hier. Hast du eigentlich einen Führerschein?«

Michi sah ihren Chef entrüstet an. »Ich hatte Ihnen doch erzählt, dass ich heute im Stau gestanden habe.«

»Dann darfst du morgen meinen Chauffeur spielen.«

Ulf meldete sich zu Wort. »Und ich?«

»Du bist doch für die Täterseite verantwortlich. Oder willst du noch weitere Aufgaben?«, hakte Kruse grinsend nach.

Michi erhob sich, wobei sie ihren Chef immer noch prüfend anschaute. Als der ihren Blick erwiderte, lächelte sie unsicher. »Soll ich wirklich Feierabend machen?«

»Sollst du … und zwar sofort!« Kruse deutete auf Ulf, der ihm direkt gegenübersaß. »Hier liegen ab sofort Männerthemen an: Fußball, Whiskysorten und …«

»Schon verstanden!«, unterbrach Michi lachend. »Falls Sie mir irgendwann die Wahrheit sagen wollen, bin ich ganz Ohr, Chef.«

17

Zutiefst erleichtert sah Doktor Alexander Bruhn an diesem
frühen Abend die Tür seiner Arztpraxis hinter der letzten
Sprechstundenhilfe zufallen. Gestresst und übermüdet sank
er auf einen der Stühle vor dem Empfang und tat ein paar
tiefe Atemzüge. Normalerweise kümmerten sich seine Frau
Hannah – ebenfalls Allgemeinmedizinerin – und er zusammen um die Patienten. Eine Aufgabe, die hier auf Nordstrand
mal mit mehr und mal mit weniger Stress verbunden war.
Insgesamt waren die täglichen Herausforderungen gut zu
meistern. Schließlich kannte man nach all den Jahren fast
jeden seiner Pappenheimer sowie dessen Krankheitsgeschichte
und konnte in der Regel ernstere Fälle leicht von Lappalien
unterscheiden. Während sich Hannah hauptsächlich um
Frauen und Kinder kümmerte, blieben die Männer an ihm
hängen. Im Vergleich zu den Hamburger Verhältnissen, wo
sie in den ersten Jahren ihrer ärztlichen Tätigkeit kaum Schlaf
und erst recht keine Entspannung gefunden hatten, waren
die Zustände hier auf Nordstrand geradezu paradiesisch.

Bis vor knapp drei Wochen, als mitten in der Nacht
das Telefon klingelte. Am anderen Ende meldete sich eine
Krankenschwester mit einer Hiobsbotschaft. Hannahs Mutter

wäre in ihrer Wohnung gestürzt und hätte sich die Hüfte gebrochen, hieß es. Als vorbildliche Tochter war Hannah gleich am kommenden Tag nach Stuttgart aufgebrochen und umsorgte dort seither ihre momentan einzige Patientin, als gäbe es in Süddeutschland keine Pflegedienste. Gestern Abend hatten sich die Eheleute am Telefon fürchterlich gestritten. Als sie sich irgendwann gegenseitig anbrüllten, hatte Hannah kurzerhand aufgelegt. Danach war nur noch ihre Mailbox erreichbar gewesen.

Alexander hatte ein paar Nachrichten darauf hinterlassen, sich mehrfach entschuldigt und um ein klärendes Gespräch gebeten. Aber bei dem Stress heute hätte er zwischendurch nicht mal eine Sekunde Zeit gehabt, um sich mit seiner Frau zu versöhnen.

Kopfschüttelnd stemmte er sich vom Stuhl hoch, stöhnte und umrundete den Tresen der Patientenannahme. Das Telefon klingelte. Nach sechs Uhr ging automatisch der Anrufbeantworter an und spulte eine Standardansage ab. Auf die wollte Alexander nicht warten, denn er hätte sie auswendig herunterbeten können. Stattdessen steuerte er auf eine Tür zu, an der ein kleines Schild mit dem Hinweis *PRIVAT* klebte. Dahinter befand sich ein Pausenraum nebst Toilette, kombiniert mit der Umkleidekabine für das Personal, und ein weiterer Raum – in der Größe einer Besenkammer –, in dem sich die Ärzte nach Feierabend ausbreiten durften. Dreieinhalb Quadratmeter Privatsphäre, die kaum reichten, um zwei Personen auf einmal Platz zu bieten.

Alexander, der sich gerade des Arztkittels entledigt hatte und mit dem durchgeschwitzten Hemd fortfahren wollte, vernahm plötzlich ein Geräusch. Die Tür zum Pausenraum, wobei er sicher war, dass er sie geschlossen hatte, öffnete sich mit dem typischen Knarren.

Was allein noch kein Grund zur Sorge war, schließlich besaß jede der langjährigen Mitarbeiterinnen einen Schlüssel für die Praxis. Eine von denen hatte offenbar etwas vergessen und wollte ihr Versäumnis nachholen. Jetzt fiel ihm ein, dass er die Eingangstür nicht abgeschlossen hatte. Hoffentlich handelte es sich nicht um einen Patienten, der eine Erkältung oder einen eingewachsenen Zehnagel als akuten Notfall ansah und den Feierabend eines anderen gepflegt ignorierte.

»Sind Sie das, Svenja?« Seine spontane Vermutung, denn diese Svenja ließ ständig irgendwas liegen. »Wer ist denn da?«, fragte er, weil sich von nebenan niemand zu Wort meldete.

Einem Reflex folgend drehte er sich in Richtung Tür und bekam prompt seine Antwort. In Form eines Gesichts, aus dem ihn eiskalte Augen musterten. In seinem Kopf rotierten die Gedanken und er ärgerte sich schrecklich über sich selbst.

Du hättest es wissen müssen, verkündete sein Verstand mit gehässiger Stimme. *Und du hättest schon lange etwas unternehmen müssen*, kam es noch hinterher.

Aber das hatte er doch getan! Genauer gesagt: nächtelang mit seiner Frau diskutiert, bis sie sich endlich einig geworden waren. Und wäre da nicht die Geschichte mit Hannahs Mutter gewesen, dann hätten sich die Eheleute schon Wochen zuvor mit ihrem brisanten Geständnis an die Polizei gewandt, um dort endlich Alarm zu schlagen. Auch auf die Gefahr hin, dass diese viel zu späte Offenbarung womöglich – oder höchstwahrscheinlich – ihre eigene Existenz gefährdet hätte.

Diese hitzige Debatte in seinem Kopf nahm nur Bruchteile einer Sekunde in Anspruch. Es wurde Zeit, etwas zu sagen. Vielleicht eine Rechtfertigung, oder würde ein wortreicher Angriff einen Sinn haben? Am liebsten hätte er die ganze Wut der letzten Jahre herausgebrüllt, doch sein Mund fühlte sich wie gelähmt an. Was zweifellos auch daran lag, dass er das Ende – sein Ende! – vor Augen sah. Im wahrsten Sinne des Wortes …

* * *

»Seit wann interessierst du dich für Fußball oder Whiskysorten?«, fragte Ulf, nachdem sich die Bürotür hinter einer immer noch übel gelaunten Michi geschlossen hatte. »Du bist der schlechteste Lügner, den die Welt je gesehen hat.«

»Halt die Klappe und hör zu!«

»Na, wenn du mich so freundlich bittest – herzlich gern. Was ist denn los?«

»Ich fürchte, unsere Michi hat ein Problem«, erwiderte Kruse hörbar besorgt.

Ulf fiel gegen seine Stuhllehne und verschränkte die Hände hinterm Kopf. »Dann leg mal los! Auf mich warten zu Hause ohnehin nur ein leerer Kühlschrank und der Staubsauger.«

In den folgenden fünf Minuten fasste Kruse die wesentlichen Geschehnisse des zurückliegenden Tages in knappen Sätzen zusammen. Er schloss mit einem düsteren Fazit: »Am Ende hab ich es sogar geschafft, dass in Kiel jemand ins Archiv runtergestiegen ist und die alten Fälle ausgegraben hat. Danach hab ich zwei Kolleginnen, die ebenfalls von Norbert Fischer begrapscht wurden, angerufen und um Mithilfe gebeten.«

»Klingt nicht so, als hätten die sich vor Begeisterung überschlagen.«

»Die wollen von allem, was damals passiert ist, heute nichts mehr wissen. Wahrscheinlich, weil das alles lange hinter ihnen liegt und ein Wiederaufwärmen nur für neue Probleme sorgt.«

»Und weiter?«, bohrte Ulf. »Wenn ich dich richtig verstehe, macht unser allseits geschätzter Chef Druck und will Michis Kopf. Was willst du jetzt noch dagegen tun?«

»Ich hab keine Ahnung!«, presste Kruse Wort für Wort stöhnend heraus. Eine Bankrotterklärung, wie man sie nur selten von ihm zu hören bekam. »Und wenn mir in den nächsten zwei oder drei Tagen nichts Vernünftiges einfällt, ist unser Küken am Ende.«

»Hattest du mit diesem Fischer mal persönlich zu tun?«

Kruse nickte widerwillig. »Es gab den einen oder anderen Fall, bei dem wir Hand in Hand arbeiten mussten. Ich kann nur so viel sagen: Er ist auch beruflich ein Arschloch.«

Diesen geschmackvollen Hinweis ließ Ulf einen Moment sacken und klang hinterher auch nicht besonders zuversichtlich. »Willst du dich deshalb morgen von unserer Michi rumkutschieren lassen? Ihr auf den Zahn fühlen und herausfinden, wie sie reagiert, falls du wirklich nichts für sie tun kannst?«

»Ihr Opa war 'n klasse Typ. Ein Vollblutbulle, von dem ich vieles gelernt hab.«

»Was an den heutigen Umständen auch nichts ändert. Weißt du, ob dieser Fischer derzeit im Dienst ist? Oder hat er sich mit 'ner gebrochenen Nase und zwei wackelnden Zähnen krankschreiben lassen?«

»Letzteres«, nuschelte Kruse. Ihm war anzusehen, dass er sich weitere Erklärungen am liebsten erspart hätte. Seine Stimme war kaum mehr als ein Flüstern. »Ich hab ihn angerufen und ...«

»Und was?« Ein dunkler Schatten huschte über Ulfs Gesicht. »Du hast ihm doch nicht etwa gedroht und gesagt, dass du ihn für ein Arschloch hältst, oder?«

Kruse zuckte mit den Schultern. »Was würdest du denn einem Typen sagen, der seine schmierigen Griffel nicht von jungen Frauen lassen kann?«

»Hast du ihm deinen Namen verraten?«

»Ich hab lieber deinen benutzt«, erwiderte Kruse bierernst.

»Das ist doch hoffentlich nur ein Witz. Falls du tatsächlich ...«

»Natürlich nicht! Glaubst du, ich verstecke mich hinter einem wie dir?«

»Was für ein Kompliment!«, stieß Ulf hervor. »Sagst du mir dann endlich mal, wie es weitergehen soll? Ansonsten hock ich mich morgen früh ins Auto, fahre kreuz und quer über Nordstrand und komm zum Feierabend nicht mal zurück ins Büro.«

»Das würde dir so passen! Während ich intern ermittle, muss sich schließlich ein anderer um unseren Fall kümmern.« Kruse setzte eine verschwörerische Miene auf. »Schaffst du das auch ohne Vati?«

»Vermutlich besser als mit dir.«

»Was für ein Kompliment!«, jubelte Kruse nun ebenfalls auf sarkastische Weise. Im nächsten Moment fokussierte er sich wieder voll auf Ulf. »Ich will Fischer mundtot machen, ihm notfalls jede einzelne Gräte ziehen. Und wenn wir nebenbei unseren Mordfall aufklären, hätte ich auch nichts dagegen.«

»Sonst noch was?«

»Schönen Feierabend!«

18

An diesem Dienstagmorgen war Michi um fünf aufgestanden, hatte in aller Ruhe geduscht, gefrühstückt und sich in der Küche ihrer Vermieterin einige Zeit um Benno gekümmert. Der brachte reichlich frischen Wind in die ansonsten verstaubte und missgelaunte Welt der 75-jährigen Klara Nissen. Zum ersten Mal, seit Michi die alte Frau kannte, stand die mit einem breiten Lächeln in ihrer Küche und genoss es sichtlich, dass der Dackel sie schwanzwedelnd und japsend willkommen hieß.

Michi nahm die Veränderungen erleichtert zur Kenntnis, denn am Abend zuvor hatte sich die Begeisterung ihrer Vermieterin plötzlich in Grenzen gehalten. Ein ›Mal schauen, ob er auf Dauer bleiben kann‹ hing bis dato wie ein Damoklesschwert über der Zukunft eines altersschwachen Dackels. Aktuell sprachen gleich vier leuchtende Augen dafür, dass Benno seinen endgültigen Altersruhesitz gefunden und ein sorgloses restliches Leben vor sich hatte.

Gegen sieben brach Michi auf und vollbrachte das Kunststück, bereits eine Viertelstunde später das Büro der Husumer Mordkommission zu betreten. Dort fand sie Kruse in einen Stapel Papiere vertieft vor.

»Guten Morgen!«, begrüßte sie ihren Chef übertrieben fröhlich.

»Moin!« Dem Anschein nach kehrte Kruse nur häppchenweise in die Realität zurück.

»Schlecht geschlafen?«, fragte Michi, erntete aber lediglich ein Kopfschütteln. »Hatten Sie schon Kaffee? Ich wollte in die Teeküche und mir einen holen. Falls Sie auch …«

Kruse hob den Blick, sah sie durchdringend an und deutete auf den Stuhl vor seinem Schreibtisch. »Setz dich!«

Michi fühlte, wie ihre Knie augenblicklich weich wurden. Sie hatte längst eine Vermutung, was ihrem Chef die Laune verhagelt hatte, und fand sie bestätigt, als der Papierstapel kurz darauf vor ihr lag. Kruse sagte nichts und gab ihr Zeit, zumindest die ersten Seiten zu überfliegen. Nachdem das passiert war, hob Michi den Kopf und sah ihn direkt an. Tränen waren im Anmarsch, doch die ließen sich von aufkeimender Wut gerade so im Zaum halten.

»Was wollen Sie denn jetzt von mir hören?«, flüsterte sie verbittert. Die Zuversicht, mit der sie in den Tag gestartet war, hatte sich komplett verflüchtigt.

Kruse zeigte auf die Papiere, die unverändert vor Michi lagen. »Stimmt das?«

Michi überlegte, ob sie dem schwarz auf weiß festgehaltenen Sachverhalt etwas hinzufügen wollte. Sie beließ es zunächst bei einem schwachen Nicken, spürte aber, wie sich tief in ihr Wut und Verbitterung gegenseitig potenzierten. Was sicherlich auch daran lag, dass Kruses Miene zwischen Unverständnis und Entrüstung pendelte. Am liebsten wäre sie aufgesprungen, aus dem Büro gerannt und – sie wusste es selbst nicht.

In ihrer Not trat sie die Flucht nach vorn an. »Hauptkommissar Fischer hat mich mehrmals belästigt und da hab ich ihm …« Michi verstummte mitten im Satz, weil Kruse unversehens grinste. Was auch immer das zu bedeuten hatte.

Die Erklärung ließ nicht lange auf sich warten: »Fischer war und bleibt ein altes Dreckschwein und ich weiß ganz genau, was du durchgemacht hast. Das ändert allerdings nichts an der Tatsache, dass er nebenbei auch ein verdammt raffinierter Scheißkerl ist.«

Dennoch machte sich in Michi Erleichterung breit. Plötzlich war es, als würde tief in ihr ein Staudamm brechen, was einen regelrechten Wortschwall nach sich zog: »Eine Kollegin aus Osnabrück hatte mich gleich zu Beginn vor Fischer gewarnt. Anfangs waren es nur Machosprüche und schlüpfrige Bemerkungen – natürlich immer dann, wenn wir unter vier Augen waren.« Michi schluckte trocken, musste an den Kaffee denken, den sie sich eigentlich hatte holen wollen. Aber das hier war zu wichtig, um es durch eine Pause zu ruinieren. »Das erste Mal begrapscht hat er mich auf dem Weg zu 'nem Tatort. Auf einmal lag seine Hand auf meinem Knie und er hat unentwegt gelacht, etwas von einem guten Kumpel gefaselt, der fast dreimal so alt wäre wie dessen Freundin. Ich hab irgendwann gar nicht mehr zugehört und nur seine Hand gesehen, wie die langsam über meinen Schenkel …« Michi hielt inne. Aufgrund ihrer Schilderung hatte sich so viel Ekel in ihr aufgestaut, dass ihr Hals schlagartig wie zugeschnürt war.

»Das reicht auch fürs Erste«, flüsterte Kruse. Der Hauptkommissar sprang hinter seinem Schreibtisch hoch, riss die Tür zum Flur auf und kehrte alsbald mit zwei Kaffeebechern bewaffnet zurück. »Ich wusste nicht, ob du Milch oder Zucker willst, hab beides mitgebracht.«

Inzwischen liefen Michi die Tränen ungezügelt herunter. Sie bedankte sich nickend, schniefte herzzerreißend und hob zur Hälfte den Kopf, wobei ein Taschentuch in ihr Blickfeld geriet. Sie schnäuzte sich geräuschvoll, räusperte sich und wollte fortfahren, was Kruse sogleich verhinderte.

»Ich würde dem Kerl mit größtem Vergnügen das Handwerk legen«, begann er in einem Ton, als wäre er selbst betroffen. »Aber das da«, er deutete abermals auf den Papierstapel, der vor Michi lag, »macht die Sache nicht unbedingt einfacher. Dort steht, du bist in Fischers Büro marschiert und nach 'nem kurzen Wortwechsel flogen Fäuste. Deine Fäuste!«

Michi lachte verbittert. Weil Kruse sie durchdringend ansah, wurde es wohl höchste Zeit für eine Erklärung: »Er meinte, so leicht käme ich ihm nicht davon. Irgendwas von im Leben würde man sich immer zweimal sehen und wahre Liebe kenne kein Alter. Das muss man sich mal vorstellen: Ich hau dem notgeilen Bock was auf die Nase und der faselt ernsthaft was von Liebe! Glaubt man so was?«

»Fischer hat für seine Version zwei Zeugen. Wie sieht's bei dir aus?«

Michi war gedanklich noch beim Thema Liebe und schüttelte verwirrt den Kopf.

»Hast du jemanden, der bezeugen kann, dass er sich an dir vergriffen hat? Hast du Fotos gemacht? Im Idealfall sogar Tonaufnahmen?«

Michi schaute ihren Chef ungläubig an. »Fischer ist raffiniert«, erklärte sie flüsternd. »Bei mir gab es Annäherungsversuche immer nur unter vier Augen und er hat peinlich genau drauf geachtet, wo mein Handy gerade ist.«

»Das klingt ganz nach Fischer«, raunte Kruse.

»Vor ein paar Wochen hab ich dann mein altes Telefon mit zur Arbeit genommen und konnte einen kleinen Schnipsel aufnehmen.«

»Hast du den zufällig hier?«

Michi zog eifrig nickend ihr Smartphone aus der Tasche und wischte kurz auf dem Display herum. Zu Beginn der

Aufnahme war ihre eigene Stimme zu hören, dann eine männliche, beide jedoch stark gedämpft und verzerrt.

»Geht das nicht lauter?«, fragte Kruse, während er aufgeregt gestikulierte. »Ich kann kaum was verstehen.«

Michi beugte sich nach vorn, pausierte die Wiedergabe per Knopfdruck und antwortete vielleicht eine Spur zu zickig: »Das Handy steckte in meiner Innentasche und ich hatte wieder mal seine Pfote auf meinem Oberschenkel. Außerdem …«

»Ist ja gut!«, wiegelte Kruse ab und starrte auf das Smartphone. »Das könnte aber jeder sein und wenn wir damit einen Kreuzzug gegen Fischer starten, kämpfen wir von Anfang an auf verlorenem Posten.«

Michi sah plötzlich traurig aus. »Hat man Ihnen befohlen, mich abzuservieren?«

»So was lasse ich mir von niemandem befehlen! Aber sollten wir nicht schnell was Handfestes gegen Fischer in die Finger kriegen, werden andere es tun. Ich sitze nicht weit genug oben in der Hackordnung, um es zu verhindern. Hoffe, das ist angekommen.«

»Und was jetzt?«, flüsterte Michi nach endlosem Schweigen.

Kruses Telefon hielt ihn von einer Antwort ab. Er warf einen Blick aufs Display und langte widerwillig zum Hörer. »Ja?«

Michi war zur Zuhörerin degradiert und musste miterleben, wie die ansonsten beherrschte Miene ihres Chefs außer Kontrolle geriet.

»Ist das dein Ernst?«, donnerte er, um danach einen Moment zuzuhören. »Okay, wir machen uns auf den Weg.«

»Wer war das?«, fragte Michi vorsichtig, als der Hörer auflag.

»Wir haben den nächsten Toten.«

»Wie jetzt? Wer …?«

Kruse unterbrach Michis Gestammel. »Hör lieber mit der Fragerei auf und schwing die Hufe! Wir brauchen ein Auto.«

»Wohin geht's?«

»Nordstrand, wohin sonst?«

19

Wenig später stand Michi mit einem Kombi der Fahrbereitschaft vor dem Präsidium und wartete auf ihren Chef. Nachdem gut fünf Minuten verstrichen waren, wollte sie schon nach ihrem Handy greifen, als Kruse durch die Eingangstür marschierte. In aller Seelenruhe näherte er sich der Beifahrertür, fiel auf den entsprechenden Sitz und schwieg zunächst.

Angesichts ihrer Not räusperte sich Michi.

Was wenigstens für eine kurze Erklärung sorgte: »Ich war pinkeln und hab mit Ulf telefoniert. Können wir dann endlich?«

Michi nickte. Ferner hoffte sie, dass Kruse auch ohne neues Räuspern mit Informationen zum Fahrziel herausrückte.

»Weißt du, wo Stegemann sein Büro hat?«

»Hat es den etwa erwischt?«

Kruse schüttelte den Kopf. »Um unseren neuen Kunden kümmert sich Ulf erst mal. Ich hab eh keine Lust, mir so 'nen albernen Overall überzuziehen und mich mit den SpuSi-Kollegen zu streiten. Wir beide kümmern uns heute nicht um die Symptome, sondern um die Ursache der Krankheit.«

Diesen letzten Satz ließ Michi sich eine Weile durch den Kopf gehen. Den Sinn hatte sie mittlerweile verinnerlicht, wusste aber trotzdem nicht, was das in der Praxis bedeuten sollte. »Geht es Ihnen gut, Chef?«

Kruse lachte röhrend. »Fahr los, sonst ist es dunkel, bevor wir ankommen.«

Noch wischte Michi auf ihrem Smartphone herum, was ihr einen schrägen Blick einbrachte. »Ich muss nur kurz nachsehen, wo Herr Stegemann sein Bü…«

»Fahr los, mien Deern! Ich sag schon Bescheid, wenn du falsch abbiegst.«

Eine halbe Stunde später lenkte Michi den Kombi in eine Parklücke vor einem schmucken Bürogebäude im sogenannten Bodderkoog, einer Gemeinde auf Nordstrand. Sie stellte den Motor ab und langte zum Türöffner, doch Kruse hielt sie am Arm fest.

»Du hörst dadrinnen nur zu und lässt Stegemann dabei nicht aus den Augen. Ich will hinterher wissen, wie dein Eindruck ist.«

Michi nickte gehorsam, dann huschte ihr ein Lächeln um die Mundwinkel. »Dürfte ich vorher vielleicht erfahren, wer der zweite Tote ist? Handelt es sich wieder um Mord oder könnte es auch …?«

»Mord! Da hat jemand einen anderen von oben bis unten aufgeschlitzt.«

»Und wen?«

Kruse deutete zum Eingang des Bürogebäudes. »Zuhören! Einfach nur zuhören!«

Hinter dem Empfang der Firma Stegemann saß eine Frau von Ende fünfzig, die Kruse offenbar bestens kannte und die ihn entsprechend begrüßte: »Moin, Werner! Was verschlägt dich denn hierher?«

Kruse grunzte etwas, das nur mit sehr viel Fantasie als Gruß durchging, und erwiderte mit tiefer Stimme: »Robert auch da?«

»Welche Laus ist dir denn über die Leber gelaufen?«, fragte die Frau unverändert fröhlich. »Ich weiß noch, wie wir zwei beim letzten Schützenfest miteinander getanzt haben und du anschließend gar nicht mehr von mir lassen wolltest. Du warst aber auch voll! Bist du wenigstens gut nach Hause gekommen?«

Kruse nickte widerwillig und errötete leicht, was Michi nicht entging. Doch sie schaffte es, in sich hineinzugrinsen und stur geradeaus zu blicken.

Ihr Chef hingegen bemühte sich um eine rigorose Klarstellung: »Hier und heute geht's nicht ums Schützenfest, Uschi! Wir sind beruflich hier. Also sag schon … ist Robert da?«

Diese Uschi, so viel konnte Michi auf Anhieb erkennen, hatte innerlich eine Kehrtwende hingelegt. Sie zeigte zur Decke. »Hockt oben im Besprechungsraum, hat heute 'ne Scheißlaune und nebenbei einen Termin mit 'nem halben Dutzend Handwerkern. Wenn ich ihn jetzt anrufe und da raushole, muss ich mich hinterher wahrscheinlich nach 'nem neuen Job umsehen.«

Michi empfand spontan Mitleid, hätte am liebsten etwas gesagt, erinnerte sich jedoch an ihr striktes Redeverbot.

Abgesehen davon war Kruse ohnehin noch nicht fertig. Seine Rechte fuhr blitzartig nach vorn und grapschte in die Luft. »Ruf ihn an und gib mir den Hörer!«

Die Frau zögerte einen Moment, kam nach einem Ruck zu einer Entscheidung und verfuhr entsprechend. Als Michi es zum ersten Mal tuten hörte, konnte die liebe Uschi den Hörer gar nicht schnell genug loswerden.

Nachdem der in Kruses Hand steckte, vernahm Michi ein raues: »Was ist denn? Ich wollte doch nicht gestört werden! Bist du neuerdings schwerhörig, Uschi?«

»Werner hier«, bölkte Michis Chef. Und auch die Antwort der Gegenseite war klar und deutlich zu verstehen.

»Welcher Werner?«

»Kruse! Wir müssen reden, also schwing die Hufe und komm gefälligst runter!«

Das Resultat war ein Wortschwall, dem Michi nur einige Brocken entnehmen konnte. Nach Freundlichkeiten klang es beileibe nicht.

Ihr Chef, der direkt neben ihr stand, reagierte völlig gelassen, als es am anderen Ende der Leitung still wurde: »Wir warten hier unten fünf Minuten auf dich. Wenn du nicht kommst, kriegst du 'ne Vorladung und darfst nach Husum fahren. Mir soll's egal sein.«

Ein neuer Wortschwall folgte, doch Kruse hatte den Hörer längst an Uschi weitergegeben und die legte in ihrer Hilflosigkeit kurzerhand auf.

»Ich hab dich ja gewarnt. Er hat heute aber auch besonders schlechte Laune«, sagte die Frau zur Erklärung.

Kruse nickte, sah seltsam zufrieden aus. »Hat das bestimmte Gründe?«

Uschi zuckte mit den Schultern. Ihr war anzusehen, dass sie eine Menge hätte erwidern können, aber sie schwieg beharrlich.

Offenbar war Kruse nicht danach, weiterzubohren. Stattdessen schaute er sich suchend um. »Habt ihr 'n Gästeklo?«

»Nach links und ganz bis zum Ende. Was soll ich Robert denn sagen, wenn du plötzlich …?«

»Mir egal«, unterbrach Kruse und machte sich auf den Weg.

Uschi sah Michi mitleidvoll an. »Haben Sie mal darüber nachgedacht, sich versetzen zu lassen?«

»Ich bin erst zwei Tage dabei.«

»Dann wird's aber höchste Zeit, Schätzchen!« Die gute Uschi hätte vermutlich noch weitere Ratschläge parat gehabt, doch aus dem oberen Stockwerk drangen Stimmen bis nach unten. »Ich glaube, die haben Schluss gemacht.«

Michi wurde ganz mulmig. Sie starrte zur Treppe hinüber und betete, dass Kruse zurückkehrte, bevor sich Robert Stegemann blicken ließ. Leider verhallten ihre Gebete ungehört, denn im nächsten Moment eilte ein Mann von geschätzt Anfang siebzig die Stufen hinab.

»Ist das Herr Stegemann?«, fragte Michi flüsternd.

Es blieb gerade noch Zeit für ein kurzes Nicken, denn der Hausherr stoppte wutentbrannt vor dem Empfang und fauchte gleich drauflos: »Wo ist Werner? Der kann was erleben!«

Uschis Frohsinn hatte sich komplett verabschiedet. Sie schluckte schwer und deutete auf Michi, die spontan um dreißig Zentimeter schrumpfte.

»Und wer sind Sie?«

Michi holte tief Luft und zwang sich, zumindest in Sachen Stimme um das Doppelte zu wachsen. »Michaela Greve … Kommissaranwärterin. Mein Chef müsste jede Sekunde zurück sein.« Hoffte Michi, ansonsten stand zu befürchten, dass sie demnächst vor Scham im Erdboden versank.

»Ihr Chef kann mich mal kreuzweise. Werner soll mich anrufen, wenn er …«

»Werner ist hier«, rief der bereits aus einiger Entfernung. »Und hör gefälligst auf, deine schlechte Laune an den armen Frauen auszulassen, sonst fährst du so oder so mit aufs Präsidium und schläfst heute Nacht in 'ner Arrestzelle!«

Diese Drohung zeigte Wirkung. Anstelle weiterer Beschwerden zuckte Robert Stegemann mit den Schultern, sah sogar ein wenig hilflos aus. »Was willst du überhaupt?«, fragte er angesichts einer bislang ausstehenden Erklärung für diesen Besuch.

»Ungestört mit dir reden. Und zwar sofort!«

»Dann lass uns in mein Büro gehen.« Der Bauunternehmer setzte sich ruckartig in Bewegung, blieb jedoch ebenso unvermittelt stehen. »Vielleicht verrätst du mir erst mal, worum es geht und was die Geheimniskrämerei soll. Wir haben doch gestern am Telefon schon alles …«

Kruses Rechte schoss empor und sorgte für Ruhe. »Bietest du deinen Gästen keinen Kaffee an?«

»Wollt ihr welchen?«, erklang es nach kurzer Bedenkzeit hörbar genervt.

»Gern … jeweils mit Milch und Zucker.«

Robert Stegemann drehte sich zu seiner Empfangskraft um. »Uschi, wir brauchen Kaffee!«

20

»Was ist denn so wichtig, dass du mich mitten aus 'ner Besprechung holst?« Robert Stegemann thronte wie ein römischer Imperator hinter seinem Schreibtisch.

Michi und Kruse saßen auf den Stühlen davor. Unbequeme Exemplare, die wahrscheinlich dazu dienten, Lieferanten durch Rückenschmerzen schneller weichzukochen. Da sich ihr Chef mit seiner Reaktion Zeit ließ, nutzte Michi die Gelegenheit, sich in dem riesigen Büro näher umzusehen. Es war zweckdienlich, aber keineswegs behaglich eingerichtet. Links von ihr befand sich eine ausgedehnte Fensterfront, durch die man – gutes Wetter vorausgesetzt – sicherlich halb Nordstrand überblicken konnte. Zu ihrer Rechten hingen an einer schneeweiß gestrichenen Wand Dutzende gerahmter Fotos. Allesamt vermutlich von Objekten, die die Firma Stegemann im Laufe der vergangenen Jahrzehnte als Generalunternehmer hochgezogen hatte.

Diesem Unternehmer wurde es offenbar zu bunt. »Werner! Redest du vielleicht mal mit mir?! Was willst du, verdammt noch mal?«

»Was war das denn eben für 'ne Besprechung? Gibt's Probleme?«

»Das geht dich 'nen feuchten Dreck an! Komm endlich zu Potte, sonst ...«

»Hast du gehört, dass Alexander Bruhn tot ist?«, fuhr Kruse ungehemmt dazwischen.

»Doktor Alexander Bruhn?«

»Macht der Titel einen Unterschied? Tot ist tot.«

Robert Stegemann war anzusehen, dass er sich zunächst sammeln musste. Selbst einem routinierten Geschäftsmann wie ihm schien diese Neuigkeit erheblich zuzusetzen. »Hat man ihn auch ...?«

»Umgebracht?«, vervollständigte Kruse bereitwillig und angesichts der Umstände viel zu unbekümmert. »Das kann man wohl sagen! Und jetzt zu deiner Frage: Ich will von dir wissen, was hier auf Nordstrand los ist und wieso neuerdings Menschen sterben müssen.«

»Von mir? Hast du sie noch alle? Was hab ich denn damit zu tun?«

»Die Leute munkeln, du wärst pleite. Stimmt das?«

Zuerst sah es so aus, als wolle Stegemann gleich wieder drauflospoltern, doch dann ruderte er erkennbar ein Stück zurück. »Momentan bewegen wir uns in schwerem Fahrwasser, ja. Aber wer glaubt, ich wäre so schnell kleinzukriegen, der wird noch sein blaues Wunder erleben.«

»Wusste Hajo von deinen Problemen?«

»Jeder hier, der ein bisschen genauer hinhört, weiß davon. Du kriegst nichts mehr mit, weil du dich vor Jahren abgeseilt und Nordstrand den Rücken gekehrt hast.«

Dieser Kommentar hinterließ bei Michi Verwunderung. Bis eben wusste sie nicht, dass ihr Chef ursprünglich von Nordstrand stammte. Nun wurde ihr allerdings einiges klar.

Auf der gegenüberliegenden Schreibtischseite ging es mit aufgebrachter Stimme weiter: »Dann sag mir mal, was meine – nennen wir es mal – leichte geschäftliche Schräglage mit deinen

Toten zu tun haben soll. Und wieso schlägst du ausgerechnet hier bei mir Alarm? Du glaubst doch nicht ernsthaft, dass ich mit der Sache was zu tun hab, oder?«

Erneut ließ sich Kruse viel Zeit. Stegemann hatte offenbar genug von Nachfragen und wartete einfach geduldig auf eine Antwort. Die in drängendem Ton erfolgte: »Sag mir einfach, warum Hajo sterben musste. Das hat garantiert was mit euren gemeinsamen Geschäften zu tun. Womit sonst?«

Diese letzte Frage sorgte für Nachdenklichkeit im Gesicht des Bauunternehmers. »Habt ihr schon herausgefunden, dass Hajos Schwester und ihr Mann auch in das neue Projekt am Norderhafen investiert haben?«

»Haben wir«, antwortete Kruse denkbar knapp.

»Gisela und Henning saßen neulich dort, wo ihr jetzt hockt, und haben mich aufs Übelste beschimpft. Ich wäre an allem schuld, hätte sie nicht rechtzeitig gewarnt und … die haben doch keine Ahnung, was alles an einem Neubauprojekt hängt – gerade in der heutigen Zeit.«

»Lass mich raten: Du hast dich rausgeredet und Hajo die Schuld in die Schuhe geschoben, richtig?«, hakte Kruse eiskalt nach.

»Ach so«, kam es lachend von der anderen Schreibtischseite. »Du meinst, die waren danach sauer auf ihn und haben deshalb kurzen Prozess gemacht?« Stegemann schüttelte den Kopf und bekam sich gar nicht wieder ein. »Für wen hältst du mich eigentlich? Ich hab ihnen erklärt, dass es sich nur um ein paar Verzögerungen handelt und sie sich keine Sorgen machen müssen.«

»Und wie haben sie reagiert?«, fragte Michi. Innerlich biss sie sich auf die Zunge und warf einen zaghaften Blick zur Seite, fand ihren Chef aber lächelnd vor. Also fuhr sie ein wenig unbefangener fort: »Wirkten die beiden nach dem Gespräch eher beruhigt oder unverändert aufgebracht?«

119

»Woher soll ich das denn wissen?«, fauchte Stegemann. »Ich bin Bauunternehmer und kein Psychologe, Schätzchen!«

»Immer schön freundlich bleiben!«, mahnte Kruse und nahm selbst wieder das Heft in die Hand. »Wie sieht's mit 'ner Antwort aus, Robert? Konntest du Gisela und Henning beruhigen oder haben sie dir dein Märchen nicht abgekauft? Um so was zu spüren, muss man ja kein Psychologe sein.«

»Ich glaube, ihr geht jetzt lieber«, konterte Stegemann im Stil des großen Geschäftsmannes. Er brachte ein überhebliches Lächeln zustande, das ausschließlich Kruse galt. »Und falls du noch Fragen hast, geb ich dir gern die Nummer meines Anwalts. Dann kannst du den langweilen.«

Michi musste mitansehen, wie sich ihr Chef schweigend erhob, nicht mal ein Wort zum Abschied übrig hatte und einen Atemzug später durch die Tür entschwunden war.

»Mein Beileid«, sagte Stegemann, als Michi ratlos vor seinem Schreibtisch stand. »Wird nicht lange dauern und Sie kapieren hoffentlich, was Werner für 'n Mensch ist. Sehen Sie bloß zu, dass Sie rechtzeitig die Biege machen.«

Michi sah den Bauunternehmer eine Weile schweigend an, überlegte, was der ansonsten eher ruhige Kruse mit seinem brachialen Auftritt hier und seinem ebenso seltsamen Abgang bezweckte. Sie hatte eine Vermutung, aber von einem Robert Stegemann sicherlich keine Bestätigung zu erwarten. »Danke für Ihre Zeit.« Mehr fiel ihr nicht ein. Als sie ihrem Chef folgen wollte, stoppte der Hausherr sie.

»Moment noch!«

Michi bremste ab, stand inzwischen mitten im Raum und sah verwundert über die Schulter. »Ja?«

»Mir fällt da gerade was ein«, grummelte Stegemann gedankenversunken. »Hajo – also Herr Petersen – hat bei unserem letzten oder vorletzten Treffen was Sonderbares von sich gegeben.«

»Und zwar?«

»Dass er keine Lust mehr hätte.«

»Hat er das näher ausgeführt?«

Stegemann schien intensiv mit Nachdenken beschäftigt zu sein. Er schüttelte den Kopf, doch das ging allmählich in ein Nicken über. »Insgesamt ... ich glaube, er wollte nicht mehr, war wohl ernsthaft krank.«

»Ich weiß nicht, inwiefern uns das hilft«, murmelte Michi in Anbetracht neuer Ratlosigkeit.

»Ich auch nicht!«, erwiderte der Bauunternehmer um einiges lauter und klatschte in die Hände. »Und jetzt wäre es nett, wenn Sie Ihrem Chef brav hinterhertraben. Sagen Sie ihm, er soll beim nächsten Mal, wie jeder normale Mensch, einen Termin vereinbaren.«

Michi war so viel Überheblichkeit zuwider, deshalb lächelte sie beinahe genauso eiskalt wie der Hausherr. »Das können Sie ihm gern selbst sagen, Herr Stegemann. Guten Tag!«

21

Erst vor der Tür des Bürogebäudes stieß Michi auf ihren Chef. Der lehnte am Kombi und starrte mit verträumtem Blick in die Ferne. »Alles in Ordnung?«, flüsterte sie, weil sich Kruse nicht rührte.

Wenigstens brachte er ein Nicken zustande.

»Darf ich Sie was fragen?«, setzte Michi nach.

Wieder ein Nicken, und noch immer verzichtete der Hauptkommissar auf Augenkontakt.

»Sie und Herr Stegemann – gab es da in der Vergangenheit größere Streitigkeiten?« Da eine Reaktion trotz längeren Wartens ausblieb, schmückte Michi ihre Theorie mit ein paar Details. »Sie waren beide gleich auf hundertachtzig. Manchmal sah es aus, als wären Sie sich am liebsten gegenseitig an die Gurgel gesprungen. Das kann doch nicht nur mit unseren Mordfällen zu tun haben, oder?«

Kruse drehte sich langsam in Michis Richtung und sah sie unverwandt an. »Du bist nicht schlecht und hast 'ne gute Auffassungsgabe. Aus dir wird mal 'ne richtig gute Ermittlerin.«

»Vielen Dank, aber ...«

»Kurz bevor meine Mutter gestorben ist, hat Robert sie im Altersheim besucht und ihr ein Geschäft vorgeschlagen.« Kruse drehte sich noch ein Stück weiter und sah mit beinahe traurigen Augen zum Bürogebäude hinüber. Welcher Fensterfront sein Blick galt, stand außer Frage. »Er hat ihr Verträge vorgelegt und sie hat artig unterschrieben – als würde sie 'nen neuen Staubsauger bestellen.«

»Was denn für Verträge?«, fragte Michi, weil es nicht weiterging.

Kruse lächelte unvermittelt. »Meine Eltern haben in den späten Fünfzigern drei Wohnblöcke in Husum gekauft und im Alter prächtig von den Mieten gelebt. Unser lieber Robert meinte anscheinend, er könnte sich die Häuser in letzter Sekunde zum Spottpreis untern Nagel reißen.«

»Die Rechnung hat er aber ohne Sie gemacht«, schlussfolgerte Michi.

Abermals nickte Kruse. »Meine Mutter war schon lange nicht mehr geschäftsfähig und mein Anwalt hat sich totgelacht, als er die Verträge geprüft hat. Robert hat vor Gericht 'ne ordentliche Schlappe eingefahren und war stinksauer, zumal er auch noch sämtliche Kosten tragen musste.«

»Und das ist alles?«, hakte Michi nach.

Kruse zögerte. Unübersehbar, dass er innerlich abwägte, wie viele Details er preisgeben wollte. Am Ende dieser Gedanken öffnete sich sein Mund langsam. »Erst mal ja. Der Rest spielt auch keine Rolle.«

Michi legte eine halbe Drehung hin und zeigte in die Ferne, an der ihr Chef kurz zuvor noch großes Interesse gehabt hatte. »Und was jetzt? Wollen wir einen Spaziergang machen oder …?«

»Wir schauen besser mal nach, ob Ulf Hilfe braucht. Bei ihm weiß man ja nie so genau.«

»Sie haben vorhin nur ganz kurz über das zweite Mordopfer gesprochen«, begann Michi, als sie wieder hinterm Lenkrad saß. »Wer ist dieser Doktor Alexander Bruhn überhaupt?«

»Er und seine Frau sind die einzigen Hausärzte hier auf Nordstrand. Sein Vater war auch schon Arzt und seine Mutter Lehrerin an der Grundschule.«

Michi startete den Motor und fuhr einfach los. Kruse würde ihr schon verraten, wo's hingehen sollte. Davon abgesehen käme ihr Chef auch mit weiteren Informationen daher, falls er es wider Erwarten für angemessen hielt.

Und siehe da, es ging munter weiter: »Ich kenne Alex noch als schmächtigen Dreikäsehoch. Er und seine Schwester waren jeden Tag bei uns, um Milch zu holen.«

»Bedeutet das, Ihre Eltern waren Bauern?«

»Was könnte es denn sonst bedeuten?«, erwiderte Kruse. »Und bevor du fragst: Ich bin hier auf Nordstrand aufgewachsen, die ersten Jahre zur Schule gegangen und kenne so ziemlich jeden Einheimischen. Falls dir einer weismachen will, dass ich …« Kruse verstummte mitten im Satz. »Da vorn links, bis zum Ende und dann rechts. Ich wette, da parken bereits haufenweise Kollegen.«

Nach dem Abbiegen schaute Michi zur Seite. »Falls mir einer was über Sie erzählen will?«, griff sie den Faden wieder auf.

»Egal, halt da vorn hinter dem Streifenwagen und pass bloß auf! Abseits vom Asphalt kann es hier verdammt schnell weich und ungemütlich werden.«

Die beiden waren kaum richtig ausgestiegen, da eilte ihnen schon Ulf entgegen. Noch trug er den weißen Einmal-Overall, begann aber schon im Laufen damit, ihn auszuziehen. »Da seid ihr ja endlich! Gab's Probleme mit Stegemann?«

Wie erwartet, blieb Kruse stumm, also wandte sich Ulf Michi zu.

Die beließ es auch nur bei einem Kopfschütteln.

»Na prima, da haben sich ja zwei Geheimniskrämer gefunden«, nuschelte Ulf. »Stellt euch mal vor, ich hätte auch die Sprache verloren. Dann …«

»Sag uns lieber, was hier Sache ist!«, moserte Kruse. »Was du mir vorhin am Telefon erzählt hast, war hoffentlich nur der Anfang.«

Ulf zuckte mit den Schultern und zeigte zum Eingang der Arztpraxis. »Doktor Bruhn ist immer noch tot, daran hat sich nichts geändert. Unsere Kollegen von der SpuSi fluchen um die Wette.«

»Warum?«

»Weil in so 'ner Arztpraxis täglich Hunderte Leute ein und aus gehen. Im Moment konzentrieren sie sich auf den Fundort der Leiche. Dabei handelt es sich um einen Raum von der Größe einer Besenkammer, in dem man Bruhns Leiche zusammengekrümmt und schrecklich entstellt gefunden hat.«

»Wer hat ihn denn gefunden?«, fragte Michi, weil ihr Chef entweder keinen Wert auf weitere Details legte oder die Antwort längst wusste.

»Die erste Sprechstundenhilfe am heutigen Morgen. Die Frau hat 'nen Schock erlitten und wurde ins Krankenhaus gebracht. Ist ja kein Wunder.«

Michi sah Ulf eindringlich an, woraufhin der fortfuhr: »Der oder die Täter haben Bruhn entsetzlich zugerichtet. Mit einem Skalpell, das direkt neben der Leiche lag.«

Michi verzog angewidert das Gesicht.

Kruses Miene blieb ausdruckslos, doch zum ersten Mal signalisierte er Interesse an weiteren Informationen. »Was heißt ›entsetzlich zugerichtet‹?«

Ulfs Brauen wanderten nach oben. Er warf einen vielsagenden Blick in Michis Richtung.

»Sie ist ein großes Mädchen und muss lernen, dass das bei unserem Job dazugehört«, murmelte Kruse.

»Recht hat er!«, bestätigte Michi und hielt Ulf einen emporgestreckten Daumen entgegen.

»Okay! Wir konnten den Tathergang vorerst insofern rekonstruieren, als dass sich Bruhn anfangs heftig gewehrt hat. Das bestätigen einige tiefe Schnitte in seinen Handflächen. Irgendwann war es mit der Gegenwehr wohl vorbei und jemand meinte offenbar, es sei 'ne gute Idee, sich seinem Gesicht zu widmen. Ein Schnitt hat ihm die linke Wange geöffnet und ...«

»Nur die linke?«, fragte Kruse.

»Ich weiß, worauf du hinauswillst. Wenn wir davon ausgehen, dass der Täter vor seinem Opfer gestanden hat, dann dürfte es sich aller Wahrscheinlichkeit nach um einen Rechtshänder handeln. Dafür spricht übrigens auch die Tatsache, dass Bruhns Kehle von rechts nach links aufgeschlitzt wurde und er nur das linke Auge verloren hat.«

»›Nur‹ ist gut«, keuchte Michi.

»Hat der Täter irgendwelche Spuren hinterlassen?«, wollte Kruse wissen.

Ulf reagierte gereizt: »Und welche sollten das sein? Auf eine Visitenkarte sind wir jedenfalls nicht gestoßen.«

Da sich die Männer zunächst anschwiegen, nutzte Michi die Gelegenheit. »Könnten die zwei Mordfälle miteinander zusammenhängen?«

Während Ulf mit den Schultern zuckte, zeigte sich Kruse überraschend gesprächig: »Der letzte Mord hier auf Nordstrand ist Ewigkeiten her. Damals hat Erwin Menke seiner Ida ein Messer zwischen die Rippen gerammt und sie unten am Süderhafen halbherzig verscharrt.«

Ulf tat seinem Chef den Gefallen. »Sag schon ... warst du da auch für die Ermittlungen zuständig oder hatte Deutschland noch 'nen Kaiser?«

Von nun an wandte sich Kruse exklusiv an Michi und lächelte selbstgefällig. »Wenn hier so kurz nacheinander zwei Morde passieren, dann ist das, als hätte jemand an zwei Samstagen nacheinander 'nen Sechser im Lotto.«

»Also haben die beiden Morde miteinander zu tun?«

»Worauf du dich verlassen kannst, mien Deern!«

Ein paar Meter entfernt trat der Leiter der Spurensicherung ins Freie und blieb vor der Tür zur Arztpraxis wie angewurzelt stehen. Er fing sein Ziel mit Blicken ein. »Hast du einen Moment, Werner?«

»Seit wann läuft der Knochen dem Hund hinterher?«, rief Kruse zurück.

»Seitdem der Knochen 'ne Knie-OP hinter sich hat und fast nicht kriechen kann. Jetzt komm schon, du alter Knörrpott, sonst darfst du bis übermorgen auf meinen schriftlichen Bericht warten.«

Kruse sah zuerst Ulf, dann Michi an. In allen Gesichtern machte sich ein Grinsen bereit. »Soll ich ihm den Gefallen tun oder wollen wir warten?«

»Was kann er schon groß herausgefunden haben?«, erwiderte Ulf als Erster. Sein Grinsen wurde noch breiter.

»Ich würde hingehen«, urteilte Michi. »Es gab schließlich schon Knochen, die …«

»Okay, aber macht keinen Blödsinn, bis ich zurückkomme.«

22

Nachdem sich Kruse in Bewegung gesetzt hatte und ein Stück weiter lautstark mit dem Leiter der Spurensicherung diskutierte, nutzte Ulf die Gelegenheit. »Wie war's denn nun bei Stegemann? Ist der Kerl verdächtig oder nur einer von den üblichen Stinkstiefeln, die hier oben zuhauf rumlaufen?«

Michi erwiderte spitzbübisch: »Seit wann erzählt der Knochen dem Hund, was …?«

»Hör sofort mit dem Blödsinn auf! Ein Geheimniskrämer reicht mir.« Ulfs Miene war eine Mischung aus Wut und Belustigung. Es folgte ein Fingerzeig in Kruses Richtung. »Noch einer von seiner Sorte und ich dreh völlig durch.«

Also berichtete Michi in allen Einzelheiten über das Gespräch zwischen Robert Stegemann und ihrem Chef. Sie schloss mit einem Fazit: »Das war wie ein Hahnenkampf und ich kann nicht mal sagen, welcher Gockel am Ende gewonnen hat.«

Ulf stand mit versenkten Händen in den Taschen vor Michi und trat von einem Fuß auf den anderen. Eine Weile schien er dieses selbst veranstaltete Spektakel zu genießen, dann hob er den Blick und sah sie düster an. »Ich schufte seit über vier Jahren an Kruses Seite und wusste bis jetzt nicht mal, dass er auf

Nordstrand aufgewachsen ist. Von irgendwelchen Wohnblöcken in Husum mal ganz zu schweigen.«

Michi spürte, wie ein schlechtes Gewissen an ihr nagte. Sie suchte nach einer Erklärung und präsentierte die erste Idee, die ihr Verstand hervorzauberte: »Du bist ja auch ein Mann.«

»Schön, dass es dir aufgefallen ist«, erwiderte Ulf müde. »Und worin besteht da der Unterschied?«

Michi hätte einiges erwidern können, wusste allerdings, dass jedes weitere Wort die Sache nur schlimmer machen würde. Deshalb schwieg sie vorsichtshalber und schüttelte den Kopf.

»Da bin ich mal gespannt, was dir unser Chef noch so alles anvertraut«, murmelte Ulf, während er zu Kruse hinüberschaute. Dessen wortreiche Auseinandersetzung mit dem Leiter der SpuSi neigte sich offenbar ihrem Ende zu. Vorher jedoch – das machte sein Ton deutlich – wollte Ulf noch schnell etwas loswerden: »Ich denke, der Alte liegt gründlich daneben.«

»Kruse?«

»Natürlich!« Ulf holte tief Luft. »Klar … es kommt hier auf Nordstrand sicher nicht besonders häufig vor, dass kurz nacheinander zwei Morde passieren. Aber was bitte soll der hier mit dem ersten an Hajo Petersen zu tun haben?«

Michi zuckte mit den Schultern. Eine Geste, die sie – zumindest für ihren Geschmack – in den letzten Tagen allzu regelmäßig übte. Darum schickte sie viel zu energisch ein paar Worte hinterher: »Ich glaube, genau das ist unser Job. Herauszufinden, was das eine mit dem anderen zu tun hat.«

Ulf sah sie an und entgegnete amüsiert: »Hoppla, Frau Greve! Wollen wir die Sache ausboxen oder …?«

»Wo will er denn jetzt hin?«, wunderte sich Michi. Schließlich hatte sich Kruse nicht etwa auf den Rückweg gemacht, sondern betrat in diesem Moment die Arztpraxis durch deren Vordertür.

»Daran wirst du dich gewöhnen müssen. Wenn er uns wirklich mal was erklären will, dann tut er das schon.« Ulf winkte ab und fokussierte sich erneut auf Michi. »Aber mal was ganz anderes: Die Geschichte in Osnabrück könnte dir übelst auf die Füße fallen.«

»Dann hat dir Kruse also davon erzählt?«, hakte Michi verbittert nach. »Die Ausrede von gestern Abend, von wegen *Fußball und Whiskysorten*?«

»Er veranstaltet alles Menschenmögliche, um dir den Arsch zu retten«, brauste Ulf auf. »Und glaub mir: Ich hab noch nie erlebt, dass er sich für irgendwen oder irgendwas dermaßen in die Riemen legt. Er hat einen Narren an dir gefressen, das ist Fakt!«

Michi horchte in sich hinein, fühlte sich geschmeichelt. »Ich hab in Osnabrück wahrscheinlich ein bisschen … überreagiert.«

»In solchen Fällen kann man gar nicht überreagieren!«, ereiferte sich Ulf. »Du hast dir halt für deinen Denkzettel einfach den falschen Ort und die falsche Zeit ausgesucht. Hast du von der Sache in Düsseldorf gehört?«

Michi schüttelte den Kopf.

»Sind natürlich alles nur Gerüchte«, schickte Ulf vorweg. »Dort gibt es wohl einen besonders anhänglichen Oberkommissar, der seine Pfoten ebenfalls nicht im Griff hat – hatte!«

»Was ist denn passiert?«

»Nun … sollte an der Gerüchteküche was dran sein, haben sich vier Kolleginnen aus der dortigen Landesdirektion den Typen gekrallt und ihn auf dem Damen-WC mit Sekundenkleber an einer Klobrille festgeklebt. Splitterfasernackt, versteht sich! Gefunden hat ihn am nächsten Morgen die Putzfrau.«

»Na endlich macht das Kleben mal einen Sinn«, lobte Michi. »Und was machen die vier Mädels jetzt? Haben die alle bereits ihren Hut genommen oder laufen die Disziplinarverfahren noch?«

»Da deckt eine die andere und keiner kann denen was. Genau richtig, meine ich.«

Weil Michi diesem Sachverhalt nichts hinzuzufügen und nebenbei genug von dem Thema hatte, langte sie nach einem anderen. »Kanntest du Alexander Bruhn näher?«

»Nö, woher denn?«

»Hat man ihn wirklich von oben bis unten aufgeschlitzt?«

Ulf nickte. »Bisher sind sich alle einig, dass Bruhn über einen längeren Zeitraum hinweg gefoltert wurde. Wobei ein Teil der Verletzungen wohl erst nach seinem Tod entstand. Über irgendwelche Einzelheiten möchte ich trotzdem nicht nachdenken.«

»Kruse hat gesagt, der Mann wäre verheiratet und seine Frau sei auch Ärztin.«

Ulf deutete zu zwei jungen Mitarbeiterinnen der Arztpraxis, die rauchend auf einem Mauervorsprung saßen und dem Aussehen nach damit beschäftigt waren, den Schock über ihren toten Chef zu verdauen. »Eine von denen meinte, Hannah Bruhn wäre bei ihrer Mutter in Stuttgart. Sie hat mir auch die Handynummer gegeben, aber da geht nur die Mailbox ran.«

»Das sind immer die schlimmsten Momente«, sagte Michi bedrückt. »Auf der einen Seite hofft man, dass niemand ans Telefon geht und man noch 'ne Schonfrist bekommt, auf der anderen will man es endlich hinter sich haben.«

»Du sagst es! Wenn ich könnte, dann …« Ulf verstummte mitten im Satz, weil Kruse aus der Arztpraxis gestürmt kam.

»Abmarsch!«, ordnete der Hauptkommissar an und eilte an den beiden vorbei. »Hier gibt's für uns nichts mehr zu tun.«

Ulf blieb demonstrativ stehen, als hätte er Wurzeln geschlagen, und hielt Michi am Ärmel fest, um sie am Loslaufen zu hindern.

Diesen Umstand nahm Kruse erst einige Meter weiter wahr, stoppte und drehte sich um. »Was ist? Seid ihr in den Streik getreten? Bewegt euch … wir haben reichlich zu tun!«

»Erst verrätst du uns, was das da unter deinem Arm ist«, erwiderte Ulf. Gemeint waren dicke Pappmappen, die beim ersten Hinsehen aus allen Nähten zu platzen drohten.

Bestimmt hätte Kruse seine Beute vorzugsweise hinterm Rücken versteckt, aber das war bei deren Umfang unmöglich. »Patientenakten«, nuschelte er.

»Lass mich raten: von Hajo Petersen?«

»Und seiner Frau Brigitte«, fügte Kruse hinzu. »Wenn schon, denn schon.«

Michi schwieg ganz bewusst, wobei ihr zu diesem – streng genommen – Diebstahl sicherlich einiges eingefallen wäre.

Doch dieser Part stand ohnehin Ulf zu. Der hatte sich kaum mehr im Griff und klang, als würde er seinen Chef am liebsten umbringen. »Bist du von allen guten Geistern verlassen? Falls die Staatsanwaltschaft Wind davon bekommt, zerfetzt man dich in der Luft.«

Kruse kam zurückgeschlurft und blieb direkt vor Ulf stehen. »Dafür müssten die aber erst mal von jemandem 'nen Tipp bekommen.«

Diesen Wink mit dem Zaunpfahl verstand Michi natürlich, die Reaktion darauf übernahm jedoch abermals Ulf: »Wieso können wir nicht einfach warten, bis wir einen Beschluss haben, und einmal wie normale Polizisten arbeiten? Nur ein einziges Mal!«

»Weil ich unsere beiden Fälle gern noch vor Weihnachten aufklären würde. Bis wir offiziell alles kriegen, was wir brauchen, ist unser Täter wahrscheinlich an Altersschwäche gestorben.«

Ulf nickte widerwillig. Dann galt sein Interesse Kruses Beute. »Sind das drei Mappen?«

»Meine eigene hab ich auch mitgenommen«, gestand Kruse ungewohnt schüchtern. »Schließlich muss ich mir jetzt einen neuen Hausarzt suchen und da ist es besser, gleich alles mitzubringen. Oder etwa nicht?«

Ulf warf einen kurzen Seitenblick zu Michi, aber die tat, als würde sie gar nichts hören, und starrte mit entrückter Miene in die Ferne. »Du hast sie nicht mehr alle«, tadelte er seinen Chef flüsternd. »Falls die Sache auffliegt, werde ich garantiert nicht für dich lügen. Nicht schon wieder!«

Kruse beugte sich nach vorn, seine Worte waren kaum zu verstehen. »Erinnerst du dich noch an letztes Jahr? Die Geschichte, bei der du aus reiner Bequemlichkeit einen Verdächtigen hast laufen lassen? Die bei der Staatsanwaltschaft hätten den Schuldigen am liebsten geteert und gefedert, wenn sie ihn gefunden hätten.«

»Und du hast für mich gelogen, die Schuld auf dich genommen«, räumte Ulf zähneknirschend ein.

Kruse beließ es dabei und klatschte in die Hände. »So, wie sieht's aus, Leute? Wollen wir uns langsam mal an die Arbeit machen oder habt ihr was anderes vor?«

»Attacke!«, knurrte Ulf wenig begeistert und drängte Michi gestenreich zum Aufbruch. »Ich kann mir gar nichts Schöneres vorstellen.«

23

Michi reckte sich stöhnend, schob den Block mit ihren Notizen von sich und schloss einen Moment lang die Augen. Ihr Kopf schmerzte, ihr Nacken ebenso. Schon vor Stunden war sie mit Ulf und ihrem Chef ins Präsidium zurückgekehrt. Nach einem verspäteten Mittagessen in der Kantine hatte Kruse die Aufgaben neu verteilt. Ihr Part war es, die erbeuteten ärztlichen Unterlagen näher unter die Lupe zu nehmen. Dafür hatte sie sich in ein leer stehendes Büro verzogen und dort die letzten Stunden verbracht. Nebenbei musste sie viel recherchieren, denn mit medizinischen Fachausdrücken kannte sie sich nicht besonders gut aus.

Inzwischen war es früher Abend und hoffentlich spät genug, um die ersten Ergebnisse miteinander zu teilen. Also erhob sie sich, machte aus all den Papieren einen beachtlichen Stapel, den sie eben noch so händeln konnte, und stand kurz darauf vor der Tür zum Büro der Mordkommission. Zuerst wollte sie anklopfen, entschied sich jedoch kopfschüttelnd fürs Gegenteil. Schließlich war sie ein Teil der Truppe. *Noch*, meldete sich ihr Verstand gehässig, denn ein gewisser Norbert Fischer war drauf und dran, ihr gründlich die Zukunft zu versauen. Und dafür, das musste sie sich eingestehen, standen seine Chancen alles andere als schlecht.

Michi fand Kruse – telefonierend, wie immer – hinter dessen Schreibtisch vor. Ulf stand weiter rechts vor einem Flipchart und starrte nachdenklich auf sein eigenes Werk, das für Michis Geschmack in erster Linie Hieroglyphen darstellte.

Sie schob sich an seine Seite, flüsterte nur: »Na, wie sieht's aus?«

Es dauerte eine Weile, bis Ulf reagierte und seine Augen von der überdimensionalen Seite am Flipchart losriss. Er schaute Michi besorgt an. »Meinst du unsere zwei Mordfälle oder ein drittes Problem, bei dem es um eine junge Frau geht, die ihrem Chef eine verpasst und ihm die Nase gebrochen hat?«

»Wieso? Gibt's da auch was Neues?«

»Unser Vorturner aus Kiel hat vorhin angerufen und Kruse den Kopf gewaschen. Zum Schluss haben sich die beiden angebrüllt und … sieht nicht gut für dich aus, fürchte ich.«

Einige Meter weiter beendete Kruse gerade das aktuelle Telefonat, für seine Verhältnisse sogar recht freundlich und mit einem genuschelten Dankeschön. Als ihr Chef den Mund öffnete, war Michi auf so gut wie alles gefasst. Doch sie atmete innerlich erleichtert aus, da es sich zunächst um etwas Allgemeines handelte: »Ich hab für heute echt die Schnauze voll. Und ihr?«

Michi wedelte mit ihrem Schreibblock. »Ich hab ein paar ganz interessante Dinge herausgefunden.«

Kruses Blick wanderte weiter zu Ulf. Der hob die Hände, als wolle er sich ergeben. »Ich hab auch ein bisschen was – nichts Sensationelles.«

»Dann macht unser Küken den Anfang. Aber nur, wenn ich vorher 'nen Becher Kaffee kriege, sonst schlaf ich im Sitzen ein.«

Nachdem Michi für diese Voraussetzungen gesorgt und man sich am Besprechungstisch niedergelassen hatte, klappte sie ihren Collegeblock auf und begann in professionellem Ton: »Ich denke, es wäre sinnvoll, mit Brigitte Petersen zu beginnen. Bevor sie an Darmkrebs verstorben ist, war sie monatelang bei den Bruhns in Behandlung. Insbesondere bei der Frau Doktor.« Michi machte eine kurze Pause, nahm zufrieden zur Kenntnis, dass neben ihrem Chef auch Ulf sie interessiert ansah, und fuhr dann fort: »Ich will die Geschichte nicht unnötig ausschmücken. Laut Unterlagen hatte sich Frau Petersen zunächst über Verdauungsprobleme beschwert. Bauchschmerzen, Krämpfe, Durchfall …«

»Das kann sich jeder von uns lebhaft vorstellen«, grätschte Kruse mittenrein.

»Logischerweise hatte ihr Hannah Bruhn dringend zu einer Darmspiegelung geraten. Die fand wohl erst nach etlichen Monaten statt und da war es längst zu spät. Gestorben ist Brigitte Petersen vor gut fünf Jahren und …«

»Wo genau?«, fragte Kruse.

Diesbezüglich musste Michi nicht lange überlegen. »Irgendwie ist das schon eigenartig, aber ich hab es zweimal überprüft: Die Frau war gerade wieder zur Behandlung in der Arztpraxis der Bruhns und hat dort offenbar einen Kreislaufkollaps erlitten. Für tot erklärt wurde sie von Hannah Bruhn …«

»Und nach Kiel ins Rechtsmedizinische Institut überstellt?«, wollte Kruse gleich wissen.

Zur Sicherheit checkte Michi ein weiteres Mal ihre Unterlagen. »Nein, der Leichnam wurde vier Tage später verbrannt und die Urne hier in Husum beigesetzt.« Michi klatschte mit der flachen Hand auf den Pappdeckel eines Ordners und hob den Kopf. Weil weder ihr Chef noch Ulf einen Kommentar verlauten ließen, redete sie direkt weiter: »Viel interessanter wird es bei Hans-Joachim Petersen …«

»Was kommt denn jetzt?«, wunderte sich Ulf.

»Vor etwa drei Monaten wurde bei ihm Bauchspeicheldrüsenkrebs diagnostiziert«, berichtete Michi. »Danach wird seine Akte ziemlich dünn und gibt nicht mehr viel her. Die letzte Notiz von Alexander Bruhn deutet darauf hin, dass Petersen jede Art von Therapie verweigert und sich mit seinem Schicksal abgefunden hatte. Gestorben wäre er also früher oder später ohnehin – eher früher.«

Da Kruse noch mit seinen Gedanken beschäftigt war, hakte Ulf nach: »Steht da vielleicht, wie lange er noch hatte?«

Michi schüttelte den Kopf. »Ich hab ein bisschen recherchiert und herausgefunden, dass jemandem mit so einer Diagnose und dem Krankheitsbild, wie es in der Akte beschrieben ist, nicht mehr viel Zeit bleibt. Manche haben nur noch Wochen, andere Monate – mit viel Glück.«

Es herrschte Schweigen, nur das gleichmäßige Summen von Kruses PC-Lüfter war zu hören.

»Das wäre erst mal alles«, resümierte Michi. Sie sah Ulf erwartungsvoll an, doch dessen Miene machte klar, dass er seinem Chef den Vortritt lassen wollte.

Mit Erfolg, denn nach einem schweren Seufzer hob Kruse an: »Gut gemacht, Mädchen!« Wobei sein Gesicht todernst blieb. »Was hast du für uns?«, fragte er Ulf.

»Vorab: Hannah Bruhn hab ich immer noch nicht erreicht. Am Handy meldet sich permanent nur die Mailbox, also hab ich mich da unten in Stuttgart bis zu ihrer Mutter durchgefragt. Die hat man nach einem Hüftbruch vom Krankenhaus direkt in die Kurzzeitpflege überwiesen. Dort wiederum hat man mir erzählt, Hannah Bruhn hätte sich gestern Vormittag für mindestens eine Woche abgemeldet.«

»Was soll das heißen?«

»Eine der Schwestern war sich absolut sicher, dass Frau Bruhn ihr gesagt hätte, sie bräuchte erst mal 'ne Pause und würde nach Hause fahren.« Ulfs Brauen wanderten nach oben. »Was Nordstrand wäre, oder?«

Kruse nickte und hatte auch etwas hinzuzufügen: »Also käme für den Mord an Alexander Bruhn auch dessen eifersüchtige Ehefrau infrage.«

»Woher wissen Sie, dass die eifersüchtig war oder ist?«, erkundigte sich Michi.

»Alles theoretisch! Wenn sich die Frau gestern Morgen in Stuttgart auf den Weg gemacht hat, könnte sie es rechtzeitig geschafft haben, ihren Mann nach Feierabend umzubringen.«

»Welche Frau – egal, wie eifersüchtig oder nicht – schlitzt denn ihren Mann von oben bis unten auf?«, echauffierte sich Ulf. »Wenn das Hannah Bruhn war, fress ich meine ältesten Schuhe.«

»Mahlzeit!«, konterte Kruse grinsend. Er sah erneut Michi an. »Was denkst du?«

»Ob die Ärztin es gewesen sein könnte?« Sie schüttelte derart energisch den Kopf, dass dadurch ihre halblange blonde Mähne in Bewegung geriet. »Kann ich mir ehrlich gesagt nicht vorstellen.«

»Okay … was haben wir außerdem?«

»Ich hab hier den Bericht unserer SpuSi«, stellte Ulf in Aussicht. »Weder auf dem Gnadenhof noch im privaten Häuschen der Bendixens hat man irgendwas Belastendes gefunden. Keine Schmauchspuren, keine …«

»Ralf Bendixen hab ich längst abgehakt. Davon abgesehen kommt er für den Mord an unserem Doktor keinesfalls infrage. Das passt zeitlich nicht«, belehrte Kruse.

»Also bist du immer noch davon überzeugt, dass die beiden Morde miteinander zusammenhängen?«, hakte Ulf lustlos nach.

»Was ist mit den Angestellten der Praxis?«, fuhr Kruse fort und ignorierte damit die vorangegangene Frage.

»Die waren heute alle total geschockt und ich bin morgen mit denen verabredet. Wenn du nichts anderes für mich hast, fahr ich gleich als Erstes rüber nach Nordstrand und knöpf mir die Praxis samt Mitarbeitern ausführlich vor.«

»Nimm zur Unterstützung mindestens zwei Kollegen vom Dauerdienst mit! Wir müssen langsam mal zu Potte kommen.«

»Wie bitte? Der Mord an deinem Freund Hajo liegt gerade mal einen Tag zurück und der andere …«

»Hajo und ich waren niemals Freunde! Eher das Gegenteil, würde ich sagen.«

»Von mir aus. Trotzdem weiß ich nicht, was für Wunder du von uns erwartest.«

Kruse, der schon seit einer Weile aus dem Fenster starrte, drehte unvermittelt den Kopf, räusperte sich und sah Michi bedrückt an.

»Ist es so weit?«, fragte sie mit traurigem Lächeln geradeheraus.

»Ich hab auch einen Chef – leider.«

»Und was bedeutet das jetzt genau?«

Kruse zögerte, dann ging ein erkennbarer Ruck durch seinen Körper. »Ich hab Anweisung, dich vorerst aus dem Rennen zu nehmen.«

»Mit anderen Worten, mich vom Dienst zu suspendieren«, übersetzte Michi.

Erneut ließ sich Kruse viel Zeit. »Befehl ist Befehl, aber deshalb geben wir noch lange nicht auf.«

»Was wollen Sie denn dagegen tun, Chef? Fischers Krankenakte ebenfalls mopsen und checken, ob wir ihm 'nen Dachschaden nachweisen können?«

»Gar keine schlechte Idee, doch zunächst schaffen wir dich aus der Schusslinie. Wenn du einverstanden bist, arbeitest du ab sofort von zu Hause aus. Wir versorgen dich regelmäßig mit Unterlagen und falls du Ergebnisse produzierst, rufst du mich oder Ulf an.«

»Okay.«

»Bleibt trotzdem das Problem namens Norbert Fischer«, traute sich Ulf zu bemerken. Er schaute Kruse durchdringend an. »Hoffst du darauf, dass er es sich anders überlegt und die Beschwerde zurückzieht?«

»Es muss einen Weg geben, dem Scheißkerl das Handwerk zu legen. Jeder hat irgendwo einen schwachen Punkt, den müssen wir nur finden.«

Michi erhob sich schwerfällig, kämpfte mit aller Kraft, brachte aber nicht mal den Hauch eines Lächelns zustande. »Wenn Sie nichts dagegen haben, mach ich Feierabend. Ich bin total kaputt.«

»Dann kannst du also mit meinem Vorschlag leben?«, fragte Kruse besorgt.

»Ich hab noch reichlich Arbeit vor mir. Allein für Petersens ganze Unterlagen und dessen Leben brauche ich wahrscheinlich Tage.«

»Soll Ulf dich nach Hause bringen?«

Der meldete sich sogleich empört. »Entschuldigung! Der Ulf, von dem du da sprichst, hat heute Abend noch was vor und würde gern ausnahmsweise mal einigermaßen pünktlich …«

»Lass gut sein«, nahm ihm Michi den Rest der Erklärung ab. »Ich bin zwar ziemlich am Ende, aber fahren kann ich allemal noch.«

»Sieht ganz schön fertig aus«, lautete Ulfs Fazit, als die Bürotür keine Minute später hinter Michi ins Schloss krachte. »Wen wundert's?«

Kruses Blick haftete an dem Stuhl, auf dem seine junge Kollegin bis kurz zuvor gesessen hatte. »Wir müssen ihr helfen! Völlig egal, wie.«

»Da bin ich aber mal gespannt, was du vorhast. Willst du gemeinsam mit ihr durchbrennen oder läuft's doch auf die Geschichte mit der Krankenakte hinaus?«

Kruse schüttelte den Kopf und sah Ulf prüfend an. »Was hast du denn heute Abend geplant?«

»Ist privat.«

»Das beantwortet meine Frage nicht.«

Bevor er reagieren konnte, musste Ulf erst einen Lachanfall überwinden. »Das sagst ausgerechnet du? Ich wusste bis heute nicht mal, dass du auf Nordstrand aufgewachsen bist, und von irgendwelchen Wohnblöcken hier in Husum hatte ich auch keine Ahnung.«

»Was hätte das denn geändert?«

»Wahrscheinlich nichts. Bleibt nur die Frage, was sich ändert, wenn ich dir was über mein Privatleben erzähle.«

Kruse zuckte mit den Schultern. »Bei deinem langweiligen Lebenswandel – hast recht.«

»Eben! Und genau deshalb behalte ich Details lieber für mich.«

24

Michi hatte Husum auf der B201 längst hinter sich gelassen und würde ihr Zuhause in Wester-Ohrstedt jeden Moment erreichen. Laut ihrer Vermieterin war die Welt hier noch in Ordnung. Für Leute, die sich mit Landwirtschaft, Fischfang oder ausschließlich ihrem Lebensabend beschäftigten, mochte das gelten. Michi hingegen hatte das Gefühl, ihr komplettes Leben würde gerade den Bach runtergehen. Beruflich wie privat. In ihrem Kopf fuhren Dutzende Gedanken gleichzeitig Karussell. Sie selbst war krampfhaft bemüht, den aktuellen Fall und zwei tote Männer gezielt in den Vordergrund zu rücken. Doch ihr Verstand schaffte es mit spielerischer Leichtigkeit, dieses Vorhaben wieder und wieder zu torpedieren. Führte ihr ein ums andere Mal vor Augen, wie ein Hauptkommissar Fischer es zweifellos geschafft hatte, mit seiner fiesen und widerlichen Masche durchzukommen. Und jetzt krönte dieser verfluchte Mistkerl das Ganze mit einem absurden Rachefeldzug.

Michi dachte an Kruse, der – wenn man Ulf glaubte – einen Narren an ihr gefressen hatte. Auf ganz andere Weise als Norbert Fischer. Sie registrierte die besorgten Blicke ihres neuen Chefs und las darin väterliche Ambitionen statt Begehren, fand ehrliche Sorgen statt eiskaltes Kalkül. Aber was half das jetzt noch? Auch ein Kruse hatte seine Grenzen – und Vorgesetzte!

Michi war eben von der B201 abgebogen und steuerte auf den Ortsrand von Wester-Ohrstedt zu, als ihr ein Wagen schlingernd entgegenkam. Dessen rechter Scheinwerfer glich einer trüben Funzel, der linke war außer Betrieb und machte dieses sogenannte Einauge umso gefährlicher. Erst im letzten Moment wurde Michi auf die tatsächliche Breite des Fahrzeugs aufmerksam und lenkte ihren Polo ein Stück nach rechts, um dadurch einer Kollision haarscharf zu entgehen.

»Verdammter Idiot!«, fluchte sie noch, als ihr bereits ein zweites Auto entgegenkam. Im Licht ihrer eigenen Scheinwerfer musterte sie kurz dessen Front und zuckte regelrecht zusammen, weil sie einen flüchtigen Blick auf das Kennzeichen erhaschen konnte.

Das kann nicht sein!

Darf nicht!

Die letzten Meter bis zur Auffahrt des kleinen Resthofs absolvierte sie wie in Trance. Sie stoppte ihren Wagen neben dem Tor einer Scheune, die schon lange nicht mehr als Heimat für Kühe oder Schweine herhielt, und schaltete den Motor ab. Wie gelähmt saß sie noch eine Weile hinterm Lenkrad und überlegte, ob sie ihren Augen trauen konnte. Sie war sich sicher, zumindest die Ortskennung *OS* erkannt zu haben. Also ein Osnabrücker Kennzeichen.

»Könnte auch Zufall sein«, flüsterte sie.

Doch plötzlich trommelten ihre Fäuste wie von allein auf dem Lenkrad herum.

»Zufall! Hast du sie noch alle?«

Sie fand keine Zeit mehr, sich näher mit dieser Frage auseinanderzusetzen, denn ein Stück entfernt öffnete sich die schwere Holztür des früheren Bauernhauses. Klara Nissen stand auf der Schwelle, neben ihr saß Dackel Benno, als hätte er sein Leben lang nichts anderes getan. Die alte Frau ruderte mit den

Armen, als könne sie es gar nicht erwarten, Michi in selbige zu schließen.

Die vergaß sogar für einen Moment das Osnabrücker Kennzeichen und ihren schrecklichen Verdacht. Sie hatte das Zimmer hier erst am vergangenen Wochenende bezogen und schnell begriffen, dass Klara Nissen keine besonders warmherzige Frau war. Michis aktuelles Domizil – fünfzehn Quadratmeter direkt unterm Dach – wurde schon seit Jahren vermietet. In erster Linie an Studentinnen, Handlungsreisende oder Ehemänner, die ihrer Familie den Rücken gekehrt hatten. Frau Nissen hatte Michi ein Buch gezeigt, in dem sich fast jeder der vorherigen Mieter verewigt hatte. Irgendwann könnte es diese Fibel vermutlich mit dem Hamburger Telefonbuch aufnehmen.

Michi stieg aus und näherte sich ihrer Vermieterin, die noch immer mit den Armen ruderte. »Was ist denn los, Frau Nissen?«, rief sie schon aus einiger Entfernung.

»Bist du das, Michaela?«

Die wunderte sich gleich in zweierlei Hinsicht. Zum einen hatte sie die Sehkraft ihrer Vermieterin offenbar überschätzt und zum anderen schaffte die es, ihren Vornamen auszusprechen, wie Michis Mutter es mit Vergnügen getan hatte, wenn die Tochter etwas ausgefressen hatte.

»Ja. Was ist denn los?«, erneuerte Michi ihre Frage, nachdem sie unmittelbar vor Klara Nissen stand.

»Hier war eben jemand für dich, hat nach dir gefragt.«

Blitzartig breitete sich ein heißer Schock in Michis Eingeweiden aus. Ihr Verstand lieferte nacheinander einige Statusmeldungen: *Du hattest recht … Osnabrücker Kennzeichen … wer das wohl war?*

Weil Michi nicht reagierte, setzte ihre Vermieterin nach: »Ein Mann, ich weiß gar nicht, was genau der wollte. Seinen Namen hat er auch nicht gesagt … glaube ich.«

»Ein Mann«, wiederholte Michi und ärgerte sich, denn ihre Stimme zitterte. Darüber hinaus fühlte sich ihr Mund plötzlich wie gelähmt an. Erst nach einem innerlichen Reset brachte sie mühsam ein paar weitere Worte heraus: »Hat der irgendwas gesagt?«

Klara Nissens Miene verriet, dass sie angestrengt nachdachte. Das Ergebnis war allerdings nicht sonderlich spektakulär: »Ich soll dich grüßen. Außerdem hat er ...«

»Was?«, bohrte Michi, weil es nicht weiterging.

Die alte Frau schüttelte den Kopf, schwankte auf der Türschwelle hin und her, als würden ihr die Kräfte ausgehen. »Er hätte dir gesagt, dass ihr euch wiederseht ... oder so ähnlich.«

Damit waren letzte Zweifel ausgeräumt. Die Hitze in Michis Eingeweiden hatte sich längst bis unter ihre Schädeldecke ausgebreitet. Vermutlich hätte man auf ihrer Stirn ein Ei braten können. Hektisch kramte sie ihr Smartphone hervor und wischte darauf herum, bis auf dem Display ein Foto von Norbert Fischer erschien. Das hielt sie Klara Nissen entgegen. »War das der Mann?«

Die alte Frau beugte sich nach vorn und kniff die Augen zusammen. Als sie zu nicken anfing, machte sich in Michi eine absurde Euphorie breit, die sie niemandem hätte erklären können. Doch allmählich wurde aus dem Nicken ein immer energischeres Kopfschütteln und dieses Hochgefühl löste sich spontan in Luft auf.

»Ist das der Mann oder nicht?«, fragte Michi viel zu giftig.

Selbst Benno zog sich ein kleines Stück zurück und versteckte sich von nun an hinter der alten Frau. Die hingegen versuchte es mit einer Rechtfertigung: »Ich war beim Fernsehen eingeschlafen, hatte meine Brille nicht auf und ...«

»War der Mann ziemlich groß?«, setzte Michi ungeduldig nach. Sie hob die Hand, um ihre Schätzung zu verdeutlichen. »Mindestens einen Meter neunzig.«

»Kann schon sein.« Klara Nissen lächelte schwach. Ein halbherziger Versuch, sich zu entschuldigen. »Ich dachte, es wäre einer von den Nachbarn. Woher sollte ich denn wissen, dass es wichtig ist?«

»Trotzdem danke«, presste Michi mit aller Mühe heraus und strich ihrer Vermieterin über den Ärmel ihrer Strickjacke. Sie hatte die alte Frau längst passiert und war auf dem Weg zur Treppe ins Obergeschoss, da hörte sie hinter sich noch mal die krächzende Stimme.

Ein schlüpfriger Unterton schwang mit. »War das ein Verehrer?«

Michi blieb stehen. In ihr kochte es vor Wut, doch die wollte sie nicht an der falschen Adresse entladen. Deshalb biss sie innerlich die Zähne zusammen und brachte sogar ein halbwegs überzeugendes Lächeln zustande. »Kann schon sein, aber ich will von dem Mann nichts wissen.«

Klara Nissen nickte, sah nachdenklich aus. »Du musst vorsichtig sein! Verliebte Männer können die fürchterlichsten Dinge anstellen.«

Michis Mund öffnete sich, klappte jedoch unverrichteter Dinge wieder zu. Sie hatte keine Lust auf große Erklärungen oder die Weisheiten einer alten Frau, die – eigenen Angaben zufolge – ihren Mann vor über zwanzig Jahren zu Grabe getragen und seither niemanden mehr an sich herangelassen hatte. Michi wollte in ihr Zimmer. In ihr Bett! Sich dort die Decke über den Kopf ziehen, nichts mehr sehen, nichts mehr hören und im Idealfall nichts mehr denken …

Benno saß zu ihren Füßen, sah zu ihr empor und winselte leise. Der Dackel witterte ihre Anspannung und meinte wahrscheinlich, es sei an der Zeit für Ablenkung.

Michi sah zu ihm hinunter, lächelte traurig und schüttelte den Kopf. »Ganz schlechter Moment«, flüsterte sie, vollbrachte es aber wenigstens, ihm kurz über den Rücken zu streichen. »Morgen mehr, versprochen!«

25

»Wie siehst du denn aus?«, fragte Ulf seinen Chef am nächsten Morgen zur Begrüßung.

Kruse, der in sich zusammengesunken hinter seinem Schreibtisch kauerte, hob den Kopf. »Wie soll ich schon aussehen? Ich hab kaum geschlafen.«

»Mein Abend war richtig nett. Könnte sein, dass ich in Zukunft häufiger pünktlich Feierabend mache.«

»Also geht's um 'ne Frau«, brummte Kruse. »Wer ist denn die Glückliche? Hast du die wieder im Internet kennengelernt?«

»Was ist denn daran falsch? Unsereins muss nicht mehr jedes Wochenende in Bars oder irgendwelchen Tanzläden rumhängen, um endlich jemanden kennenzulernen. Außerdem kann man vorab checken, ob es allgemein passt.«

»Und dann hat sich die Frau trotzdem auf dich eingelassen?«

»Sehr witzig!«

»Hast du ihr erzählt, dass du *HSV*-Fan bist?«

»So weit sind wir noch nicht.«

Kruse lachte schallend. »Dann macht sie eben Schluss, wenn sie merkt, dass du für jedes Heimspiel nach Hamburg fährst und auch regelmäßig auswärts mit von der ...«

»Das weißt du doch gar nicht! Vielleicht mag sie ja auch Fußball. Hab mich noch nicht zu fragen getraut.«

»Lass uns lieber über unseren Fall reden. Hast du was Neues? Du wolltest doch gleich heute Morgen nach Nordstrand. Dürfte ich erfahren, was dich davon abgehalten hat?«

»Ich wollte dich vorher nur schnell auf den neuesten Stand bringen«, erwiderte Ulf genüsslich und fiel auf den Drehstuhl hinter seinem Schreibtisch. Er hob mit wichtiger Miene an: »Ich hab mit Hannah Bruhn geredet.«

»Geht die Geschichte noch weiter?«

Ulf stieß hörbar den Atem aus. »Zu Beginn war die Frau natürlich total geschockt. Wir haben erst mal unterbrochen und zwanzig Minuten später hat sie mich zurückgerufen.«

»Hat sie dir auch gesagt, warum sie die ganze Zeit nicht erreichbar war?«

»Das war volle Absicht. Am Tag, bevor ihr Mann umgebracht wurde, haben sich die beiden am Telefon fürchterlich gestritten. Hannah Bruhn ist zwar wie geplant in Stuttgart losgefahren, hat aber einen Zwischenstopp bei ihrer Schwester in Göttingen gemacht. Wo sie übrigens immer noch ist! Damit können wir sie von der Liste der Verdächtigen streichen.«

»Wer sagt das?«

»Ich!«

Kruses Kopf wippte hin und her. Von nun an klang er wie ein Oberlehrer. »Hast du mal drüber nachgedacht, dass die Frau ebenso gut lügen könnte? Vielleicht ist sie ja schnurstracks von Stuttgart nach Nordstrand durchgefahren, hat dort ihren Mann zerlegt und ist erst dann weiter nach Göttingen.«

»›Zerlegt‹«, pickte sich Ulf heraus. »Den eigenen Mann … du hast sie wirklich nicht mehr alle!«

»Die Frau ist Ärztin und sieht so was vielleicht ein bisschen professioneller. Du hast keine Ahnung, was die in ihrer

Ausbildung alles an Schweinkram anstellen müssen, um Arzt zu werden.«

»Aber nicht mit dem eigenen Ehemann!«, hielt Ulf rigoros gegen.

»Trotzdem hätte sie es von der Zeit her problemlos schaffen können. Das ist Tatsache, du Träumer!«

»Richtig! Aber du hast nicht erlebt, wie sie am Telefon reagiert hat, als ich ihr vom Mord an ihrem Mann berichtet hab. So 'ne Reaktion spielt einem niemand vor, der etwas damit zu tun hat.«

»Okay, Watson. Hat sie dir noch mehr verraten oder ist das alles?«

»Ganz und gar nicht, Holmes«, stieg Ulf auf den Scherz seines Chefs ein. »Hannah Bruhn meinte, ihr Mann wäre in letzter Zeit nervöser und fahriger als sonst gewesen. Eigentlich wollten sich die Eheleute in Ruhe über alles unterhalten, aber dann kam die Nachricht vom Sturz ihrer Mutter und Frau Bruhn hat sich auf den Weg nach Stuttgart gemacht.«

Kruse gähnte herzhaft. Er verschränkte die Hände vor der Brust und setzte die Augenlider auf halbmast. »Klingt echt spannend«, raunte er durch zusammengebissene Zähne. »Weck mich, wenn du fertig bist.«

Ulf, der seinen Chef und dessen Eigenarten seit Jahren kannte, fuhr verhältnismäßig unbeeindruckt fort: »Ich hab Frau Bruhn gefragt, ob sie und ihr Mann auch in dieses neue Projekt am Norderhafen investiert haben.«

»Gute Idee! Was hat sie geantwortet?«

»Negativ! Die zahlen noch ihr Haus ab und parken die Ersparnisse ansonsten brav auf 'nem Festgeldkonto. Schließlich gibt's neuerdings wieder Zinsen.«

»Die von der Inflation aufgefressen werden«, kommentierte Kruse bissig. Er hatte sich mittlerweile aufgerichtet und die Augen ganz geöffnet. »Hast du sie nach Hajo Petersen gefragt?«

149

»Gleich als Erstes. Unser Hajo war in den vergangenen sechs Wochen zweimal in der Praxis und hat dort wie ein Derwisch getobt. Beim letzten Mal mussten die Bruhns den Notruf wählen, damit unsere Streifenkollegen für Ordnung sorgten.«

»Erfolgreich?«

»Er hat sich zumindest nie wieder dort blicken lassen. Und behandeln lassen wollte er sich ja offenbar auch nicht mehr.«

Auf diesen letzten Worten kaute Kruse eine Weile herum.

Für Ulfs Geschmack zu lange, deshalb setzte er nach: »Was ist? Dir geistert doch irgendwas durch den Kopf. Wahrscheinlich, weil du nach wie vor denkst, unsere beiden Fälle hätten was miteinander zu tun. Ich hab doch recht, oder?«

Kruse nickte.

»Glaubst du, Hajo Petersen hat seinen Hausarzt Jahre später für den Tod seiner Frau verantwortlich gemacht, ihn unter Druck gesetzt und – ja, und was?«

Inzwischen war Kruse hellwach und lächelte selbstgefällig. »Könnte sein, dass du auf der richtigen Spur bist. Wenn Hajo dem Bruhn oder dessen Frau Gewalt angedroht hat, wäre es möglich, dass der Herr Doktor ihm zuvorkommen wollte.«

»Mit 'ner Schrotflinte? Wäre es da nicht logischer, dass dein Herr Doktor die Geschichte mit einem Skalpell erledigt und nicht …?«

»Mal abgesehen davon«, unterbrach Kruse und winkte ab. »Alexander Bruhn sieht also keinen Ausweg mehr – schließlich wissen wir nicht, wie konkret ihm Hajo gedroht hat – und macht kurzen Prozess.«

»Weil er Schiss um sein Leben hatte und präventiv handeln wollte, wie es Mediziner eben tun«, setzte Ulf fort. »Gut denkbar. Aber wer hat dann Bruhn auf dem Gewissen? Wollte sich da jemand für den Mord an Hajo Petersen rächen, wo der doch angeblich keine Freunde hatte?«

»Das ist die große Preisfrage. Und sobald wir die Antwort kennen, sind beide Fälle gelöst.«

Ulf linste auf die Uhr über der Bürotür. »Ich mach mich dann mal auf den Weg. In spätestens 'ner halbe Stunde bin ich mit dem Praxispersonal verabredet. Hannah Bruhn bleibt übrigens noch ein paar Tage bei ihrer Schwester. Kann ich ihr nicht verdenken, die Frau ist völlig am Ende.«

Kruses Telefon klingelte. »Das ist unser Küken«, erklärte er nach einem Blick aufs Display.

»Du hast ihre Nummer bereits gespeichert?«

»Wieso denn nicht?«

»Meine hattest du damals nach zwei Monaten noch nicht in deinem Telefonbuch und ich musste es selbst erledigen!«

»Das kann nur an dir gelegen haben«, sagte Kruse grinsend, langte zum Smartphone und meldete sich übertrieben fröhlich: »Gut geschlafen?«

Ulf, der zum Zuhörer degradiert war, sah mit an, wie sich die Miene seines Chefs nach und nach verzog. Und auch die Tatsache, dass Kruse so lange schwieg und einfach nur lauschte, war definitiv kein gutes Zeichen. Die Verabschiedung fiel denkbar knapp aus: »Wir melden uns gleich wieder, bleib in der Nähe vom Telefon!«

»Was ist denn los?«, wollte Ulf umgehend wissen, nachdem das Gespräch beendet war.

»Kriegsrat … aber vorher brauch ich 'nen Kaffee.«

Ulf stand inzwischen neben seinem Schreibtisch und tippte auf seiner Armbanduhr herum. »Ich kann dir gern einen holen, aber danach muss ich sofort durchstarten.«

»Du solltest dich doch um Verstärkung kümmern!«

»Hab ich ja auch! Ich treffe mich mit den Kollegen direkt vor der Praxis.«

»Die sollen ohne dich anfangen und alles genauestens notieren«, befahl Kruse.

»Sagst du mir vielleicht mal, wieso? Sonst kannst du dir deinen Kaffee selbst holen und ich mach mich einfach auf den Weg.«

»Wir haben 'ne Chance, Fischer das Handwerk zu legen. Reicht das?«

Ulf entglitten sämtliche Gesichtszüge. »Was hat Michi denn gesagt?«

Anstelle einer Antwort hob Kruse einen Finger und deutete auf seinen voluminösen Bauch.

»Meinst du, da passt wirklich noch was rein?«, fragte Ulf spöttisch. Eine Reaktion blieb aus, also machte er auf dem Absatz kehrt, stoppte jedoch vor der Bürotür und drehte sich um. »Aber gleich lässt du die Hosen runter, sonst schütt ich den Kaffee aus dem Fenster.«

26

Der Plan mit dem Bett und der Decke über dem Kopf hatte am vergangenen Abend nicht funktioniert. Stattdessen hatte sich Michi unentwegt von einer Seite auf die andere gewälzt, bis sie von sich selbst die Nase voll hatte. Neben ihrem Bett und einem in die Jahre gekommenen Kleiderschrank fand in ihrem Zimmer ein winziger Tisch Platz, an dem sie letztendlich fast die ganze Nacht verbracht hatte. In erster Linie mit Gedanken an Norbert Fischer, dessen Überraschungsbesuch in Wester-Ohrstedt und Maßnahmen, die sie gegen ihn ergreifen könnte. Immer dann, wenn ihre Ratlosigkeit den nächsten Zenit erreichte, nahm sie sich aufs Neue die Unterlagen über die Mordfälle vor und blätterte gedankenversunken darin herum.

So auch jetzt, denn während sie auf Kruses Rückruf wartete, waren ihre Fingernägel im Begriff, Kerben in die hölzerne Tischplatte zu furchen. Heute Morgen hatte sie von Ulf per Mail erste Informationen über das Ehepaar Bruhn erhalten. Kontounterlagen, Verträge … ein halbes Leben in Papierform. Ausgedruckt vermutlich ein wahrer Berg, in digitaler Form halbwegs bequem zu händeln. Aktuell beschäftigte sie sich mit einem Arbeitsvertrag, der im sogenannten Haushaltsscheckverfahren entstanden war. Dabei ging es um eine Frau namens Petra

Linnewever, die im privaten Haushalt und in der Praxis der Bruhns für Sauberkeit und Ordnung sorgte.

Michi stockte. Diesen recht ungewöhnlichen Namen hatte sie irgendwo schon mal gelesen. Hektisch wühlte sie in Papierstapeln und stieß endlich auf eine Art Kassenbuch, das Hajo Petersen jahrelang handschriftlich und überaus akribisch geführt hatte. Sie überflog es Seite um Seite und ballte innerlich die Faust, als sie den Namen wiederentdeckte. Seit etwa drei Jahren bekam Petra Linnewever monatlich einen nicht unerheblichen Geldbetrag. Mal waren es fünfhundert, ein anderes Mal sogar siebenhundert Euro, die Petersen als Barausgabe fein säuberlich dokumentiert hatte.

Michi wollte sich gerade erneut die Aufzeichnungen der Bruhns vorknöpfen, die auf ihrem Notebook-Display zu sehen waren, da klingelte ihr Handy. Kruses Festnetznummer, die sie bereits auswendig kannte. Sie nahm das Gespräch an und fand nicht mal Zeit für ein einziges Wort, denn ihr Chef legte sofort los: »Hör genau zu, wir haben einen Plan!«

»Dürfte ich erst mal kurz?«, bat Michi. »Es ist wichtig und geht um unseren Fall.«

Kruse brabbelte unverständliches Zeug, jetzt war er wieder deutlich zu verstehen: »Der Lautsprecher ist an und Ulf hört mit. Fang an, Mädchen!«

Eilig beschrieb Michi ihre jüngste Entdeckung und schloss mit einer Zusammenfassung: »Nachdem Petersens Frau tot war, brauchte er Hilfe im Haushalt. Wobei diese Petra Linnewever inoffiziell bei ihm gearbeitet hat.«

»Du meinst, sie hat schwarz für ihn geputzt?«

»Nennen Sie es, wie Sie wollen. Jedenfalls ist das die erste Verbindung zwischen unseren beiden Mordopfern.«

Am anderen Ende der Leitung meldete sich Ulf erstmals zu Wort. Er saß vermutlich ein Stück vom Telefon entfernt, denn seine Stimme hallte auf seltsame Weise wider. »Gute Arbeit! Hast du schon versucht, diese Petra Linnewever zu erreichen?«

»Wann denn? Ich hab die Sache doch eben erst entdeckt.«

»Darum wird sich dein neugieriger Kollege persönlich kümmern!«, schritt Kruse ein. »Und jetzt sperr die Löffel auf, ist wichtig.«

»Und könnte sogar klappen«, fügte Ulf in geheimnisvollem Ton hinzu. Er übernahm auch die Erklärung: »Zuerst mal haben wir gecheckt, ob Fischer wieder im Dienst ist.«

»Ist er nicht!«, lieferte Kruse hörbar genüsslich das Resultat.

»Korrekt. Dann kam unser beider Chef auf die sagenhafte Idee, bei ihm zu Hause in Osnabrück 'ne Streife vorbeizuschicken. Die Kollegen haben sich vor zehn Minuten zurückgemeldet und berichtet, dass bei Fischer niemand aufmacht. Eine Nachbarin hat erzählt, sie hätte ihn schon seit Tagen nicht mehr gesehen.«

»Dann wäre es also möglich, dass er noch hier oben ist und auf die nächste Gelegenheit wartet?«, flüsterte Michi und ärgerte sich über ihre dünne Stimme. Sie verordnete sich selbst einen Energieschock und fuhr entsprechend fort: »Aber inwiefern soll uns das weiterhelfen?«

»Abwarten!«, knurrte Kruse. »Du hast doch garantiert seine Handynummer, oder?«

»Beruflich wie privat. Letztere hat er mir aufgezwungen und meinte, ich wäre die Einzige, die ihren Chef auch nach Feierabend jederzeit stören dürfe. Heute würde ich am liebsten kotzen.«

Kruse sprach einfach weiter. »Du rufst Fischer an und sagst ihm, dass du dich mit ihm treffen willst. Aber nur bei dir zu Hause, nirgendwo sonst!«

»Das können Sie vergessen, Chef! Was ist denn, wenn er sich einfach bloß rächen will und mich …?«

»Das werden wir schon zu verhindern wissen.« Nach diesem Kommentar redete Kruse fast fünf Minuten ohne Punkt und Komma. Zum ersten Mal, seit sie ihren Chef kannte, war Michi zutiefst von dessen Fähigkeiten beeindruckt. Nicht, weil es in diesem Fall um sie und ihre Probleme ging, sondern weil Kruse ein genialer Stratege war. Seinen raffinierten Plan beschrieb er ihr in knappen Sätzen und erwähnte jede Einzelheit, ohne dabei abzuschweifen. Er schaffte es auf diese Weise sogar, Michis Bedenken zu zerstreuen und ihr neuen Mut und Zuversicht einzuflößen.

Von ihrer Reaktion war sie selbst beinahe überrascht: »Okay, ich bin dabei. Aber sollte es tatsächlich zum Schlimmsten kommen, dann …«

»Werde ich Fischer mit größtem Vergnügen meine Faust in die Eingeweide rammen«, frohlockte Ulf. »Mach dir keine Sorgen! Die ersten Schritte sind längst in die Wege geleitet und du müsstest demnächst Besuch aus Kiel bekommen.«

»Und noch was«, mischte sich Kruse übertrieben laut ein. »Falls er sofort vorbeikommen will oder auf sonderbare Ideen kommt, sag ihm, du bist gar nicht zu Hause und erst heute Abend wieder im Lande.«

»Also fahr ich meinen Wagen am besten in die Scheune«, grübelte Michi zum Mithören. »Aber was, wenn er plötzlich unangemeldet vor der Tür steht?«

»Dann hoffen wir mal, dass deine Vermieterin gut lügen kann.«

»Ich sag ihr einfach, dass sie niemandem aufmachen soll. Oder noch besser: Ich stell die Klingel ab.«

»Kluges Mädchen! Und …«, Kruse verstummte für einen Moment, »… egal, was passiert, du bist nicht allein!«

Als das Gespräch beendet war, saß Michi noch eine Weile an ihrem Tisch und starrte aus dem Fenster über Wiesen und Felder. In der Ferne sah sie ein halbes Dutzend Rehe, die in der langsam wärmer werdenden Sonne gemütlich ästen. Eine Gelassenheit, die unversehens auch von ihr Besitz ergriff. Die ganze Nacht hatte sie sich die schlimmsten Dinge ausgemalt und bereits mit ihrem Job als Polizistin abgeschlossen. Doch jetzt, und mithilfe ihrer neuen Kollegen, die sie erst seit ein paar Tagen kannte, rückte eine Lösung in Reichweite. Eine, die womöglich dafür sorgen würde, dass Norbert Fischer seine Flossen nie wieder nach wehrlosen Frauen ausstrecken würde ...

27

»Wir müssen auch mit unseren beiden Fällen vorankommen«, mahnte Ulf, nachdem sein Chef eins von etlichen Telefonaten erledigt hatte und gleich wieder zum Hörer greifen wollte. »Michi in allen Ehren, aber ...«

»Tu dir meinetwegen keinen Zwang an«, fuhr Kruse mürrisch dazwischen. »Was ist denn mit dieser Frau, die bei Petersen und den Bruhns geputzt hat? Hast du da schon was unternommen?«

»Ich weiß nicht, was das bringen soll. Da besteht allenfalls eine Verbindung, aber ganz bestimmt keine, die uns zum Täter oder den Tätern führt.«

Kruse ließ endgültig vom Telefon ab, sank zurück in seinen Drehstuhl und blies die Backen auf. Nach und nach entließ er die Luft und musterte seinen Mitstreiter eindringlich. »Woher willst du das wissen? Kannst du neuerdings hellsehen?«

Ulf verzichtete auf eine Antwort, verstaute seine Habseligkeiten in diversen Taschen und erhob sich. »Einverstanden! Ich fahr sowieso rüber nach Nordstrand, und wenn wir mit der Arztpraxis fertig sind, werfe ich meine Angel nach der Putzfrau aus.«

»Um die Praxis können sich die Kollegen auch allein kümmern. Hast du die Adresse von der Frau?«

»Adresse und Telefonnummer. Ich hab mehrfach versucht, sie zu erreichen, aber da geht ständig nur die Mailbox ran.«

Gegenüber lag Kruses Stirn in Falten. »Kommt dir das nicht irgendwie seltsam vor?«

»Was meinst du?«, fragte Ulf kopfschüttelnd. »Es ist nicht mal halb elf. Wahrscheinlich schläft die Frau gern lange und kommt erst abends richtig in Fahrt. Oder soll ich schon mal 'nen Haftbefehl beantragen, weil bei ihr bloß die Mailbox rangeht?«

»Sag mir noch mal den Namen!«

»Von der …?«

»Ja!«

»Petra Linnewever, wohnt auch auf Nordstrand.«

Kruse hämmerte eine Weile im Zwei-Finger-Suchsystem auf seiner Tastatur herum. Dabei wanderten seine Augen hin und her, bis er Ulf triumphierend ansah. »Bewaffneter Raubüberfall, räuberische Erpressung und mehrere Fälle von schwerer Körperverletzung.«

»Das kann nicht sein!«, protestierte Ulf. »Ich hab den Namen vorhin gleich als Erstes durchs System gejagt und nichts gefunden.«

»Ich rede ja auch nicht von der lieben Petra, sondern von ihrem Mann Mario. Der Name Linnewever kam mir gleich irgendwie bekannt vor und ich erinnere mich, dass der Typ vor Jahren mal vor meinem Schreibtisch gehockt und mich kackfrech angegrinst hat. Da warst du noch auf der Polizeischule.«

»Ich hätte es wissen müssen«, jammerte Ulf. »Und warum hat dich der Mann angegrinst? Hat er dich beim Kegeln geschlagen?«

»Damals ging es um einen Raubüberfall auf zwei Touristen aus Bayern. Eigentlich war klar, dass es Mario und einer seiner nichtsnutzigen Kumpels waren, aber wir konnten den Scheißkerlen am Ende nichts nachweisen.«

Ulf setzte sich wieder und war nun ebenfalls mit seiner Tastatur beschäftigt. »Unser Mario hat zuletzt elf Monate in Neumünster gesessen und ist seit Jahresanfang auf Bewährung draußen. Das ist definitiv kein Waisenknabe.«

Kruse nickte nachdenklich. »Mag vielleicht etwas klischeehaft klingen, aber solche Typen finden doch nie wieder auf die richtige Bahn zurück, wenn die Kacke einmal ordentlich am Dampfen war.«

»Schön gesagt, Chef. Nehmen wir mal an, Petra Linnewever hat ihren Mann mit Informationen gefüttert. Zum Beispiel, wo einer wie Hajo Petersen seinen Sparstrumpf versteckt oder wo ein Doktor Alexander Bruhn Medikamente aufbewahrt, die unters Betäubungsmittelgesetz fallen. Damit lässt sich auch 'ne Menge Kohle machen.«

»Womit wir bereits ein Motiv hätten.« Kruse fiel nach vorn, stützte sich mit den Ellbogen auf dem Schreibtisch ab und umfasste sein glatt rasiertes Kinn mit Daumen und Zeigefinger beider Hände. »Wir müssen schnellstmöglich herausfinden, wo sich Petra und Mario Linnewever verkrochen haben.«

»Soll ich *Bonny und Clyde* zur Fahndung ausschreiben lassen?«

»So weit sind wir noch nicht. Und jetzt machst du dich endlich auf den Weg nach Nordstrand!«

Ulf konnte es kaum fassen. »Ich wäre längst dort, wenn du mich nicht ständig zurückpfeifen würdest.«

»Hör auf zu meckern, fahr los und halt mich auf dem Laufenden, sonst …« Kruse hielt mitten im Satz inne, schaute kurz auf seine antiquierte Armbanduhr und hob die rechte Hand. »Planänderung: Ich komme mit!«

»Traust du mir etwa nicht zu, dass ich allein …?«

»Fahr den Wagen vor, ich geh derweil pinkeln!«

* * *

Vor ein paar Minuten hatte Michi zwei Mitarbeiter der Kriminaltechnik aus Kiel reingelassen und die Männer gleich nach oben in ihr Zimmer geführt. Während sich ihre Kollegen dort an die Arbeit machten, war sie eilig wieder nach unten gestiegen, um Klara Nissen und Benno zu beruhigen. Letzterer hatte das Bellen inzwischen eingestellt, die alte Frau hingegen wollte genau wissen, um wen es sich bei den Besuchern handelte.

»Es wäre möglich, dass der Mann von gestern Abend zurückkommt«, versuchte es Michi mit einer möglichst banalen Erklärung. »Deshalb bereiten meine Kollegen etwas vor. Zur Sicherheit!«, schob sie energisch hinterher.

Doch das führte nicht zum gewünschten Resultat, ganz im Gegenteil. »Sicherheit?«, krächzte es zurück. »Sind das etwa auch Polizisten, die uns vor deinem Verehrer beschützen sollen?«

Michi suchte verzweifelt nach einer harmlosen Fortsetzung, die zur Deeskalation beitragen würde. Erfolglos, stellte sie fest. Aber irgendwas musste sie sagen, denn ihre Vermieterin sah sie mit großen Augen und besorgter Miene an. »Es ist nur für den Fall der Fälle! Und wenn der Mann tatsächlich wieder auftaucht, sind später auch richtige Polizisten hier, die sofort einschreiten, bevor etwas passiert.«

»Wie lange dauert das denn?«, fragte Klara Nissen. »Morgen kommen Gunda und Elfriede zum Canastaspielen, da kann ich keinen Ärger gebrauchen.«

»Das dürfte kein Problem werden.« Michi holte hörbar Luft. Der Hinweis in Sachen *Canasta* und den damit verbundenen Zeitdruck führte ihr auf bittere Weise vor Augen, dass sie sich bisher noch nicht um das wichtigste Detail gekümmert hatte: den Anruf bei Norbert Fischer.

Zum Teil, weil ihr davor graute, aber auch, weil sie sich eigentlich erst am Nachmittag dazu zwingen wollte, um nicht allzu viel Zeit zwischen ihrem Anruf und dem gefakten Treffen am Abend zu lassen. Sie suchte erneut nach passenden Worten und langte einfach nach ihrer ersten Idee: »Machen Sie sich bitte keine Sorgen. Meine Kollegen und ich kümmern uns um alles und Sie sind keineswegs in Gefahr.«

»Schade … ich dachte schon, hier wäre endlich mal was los.«

Michi hob verdutzt die Brauen, konnte jedoch nicht schnell genug etwas sagen, weil ihr die alte Frau zuvorkam: »Früher, als mein Fritz noch gelebt hat und wir beide blutjung waren, haben sich hier bei uns auch Wilddiebe rumgetrieben. Drei von denen hat Fritz auf frischer Tat erwischt und einen gleich erschossen.«

Michi musste sich vorsehen, dass ihre Augenbrauen nicht bis zum Hinterkopf wanderten. »Hat man Ihren Mann damals verhaftet und zur Rechenschaft gezogen?«

»Wieso denn?«, fragte Klara Nissen ehrlich erstaunt.

»Na ja … immerhin hat er einen Menschen erschossen.«

»Einen Wilddieb!«, erfolgte die Belehrung mit erhobenem Zeigefinger. »Außerdem war das in den Sechzigern, da war die Welt noch in Ordnung und es galten Recht und Gesetz.«

Michi nickte, wusste ohnehin nicht, was sie darauf erwidern sollte. Nach längerem Schweigen fasste sie sich ein Herz. »Wir haben alles im Griff, machen Sie sich keine Sorgen!«

Klara Nissen deutete zur Decke und lächelte verschmitzt. »Bereiten deine Kollegen da oben was zum Empfang vor?«

»Könnte man so sagen, ja.«

»Dann geh lieber hoch, Kindchen, und sieh zu, dass die ordentliche Arbeit leisten.«

Vor der Treppe, die mit einem abgewetzten roten Teppich bespannt war, der von ehemals goldenen Stangen gehalten wurde, blieb Michi wie angewurzelt stehen. Sie dachte an Kruse, seinen minutenlangen Monolog und an das, was er ihr geraten, vielmehr aufgetragen hatte. Allein beim Gedanken daran schüttelte sie sich angewidert. Und trotzdem wurde es höchste Zeit. Diesen Anruf könnte sie zwar noch ein wenig hinauszögern, aber dadurch wurde es nicht besser. Stattdessen nahm die Last auf ihren Schultern bei jedem einzelnen Atemzug zu …

28

»Wir beginnen bei dieser Petra Linnewever«, ordnete Kruse an, als Ulf auf Nordstrand in die andere Richtung abbiegen wollte.

»Und was ist mit der Arztpraxis? Ich hab vorhin mit den Kollegen vor Ort telefoniert, die sind fast fertig.«

»Ist dabei wenigstens was rausgekommen?«

»Nicht wirklich. Allgemeiner Tenor ist wohl, dass die Bruhns in der Regel Hand in Hand gearbeitet haben und sehr gute Chefs waren. In der Praxis lief alles rund und von Problemen will keine der Mitarbeiterinnen was mitbekommen haben. Klingt bis jetzt nach rosaroter Welt.«

»Kommt ja selten genug vor.«

»Schon möglich, aber vielleicht sollten wir uns lieber noch mal selbst mit den Angestellten unterhalten. Ich weiß zufällig, dass du so eine heile Welt mit wenigen Worten kaputtmachen kannst. Das ist manchmal sogar ganz hilfreich, falls jemand was zu verbergen hat.«

»Den Job kann ich auch morgen noch erledigen«, erwiderte Kruse im Tonfall eines Revolverhelden.

Was Ulf aufbrausen ließ. »Erklärst du mir bitte mal, was los ist?! Weißt du mehr über diese Petra Linnewever und ihren Mario, oder warum drückst du in der Sache so auf die Tube?«

»Das ist unser erster vernünftiger Hinweis. Ich hab da so ein Gefühl ...«

»Oha! Dir juckt der linke große Zeh und morgen gibt's Regen?«

»So ähnlich.«

»Na, das kann ja was werden«, stöhnte Ulf. Plötzlich war ihm ein Geistesblitz anzusehen. »Jetzt kapier ich, was los ist: Du willst die Geschichte hier schnellstmöglich hinter dich bringen, damit du später Michi zur Seite stehen kannst.«

Kruse nahm sich reichlich Zeit, bevor er darauf reagierte. »Könnte nicht schaden, wenn wir nachher ebenfalls an Ort und Stelle sind. Oder siehst du das anders?«

»Ich bin heute Abend wieder verabredet. Vicky meinte gestern, wir ...« Ulf verstummte mitten im Satz, sein Gesicht bekam schlagartig eine gesunde Farbe.

»Vicky«, wiederholte Kruse genüsslich, beließ es allerdings dabei.

»Eigentlich Victoria, Vicky ist ihr Spitzname ... mein Gott, ich hab schon viel zu viel gesagt.«

»Hat das Mädchen auch einen Nachnamen?«

»Auf jeden Fall keinen, der dich was angeht.«

»Da vorn rechts rein!«, befahl Kruse nach längerem Schweigen.

»Wo? Da ist doch überhaupt keine Straße oder wenigstens ein Weg.« Ulf bremste dennoch fast bis zum Stillstand ab und fand des Rätsels Lösung. »Hier rein? Ist dir mal aufgefallen, dass da alles meterhoch zugewuchert ist? Wahrscheinlich ist hier vor zig Jahren das letzte Mal ein Auto durchgefahren.«

»Dann sind wir genau richtig«, hakte Kruse mit röhrendem Lachen ein. »Und wenn du ein aufmerksamer Polizist wärst, wüsstest du, dass weder Petra noch Mario einen Führerschein haben. Das Haus gehörte früher seinem Vater. Der Typ war Alkoholiker und ein echtes Monster. Als Jungspund auf Streife war ich mindestens zehnmal hier, weil er entweder seine Frau oder einen seiner Söhne vermöbelt hat.«

Ulf atmete schwer. »Lass mich raten: Bei einem eurer Einsätze hast du ihm gezeigt, dass das 'ne ganz schlechte Idee war. Stimmt's?«

»Beim zweiten oder dritten Mal ist der Kerl stockbesoffen auf mich und meinen Kollegen losgegangen. Ich hab mich nur gewehrt, ehrlich!«

»Die fleischgewordene Unschuld!«, lobte Ulf voll künstlicher Begeisterung. »Hat der Typ wenigstens überlebt?«

»Für ihn endete es seinerzeit im Krankenhaus. Danach mussten wir seltener herfahren.«

»Also liegt bei den Linnewevers Gewalt in der Familie«, rekapitulierte Ulf müde. Er zeigte den überwucherten Weg entlang auf ein Haus, das kaum mehr als solches erkennbar war. »Ich würde sagen, wir haben unsere Schuldigen und müssen nur noch die Handschellen klicken lassen.«

»Halt mal an!«, kommandierte Kruse, als sie eine breitere Stelle erreichten, wo das einigermaßen gefahrlos möglich war.

»Willst du jetzt die Möwen fragen, ob die was wissen?«

Kruse langte zum Türöffner und stieg wortlos aus. Im Rückspiegel musste Ulf mitansehen, wie sich sein Chef einige Meter entfernte und nach rechts in die Büsche schlug.

»Er muss schon wieder pinkeln«, raunte Ulf an sich selbst gewandt. Er schloss die Augen und sank im Fahrersitz zurück. Ein Moment Ruhe war ihm offenbar nicht vergönnt, denn Kruses Handy meldete sich mit schrillem Klingelton. Normalerweise hätte er es ignoriert und wäre niemals rangegangen, doch auf dem Display blinkte *Michi*. Die war womöglich in Not, also nahm er das Gespräch an.

»Ulf hier, Kruse ist … er kann gerade nicht rangehen.«

Michis Schweigen fiel eine Spur zu lang aus. »Die Kollegen von der Technik sind eben weg und ich wollte jetzt Fischer anrufen.«

»Dann hast du dich nur verwählt, oder was?«

»Nein, ich …«

»Brauchst du seelischen Beistand?«, fragte Ulf um einiges gefühlvoller.

Am anderen Ende holte Michi Luft, als wäre es ihr erster richtiger Atemzug seit Stunden. »Ich weiß gar nicht so recht, was ich wollte. Mir vielleicht noch ein paar letzte Tipps abholen oder … keine Ahnung.«

»Wenn du dich gleich am Telefon genauso anhörst wie jetzt und einen auf reumütig machst, dann kauft dir Fischer die Show garantiert ab. Außerdem musst du immer dran denken, dass er ein Scheißkerl ist und es nicht besser verdient hat.«

»Wo seid ihr? Klingt irgendwie nicht nach Büro.«

»Wir sind auf Nordstrand. Kruse wollte unbedingt mitkommen, drückt aber schon auf die Tube, damit wir später rechtzeitig bei dir aufschlagen.«

»Konntet ihr mit dem Hinweis auf die Putzfrau was anfangen?«

»Dein Ziehvater hat sich längst drauf eingeschossen und ignoriert alles andere. Wir stehen hier mehr oder weniger vor dem Haus der Linnewevers.«

»Wieso ›mehr oder weniger‹?«

»Weil sich Kruse in die Büsche geschlagen hat und …«

»Schon gut! Ich glaube, ich weiß, worum es geht.«

Ulf hätte am liebsten auf seine nächste Frage verzichtet, stellte sie aber der Höflichkeit halber: »Und … fühlst du dich stark genug, um Fischer anzurufen?«

»Nö, aber es nützt ja nichts.«

»Haben die Kollegen sämtliche technischen Voraussetzungen hergestellt, von denen wir gesprochen haben?«

»Jedes Gespräch wird komplett aufgezeichnet. Aber ich mache mir keine großen Hoffnungen, dass sich Fischer am Telefon verplappert und uns Munition liefert. Wenn überhaupt, dann punkten wir nachher … also … falls er tatsächlich in unsere Falle tappt.«

»Der Alte kommt zurück«, erwiderte Ulf. »Willst du ihn auch noch sprechen?«

»Bestell ihm schöne Grüße. Ich ruf jetzt Fischer an. Dann hab ich's wenigstens hinter mir.«

»Viel Glück!«, wurde Ulf noch eilig los, bevor sich neben ihm die Beifahrertür öffnete. Kruse plumpste auf den Sitz und brachte damit den ganzen Wagen ins Schwanken. Er keuchte wie nach einem Marathon.

»Alles im Lot?«, fragte Ulf und platzierte das Handy seines Chefs vorsichtig auf dessen Oberschenkel.

»War was?«

»Michi hat angerufen, wollte sich wohl Beistand holen.«

»Heißt das, es geht los?«

»Ja! Ich schätze, sie telefoniert in diesem Moment mit Norbert Fischer.«

Kruse wirkte nachdenklich. »Keine Ahnung, was dabei rauskommt.« Er drehte sich zur Seite und schaute Ulf fragend an. »Wie ist dein Gefühl?«

»Nicht besonders gut.«

»Danke!«

»Gern geschehen, Chef!«

29

Um sich gründlich herunterzufahren, griff Michi zur sogenannten *4-7-11-Methode.* Vier Sekunden ein-, sieben Sekunden ausatmen und das Ganze im Idealfall elf Minuten lang wiederholen. Ein hilfreicher Trick, den betroffene Menschen bei Panikattacken nutzen, um sie wenigstens teilweise zu überwinden.

In diesem Augenblick war ihr, als hätte sie eine Ewigkeit die Luft angehalten. Ihre Hände zitterten. Der Name ihres früheren Chefs, der auf dem Display ihres Smartphones leuchtete, war im Begriff, sich in ihre Netzhaut zu brennen. Nur noch ein lächerliches Tippen vom gefühlten Wahnsinn entfernt, überlegte sie krampfhaft, wie sie das Gespräch möglichst unbefangen beginnen sollte.

Dann fand ihr Zeigefinger wie von allein das grüne Hörersymbol. Schon während es zum ersten Mal tutete, hätte sie am liebsten sofort das rote Gegenstück betätigt, doch eine unsichtbare Macht hielt sie davon ab. Nach dem dritten Klingeln wurden ihre Gedanken an die Gesprächseröffnung überflüssig, denn Norbert Fischer meldete sich lachend: »Sieht so aus, als wären meine Grüße angekommen.«

Michis Kehle war wie zugeschnürt, sie brachte keinen Laut zustande.

Was Fischer abermals auflachen ließ. »Du musst schon was sagen, Michaela, sonst ...«

»Ich wollte mich entschuldigen.«

»Das klingt nach einem guten Anfang. Ist das alles?«

Typisch Fischer, dachte Michi. Er war ein Meister darin, andere mit kurzen Fragen zu piesacken und somit aufs Glatteis zu führen. Kollegen genauso wie vermeintliche Straftäter.

»Ich hätte dich gestern gern persönlich angetroffen«, setzte Fischer fort. »Glaubst du nicht auch, wir sollten uns in Ruhe über alles unterhalten? Herausfinden, ob es vielleicht doch eine für beide Seiten verträgliche Lösung gibt?«

Was Fischer mit dieser ›Lösung‹ meinte und dass die seinen Vorstellungen nach in der Horizontalen endete, wusste Michi ganz genau. Sie fühlte in sich hinein, fand dort Ekel, Abscheu und blanken Hass. Norbert Fischer hatte sie schließlich nicht nur belästigt und gedemütigt, er hatte ihr eine Zeit lang auch jegliches Selbstvertrauen geraubt. Ein Umstand, für den sie sich selbst wahrscheinlich noch mehr hasste als dessen Verursacher. Und weil sie den vorzugsweise mit seinen eigenen Waffen schlagen wollte, beließ sie es bei einer denkbar knappen Antwort: »Du hast recht.«

»Ich verstehe nicht«, erwiderte Fischer.

»Na ja ... dass wir reden sollten.«

Ein ähnlich vages Statement, das am anderen Ende der Leitung für einen Hauch von Ungeduld sorgte. »In der Hinsicht sind wir uns also einig. Wann und wo?«

Jetzt wurde es spannend. Kruse hatte ihr eine Finte vorgeschlagen, aber die in die Tat umzusetzen, stellte eine ausgewachsene Herausforderung dar. Wenigstens brachte Michi den

Anfang zustande und deutlich über die Lippen: »Mach du doch einen Vorschlag.«

»Okay«, erklang es lang gezogen und mit hörbarer Verwunderung. »Ich wohne in einer Pension mitten in Husum. Da ist alles ziemlich hellhörig und obendrein ungemütlich. Wie wäre es mit einem hübschen Restaurant oder …?«

Michi, die innerlich jubelte, unterbrach Fischer mit einer Alternative. Dafür musste sie all ihre Kraft zusammennehmen, um vertraulich, fast süffisant zu klingen. »Und wenn du einfach herkommst?« Sie kicherte albern und auch das kostete einen großen Teil ihrer Kraftreserven. »Vielleicht ist dir aufgefallen, dass meine Vermieterin kaum was sieht oder hört. Ich mach uns was Leckeres zu essen und hinterher …« Sie ließ das Satzende mit voller Absicht offen.

Als sie jetzt erstmals Misstrauen am anderen Ende witterte, fluchte sie in sich hinein. Wahrscheinlich hatte sie ihren finalen Trumpf viel zu früh ausgespielt.

Fischer lachte erneut, dieses Mal schwang jedoch eine Spur von Unsicherheit mit. »Und das macht dir wirklich nichts aus? Bei unserem letzten Treffen hast du mir immerhin die Nase gebrochen. Du erinnerst dich?«

Am liebsten hätte Michi ihre Schadenfreude herausgebrüllt, doch stattdessen säuselte sie weiter und fragte sich, woher sie all die Energie nahm. »Das tut mir besonders leid. Wie geht's deiner Nase überhaupt?«

»Ich hab gestern den Verband abgenommen. Ist nicht so dramatisch.«

Michi schwieg ganz bewusst. Jedes Nachsetzen würde endgültig Zweifel an ihrer Aufrichtigkeit wecken und im Handumdrehen alles kaputtmachen.

»Also bei dir«, murmelte Fischer nachdenklich.

»Nur, wenn es dir nichts ausmacht.« Eine Formulierung, die Kruse Michi wortwörtlich am Telefon empfohlen hatte.

»Wenn du willst, können wir uns auch gern woanders treffen und einfach nur nett essen.« Ein raffinierter Köder, den ihr Kruse so oder so ähnlich ebenfalls vorgeschlagen hatte. Dabei hatte er über einen *Hecht im Karpfenteich* philosophiert.

Der Hecht namens Norbert Fischer schnappte begierig nach dem Köder und merkte hoffentlich nicht, dass er den nadelspitzen Haken längst mit verschluckt hatte. »Nein, ist okay. Wann?«

»Ich bin noch unterwegs … einkaufen. Passt es dir am frühen Abend? Gegen sechs herum?« Michi überlegte, ob sie in Sachen Köder nachlegen sollte, und entschied sich spontan dafür: »Mit *Open End*«, schob sie vielsagend hinterher.

»Hast du einen einigermaßen passablen Rotwein im Haus?«

»Da bist du wohl der große Experte«, lobte sie ihren ehemaligen Chef und hätte kotzen können.

Doch diese Worte sorgten für einen deutlich hörbaren Stimmungswandel. »Ja, kann man so sagen. Und vertrau mir: Ich bringe heute Abend ein richtig edles Tröpfchen mit. Du wirst dich gar nicht wieder einkriegen und betteln, mehr davon zu bekommen.«

»Dann bis später, ich freu mich.« Michi beendete das Gespräch von einer Sekunde zur nächsten. Eine Verfahrensweise, die abschließend auch von Kruse stammte. *Das Interesse hochhalten*, hatte er es genannt und röhrend gelacht.

Ihr Smartphone-Display war längst verloschen, doch Michi starrte unverändert darauf. Ihre Hände zitterten nicht mehr. Anstelle von Angst und Zukunftssorgen machte sich Zuversicht in ihr breit, flankiert von tiefster Genugtuung. Der erste Teil ihres Plans hatte offenbar perfekt funktioniert. Für sich gesehen nur ein kleiner Schritt, aber ohne den ersten würde es keinen zweiten geben.

Dieser zweite – das war Michi durchaus bewusst – war nicht nur in Sachen Ergebnis riskant. Im schlimmsten Fall könnte es für sie sogar gefährlich werden. Schließlich hatte sie es mit einem irren Stalker zu tun, der nebenbei eine Polizeimarke trug …

30

»Keiner da«, sagte Ulf, nachdem er mindestens zum fünften Mal an die marode Holztür geklopft hatte. Ein Gebilde, das aussah, als hätte es zwei Weltkriege überstanden. Der Rest des windschiefen Hauses passte bestens dazu. Am ursprünglich roten Mauerwerk hatte der Zahn der Zeit derart intensiv genagt, dass nur noch ein blassrosa Schimmer übrig war. Von Fenstern und deren Läden blätterte die Farbe ab. Das Dach würde vermutlich schon der nächste Herbststurm auf Nimmerwiedersehen davontragen.

»Eigentlich 'ne ganz nette Ecke«, lobte Ulf die Umgebung. »Natur pur!«

»Klopf noch mal!«, murmelte Kruse.

»Wie könnte ich Nein sagen, wenn du mich so nett bittest?« Ulf tat wie befohlen, das Resultat war kein anderes. »Niemand zu Hause. Wir sollten die beiden zur Fahndung ausschreiben lassen und abwarten, ob das was bringt.«

Kruse packte Ulf von hinten an der Schulter und schob ihn beiseite, um die Tür näher in Augenschein zu nehmen. »Dafür brauchen wir keinen Schlüssel.«

»Tickst du noch ganz richtig? Willst du die Tür eintreten und damit gleich alles für juristisch wertlos erklären, was wir dadrin womöglich finden?«

Kruse hob den Kopf, sah aus, als würde er in die Ferne lauschen. »Hörst du das auch?«

»Du meinst, im Inneren des Hauses ruft jemand um Hilfe und es ist Gefahr im Verzug?«

»Nö … ich höre eine Stimme, die genauso wie ich auf juristische Spitzfindigkeiten pfeift. Geh zur Seite, sonst kriegst du noch was ab!«

Kruse, der bei seiner Größe und seinen körperlichen Ausmaßen locker über hundertzwanzig Kilo auf die Waage brachte, schob sich nach vorn und lehnte kurz darauf an der Haustür. Die beschwerte sich knirschend über ein derartiges Gehabe. Also machte er einen Schritt nach hinten, dann einen weiteren und beschloss nickend, dass dieser minimale Anlauf reichte. Zwei Atemzüge später krachte die Haustür nach innen.

»Wie ist das denn plötzlich passiert?«, fragte Ulf grinsend.

Sein Chef stand bereits auf der Schwelle und hatte gleich die erste Beschwerde parat: »Was für ein Gestank! Wahrscheinlich liegen die beiden tot im Wohnzimmer und du musst nur noch einen Bericht schreiben.«

»Wieso ich?«

»Weil du schneller tippen kannst.«

»Und wenn es andersrum wäre?«

Kruse tat, als müsste er überlegen. »Das würde auch nichts ändern.«

»Na dann«, stöhnte Ulf und quetschte sich an seinem Chef vorbei.

Da das Haus rundherum von Hecken und Sträuchern umwuchert war, lag dessen Inneres im Halbdunkel. Kruse langte zuerst nach links, dann nach rechts und fand dort einen

Lichtschalter. An der Decke der Diele erwachte ein verstaubter LED-Strahler, der das Chaos in grelles künstliches Licht hüllte.

»Heiliger Strohsack!«, entfuhr es Ulf, nachdem er sich an Kruses Seite geschoben hatte. »Das ist nicht unbedingt ein Motiv für *Schöner Wohnen*.«

Linker Hand lehnten mehrere Müllsäcke an der Wand, die vermutlich für einen Großteil des Gestanks verantwortlich waren. Geradeaus stand ein Katzenklo, das garantiert sein Übriges dazutat. Aus einem Flur, der nach rechts führte, erklang leises Maunzen. Zwei Katzen, eine schwarz, die andere grau getigert, wagten sich Stück für Stück vor und begrüßten dann die Kommissare, indem sie beinahe kreischend um die Beine der Männer strichen.

»Sünde, die sind ja völlig abgemagert«, kam Ulf postwendend zu einem Ergebnis.

»Am besten rufst du im Präsidium an. Die sollen den Tierschutz alarmieren und die beiden armen Viecher abholen lassen.« Kruse beugte sich nach unten, um der getigerten Katze über den Rücken zu streichen. »Da hast du übrigens deine Frau, die um Hilfe gerufen hat.«

»Stimmt, das kauft uns jeder ab. Vielleicht mach ich lieber ein Video, auf dem die zwei um die Wette schreien.«

Kruse war schon ein Stück weiter und bog nach links in die Küche ab, wo der Gestank noch zunahm. »Hier steht 'ne Schachtel mit Trockenfutter.«

»Und obendrein ist das wohl ein Fall für den Seuchenschutz«, kommentierte Ulf das Chaos, als er neben seinem Chef ankam. Gemeint waren Berge von schmutzigem Geschirr, auf denen die verschimmelten Essensreste kaum mehr zu erkennen waren. »Für mich sieht es so aus, als wäre seit Wochen niemand hier gewesen. Außerdem frag ich mich, wie bei 'ner professionellen Putzfrau ein derartiger Saustall herrschen kann. Dagegen ist meine Junggesellenbude ja pures Gold«, schickte er keuchend hinterher.

Nachdem Kruse Trockenfutter in eine halbwegs saubere Schüssel gegeben hatte und die Katzen schnurrend fraßen, schlenderte er zum Herd. Er hob den Deckel eines kleinen Topfs hoch und wich angewidert zurück. Doch dann beugte er sich wieder nach vorn, um den Inhalt näher unter die Lupe zu nehmen. »Spaghettisoße, höchstens vier oder fünf Tage alt.«

»Klingt nach Erfahrung«, bemerkte Ulf lachend und warf nebenher selbst einen Blick in den Topf. »Aber du hast recht: Wenn ich so was länger stehen lasse …«

»Das wird dir deine Vicky schon austreiben.«

»Meine Vicky? Du hast sie echt nicht mehr alle!«

Kruse deutete zum Küchentisch, auf dem sich diverse Verpackungen häuften. Die stammten in erster Linie von neuestem technischen Equipment.

Ulf nahm eine der Pappschachteln zur Hand. »Alle Achtung! Da hat sich jemand ein iPhone für über tausend Euro gegönnt. Und das passende iPad – solchen Luxus kann nicht mal ich mir leisten.«

»Dafür sind die Katzen nur noch Fell und Knochen!«, fügte Kruse grimmig hinzu. »Manchmal könnte ich kotzen.«

»Hier liegt übrigens ein Schreiben vom Mobilfunkanbieter und alles, was zu einer neuen SIM-Karte gehört: Rufnummer, PIN, PUK … läuft auf den Namen Petra Linnewever.«

»Können wir damit was anfangen? Sie womöglich orten?«

»Wenn das Handy eingeschaltet ist, auf jeden Fall. Ansonsten müssen wir sehen, was die Kollegen der Technik für Wunder vollbringen. Ich frag mal direkt nach.«

»Dann sag bei der Gelegenheit gleich unserer SpuSi Bescheid! Ich will, dass hier alles auf den Kopf gestellt wird.«

Nachdem das erledigt war, nahmen sich die Kommissare nacheinander Wohn- und Schlafzimmer vor. Letzteres hielt einen geradezu absurden Eindruck bereit, den Ulf würgend beschrieb: »Mal abgesehen vom furchtbaren Gestank … ich hab noch nie Bettwanzen in natura gesehen. Du?«

»Jeden Abend! Meine haben sogar Namen«, erwiderte Kruse tonlos.

»Jetzt hör mit dem Scheiß auf! Hast du vergessen, dass meine frühere Schwägerin bei dir putzt? Wenn deine Bettwanzen Namen hätten, wüsste ich davon.« Ulf machte ein paar Schritte zurück in die Diele und holte erst dort wieder richtig Luft. Er deutete angeekelt zum Schlafzimmer. »Die hausen hier wie die Schweine, kümmern sich nicht um ihre armen Viecher und …«

»Wenn du glaubst, das wäre 'n Einzelfall, täuschst du dich gewaltig. Ich könnte dir auf Nordstrand auf Anhieb zehn Häuser zeigen, in denen es mindestens genauso schlimm aussieht. Und da sind nicht nur Katzen die Leidtragenden, sondern auch Kinder und …«

»Was haben wir denn da?«, unterbrach Ulf die Ausführungen seines Chefs.

Der folgte dem Fingerzeig, der einer Art Waschküche galt, wo es durch eine zweite Tür in den Garten hinter dem Haus ging. Als er erkannte, wovon Ulf sprach, blieb sein Mund offen stehen. Was in Kruses Welt nur selten vorkam.

Also fuhr Ulf einfach fort: »Würde sagen, wir haben unseren Täter.«

Kruse nickte. »Frag lieber mal nach, ob die SpuSi schon auf dem Weg ist, statt hier große Reden zu schwingen!«

31

Michi saß am Tisch in ihrem Zimmer und war in Arbeit vertieft. Bis zum Abend und dem Treffen mit Norbert Fischer würde es noch einige Zeit dauern. Statt Trübsal zu blasen oder jede Variante etliche Male durchzuspielen, hatte sie beschlossen, etwas Nützliches zu tun. Schließlich gab es eine Spur und der folgte man am besten, solange die frisch war.

Vor einer halben Stunde war sie im polizeiinternen System auf einen Hinweis gestoßen, den sie anfangs gar nicht glauben konnte. Danach hatte sie mehrfach telefoniert und wartete nun auf eine Mail, die als letzte Bestätigung fungieren sollte. Als die endlich eintraf, überflog sie den Text vorsichtshalber zweimal und langte nach ihrem Smartphone. Es klingelte etliche Male, dann ging Kruses Mailbox ran. Ergo wählte sie Ulfs Nummer. Der meldete sich mit einer denkbar kurzen Frage: »Erledigt?«

»Redest du von Fischer?«

»Von wem sonst?«

»Ich hab ihn angerufen – glaube, er hat unseren Köder geschluckt.« Michi machte eine kurze Pause. »Wo ist Kruse? Er geht nicht ans Telefon.«

»Unser Chef diskutiert mit dem Leiter der SpuSi. Dein Tipp mit Linnewever war erste Sahne, denn wir sind hier auf was gestoßen.«

»Deshalb ruf ich an. Wir sind auf der fal...«

»Lass mich zuerst!«, drängelte sich Ulf vor. »Wir sind gerade im Haus der Linnewevers und haben in der Waschküche blutverschmierte Klamotten und Gummistiefel gefunden, die eindeutig zu den Spuren in Hajo Petersens Küche passen. Sieht so aus, als würde dessen Mörder feststehen.«

»Ich fürchte nicht«, widersprach Michi leise.

»Und wie kommst du plötzlich darauf?«

»Mario Linnewever wurde vor vier Tagen in Stuttgart festgenommen. Er sitzt dort in Untersuchungshaft.«

»Und wieso erfahren wir das erst jetzt?«

»Weil es noch gar nicht im System hinterlegt ist. Ich hab hier rein zufällig eine Anfrage aus Stuttgart an die JVA Neumünster entdeckt, in der es um Linnewevers medizinische Daten geht. Deshalb bin ich stutzig geworden und hab da unten nachgefragt.«

»Und?«

»Eben ist die Mail gekommen. Mario Linnewever wurde vor vier Tagen in Feuerbach, einem Stadtbezirk von Stuttgart, festgenommen. Und zwar beim Versuch, dort mitten in der Nacht in ein Altenheim einzubrechen.«

»Ein Altenheim in Stuttgart«, wiederholte Ulf die Hiobsbotschaft. »Dabei kann es doch nur um die Mutter von Hannah Bruhn gegangen sein, oder täusche ich mich?«

»Hab ich bereits gecheckt«, erklärte Michi mit unüberhörbarer Genugtuung. »Frau Bruhns Mutter wurde vom Krankenhaus direkt nach Feuerbach in die Kurzzeitpflege gebracht. Da passt alles genau zusammen. Und wenn eine aufmerksame Nachtwache nicht die Streifenkollegen alarmiert hätte, wären Mutter und Tochter jetzt vermutlich ebenfalls tot.«

Ulf dachte geraume Zeit nach. »Wenn unser Mario für die zwei Morde auf Nordstrand nicht infrage kommt, wir aber blutige Klamotten in seiner Waschküche finden …«

»… würde ich zuerst auf seine Frau tippen«, vervollständigte Michi.

»Ich weiß gar nicht, wie ich das dem Alten beibringen soll. Der ist hier leichtfüßig unterwegs und feiert schon unseren ersten schnellen Ermittlungserfolg.«

»Wie lange braucht ihr denn noch?«

»Er meinte, dass wir demnächst aufbrechen. Langsam hab ich das Gefühl, er würde dich am liebsten adoptieren. Sind die angeforderten Beamten vom Dauerdienst schon da?«

»Haben sich eben gemeldet. Die trudeln in spätestens 'ner Stunde ein.«

»Hauptsache, du bist nicht allein, wenn Fischer auftaucht.«

Bedenken, die sich Michi zunächst durch den Kopf gehen ließ und die neue Befürchtungen in ihr schürten. »Heißt das, ihr schafft es vielleicht nicht rechtzeitig?«

»Jetzt mach dir mal keine Sorgen! Wir haben hier alles im Griff.«

Damit war das Gespräch beendet. Ulfs lapidare Aussage, die sicher nur zur Beruhigung beitragen sollte, bewirkte das exakte Gegenteil. Zum ersten Mal, seit Michi mit Norbert Fischer telefoniert hatte, verdunkelten Gewitterwolken ihr Gemüt. Die Vorstellung, ihrem Peiniger bloß mit zwei Kollegen vom Dauerdienst gegenüberzutreten, war für sich genommen schon entsetzlich genug. Wenn Michi jedoch genauer über ein derartiges Szenario nachdachte, bekam sie vor etwas ganz anderem Angst: vor sich selbst. Denn sollte ihr Norbert Fischer ein weiteres Mal zu Leibe rücken, würde sie keine Sekunde zögern und der Sache ein gewaltsames Ende bereiten. Egal, welche Konsequenzen das für sie hätte …

* * *

»Was ist los? Sitzt dir einer quer?«, fragte Kruse, als er mit dem Leiter der SpuSi fertig war und sich Ulf in der Diele näherte.

»Ich hab eben mit Michi gesprochen.«

Augenblicklich verfinsterte sich Kruses Gesicht. »Ist Fischer etwa doch früher aufgetaucht?«

»Es geht um unseren Fall: Mario Linnewever wurde vor vier Tagen im Raum Stuttgart festgenommen.« Ulf brauchte nicht lange, um die näheren Umstände zu erläutern. Auch ein Fazit lieferte er seinem Chef mundgerecht: »Damit steht fest, dass unser Mario für die Taten hier auf Nordstrand nicht infrage kommt.«

Kruse hatte längst eins und eins zusammengezählt, was seine nächsten Worte verdeutlichten: »Aber er war bestimmt nicht zufällig in Stuttgart. Der war da, um Hannah Bruhn zu erledigen! Bleibt nur die Frage, wer hier ...«

»Dazu hätte ich vielleicht was«, schob sich Ulf dazwischen. »Unsere Technik konnte Petra Linnewevers brandneues iPhone orten. Der Kollege hat die Koordinaten freundlicherweise gleich gecheckt und herausgefunden, dass es sich dabei um die Adresse der Schwester handeln müsste. Eine gewisse Ingrid Asmussen.«

»Ingrid!«, murmelte Kruse, was schon ein wenig über eine vermeintlich gemeinsame Vergangenheit verriet.

»Du kennst die Frau?« Ulf wartete keine Antwort ab, sondern fuhr kopfschüttelnd fort: »Dann weißt du ja auch, dass die ebenfalls auf Nordstrand wohnt. Wenn wir Gas geben, brauchen wir höchstens zehn Minuten.«

Logisch, dass sich Kruses Miene sorgenvoll verzog. Er schaute auf seine Armbanduhr.

»Ich kann das auch gern allein erledigen und du machst dich auf den Weg nach Wester-Ohrstedt, um deiner Michi zur Seite zu stehen«, schlug Ulf vor.

Kruse überlegte kurz, warf einen weiteren Blick auf seine Uhr und schüttelte den Kopf. »Das ist zu wichtig. Außerdem kenne ich die liebe Ingrid im Gegensatz zu dir persönlich und will so schnell wie möglich einen Deckel draufmachen.«

»Du meinst, Petra Linnewever hat sich die Gummistiefel, Klamotten und Handschuhe von ihrem Mann geschnappt und in Petersens Küche für tödliche Tatsachen gesorgt? Und danach hat sie sich bei ihrer Schwester verkrochen?«

»Würde ich zumindest nicht ausschließen.«

»Aber wieso hat sie die Sachen nicht wenigstens sauber gemacht oder gar entsorgt, um ihre Spuren zu verwischen? Das ergibt doch alles keinen Sinn!«

»Wie wär's, wenn wir sie einfach fragen … Auge in Auge?«

Ulf zögerte, obwohl sich sein Chef schon in Richtung Ausgang aufmachte. »Ich kann und will mir nicht vorstellen, dass eine Frau zu solchen Taten imstande ist.«

Kruse blieb stehen, drehte sich um und zuckte mit den Schultern. »Ich auch nicht. Aber die Welt ist nur selten so, wie man sie sich wünscht.«

32

»Denk dran: Wir haben es unter Umständen mit einer Mörderin zu tun«, mahnte Kruse, als Ulf den Dienstwagen am Ende der *Osterkoogstraße* in Odenbüll abstellte. Sie parkten neben dem baufälligen Wohngebäude eines Resthofs, dessen sonstige Anlagen ebenfalls in die Jahre gekommen waren. Und selbst die Aussicht über Wiesen und Felder wurde zum Nachmittag hin von Sprühregen getrübt, der allem einen grauen Anstrich verlieh.

»Wollen wir gleich die nächste Tür aufbrechen und mit gezogenen Waffen reinstürmen? Nach Tarantino-Manier?«, fragte Ulf ketzerisch.

»Wer soll das sein? Muss ich den kennen?«

Ulf winkte ab. »Scheint jemand zu Hause zu sein«, stellte er fest und zeigte auf einen Kombi, der vor der Haustür stand. »Ich check mal, ob der auf Petra Linnewevers Schwester zugelassen ist.«

»Das kann sie uns auch selbst sagen.« Kruse deutete zu einem Fenster, hinter dem das blasse Gesicht einer Frau auftauchte.

»Ihr kennt euch offenbar schon länger, richtig?«

»Hauptsächlich vom Bingo. Letztes Mal hat Ingrid den Schinken, das Weinpaket und ein halbes Schwein gewonnen.

184

Ich weiß noch, wie am Ende von Schiebung die Rede war, weil ihr Vater Hauptmann bei der Freiwilligen Feuerwehr ist.«

»Hier haben die Menschen aber auch Sorgen«, knurrte Ulf. »Wie wär's, wenn wir loslegen? Schließlich zieht es dich doch mit aller Gewalt ganz woanders hin.«

Kruse hob die Hand zum Gruß, was hinter dem Fenster eine ähnliche Reaktion hervorrief. Einen Moment später öffnete sich die Haustür. Die blasse Ingrid entpuppte sich als eine hagere Frau von etwa vierzig, der jahrelange Arbeit und Sorgen deutlich anzusehen waren.

»Moin, Werner … kommst du wegen Petra?«

»Klingt, als wäre deine kleine Schwester auch da.«

Kurz schien es, als hätte die Frau am liebsten den Kopf geschüttelt und die Tür wieder zugeschlagen. Doch dann nickte sie träge und brachte sogar eine einladende Geste zustande. »Wir sitzen in der Küche. Wollt ihr Kaffee?«

»In erster Linie wollen wir mit deiner Schwester reden. Gegen einen Kaffee hätte ich aber auch nichts einzuwenden.«

»Für mich nicht«, lehnte Ulf ab. »Trotzdem danke.«

Es ging quer durch die Diele, wo es wesentlich angenehmer roch als in der vorherigen. In der Wohnküche stießen sie auf eine weitere Frau, die dieser Ingrid beinahe aufs Haar glich – nur um einiges jünger zu sein schien. Petra Linnewever hockte mit hängenden Schultern am Küchentisch und sah erst auf, als sich ihre Schwester räusperte.

Weil das ansonsten keine Wirkung zeigte, schickte sie eine Frage hinterher: »Du kennst doch Werner … von der Polizei?«

Die Antwort war ein Nicken, wenn auch nur schwach.

Ohne Aufforderung ließ sich Kruse ebenfalls am Küchentisch nieder und wartete, bis Ulf neben ihm saß. »Hast du uns vielleicht was zu sagen, mien Deern?«, eröffnete der Hauptkommissar das Gespräch wie unter alten Freunden.

Kopfschütteln. Wobei Ulf wahrnahm, dass Petra Linnewever am ganzen Körper zu zittern anfing.

Sein Chef wollte schon nachsetzen – schließlich war er unter Zeitdruck –, doch das verhinderte Ingrid vorerst. »Ich mach dann mal Kaffee«, kündigte sie an und hantierte bereits an einem in die Jahre gekommenen Kaffeevollautomaten. Der veranstaltete im nächsten Moment einen ohrenbetäubenden Radau.

Als sich der erste Becher langsam füllte, hob Petra Linnewever den Kopf, sah Kruse direkt an und fragte leise: »Wart ihr bei uns zu Hause?«

»Allerdings! In eurem Saustall ist momentan noch unsere Spurensicherung am Werk«, brummelte Kruse. »Und genau deshalb hab ich dich gefragt, ob du uns vielleicht irgendwas zu sagen hast.« Da das offenbar nicht zutraf, fuhr der Hauptkommissar mit tiefer Stimme fort: »Mal abgesehen vom Chaos, das du und dein Mario dort hinterlassen habt, nebst zwei ausgehungerten Katzen … kannst du mir erklären, was die blutigen Klamotten, Stiefel und Handschuhe in eurer Waschküche verloren haben?«

Ingrid mischte sich ein, während der nächste Kaffee in Arbeit war. »Petra hat damit nichts zu tun. Das musst du uns glauben, Werner.«

»Ich muss gar nichts!«, erwiderte der zum ersten Mal aufgebracht. »Es sei denn, ihr zwei habt 'ne halbwegs plausible Geschichte auf der Pfanne. Wenn ihr mir irgendwelche Märchen erzählt, könnt ihr gleich anfangen, eure Sachen zu packen. Dann geht's für euch nämlich hinter schwedische Gardinen.«

Weil trotz dieser Drohung eisiges Schweigen herrschte, unternahm Ulf einen Anlauf und sah Petra Linnewever dabei durchdringend an. »Wussten Sie, dass Ihr Mann vor vier Tagen im Stuttgarter Raum verhaftet wurde?«

Offensichtlich nicht, denn beiden Frauen entglitten sämtliche Gesichtszüge.

Dieses Entsetzen im Doppelpack registrierte auch Kruse und hakte entsprechend nach: »Aber ihr wisst ganz genau, weshalb er sich in Stuttgart rumgetrieben hat. Oder etwa nicht?«

Synchrones Nicken.

Kruse entließ lautstark den Atem. »Kommt zu Potte, Mädels! Sonst nehmen wir euch fest, ihr verbringt erst mal die Nacht in 'ner gemütlichen Zelle und wir reden morgen früh im Präsidium weiter. Und glaubt mir: Dann ist Schluss mit Samthandschuhen!«

»Mario ist an allem schuld«, zischte Ingrid, während sie Kruse einen der Becher viel zu heftig vor die Nase stellte. »Er hat die Geschichte eingefädelt und sich hinterher sang- und klanglos aus dem Staub gemacht.«

Ulf, dessen Blick zwischen den Schwestern hin- und herwanderte, entschied sich bei seiner Nachfrage spontan für diejenige, die zumindest ein wenig redseliger daherkam. »Was soll das bedeuten und was genau meinen Sie mit ›Geschichte eingefädelt‹?«

Ingrid plumpste am Küchentisch neben ihre Schwester, nahm sie kurz in den Arm, drückte sie ebenso flüchtig und ließ dann wieder von ihr ab. »Angefangen hat das Ganze mit Hajo.«

»Mit seinem Tod oder früher?«

»Das hat er doch selbst so gewollt.«

»Sekunde!« Ulf sah nicht nur verwirrt aus, er klang auch so. »Wollen Sie damit sagen, Herr Petersen hätte seinen eigenen Tod initiiert?«

Eine Frage, die aufseiten der Schwestern für einen kurzen Anflug von Belustigung sorgte. Abermals war es Ingrid, die das

Wort ergriff: »Wenn es nur das wäre! Den Rest – das schwöre ich Ihnen – werden Sie uns kaum glauben.«

Kruse erwachte plötzlich zu neuem Leben. Er funkelte beide Frauen an, als erwäge er einen spontanen Doppelmord. »Dann legt endlich los, verdammt! Und falls mir eure Geschichte nicht gefällt, klicken hier gleich Handschellen!«

33

Zum tausendsten Mal starrte Michi auf ihre Uhr. Im Laufe der letzten Stunde hatte sie auf diese Weise mit jeder einzelnen Minute ausführlich Bekanntschaft gemacht. Nur noch eine, dann wäre es fünf. Pünktlichkeit vorausgesetzt, würde der Dämon aus ihrer Vergangenheit in rund einer Stunde an der Haustür im Erdgeschoss klingeln. Und obwohl Michi auf ihrer Bettkante saß, spürte sie, wie ihr angesichts dieser Tatsache die Knie weich wurden. Kein Wunder, schließlich war sie – abgesehen von einer schwerhörigen Frau – ganz allein in einem riesigen Bauernhaus. Zweifellos solider Bauart, doch die Hintertür, die hinaus in den Garten führte, hing bloß aus alter Gewohnheit in ihren Angeln. Ein Mann wie Fischer würde diesen Schwachpunkt sofort als solchen enttarnen und gegebenenfalls kurzen Prozess machen. Ihn nicht reinzulassen, war also keine ernsthafte Option.

Einziger Hoffnungsschimmer war ein Anruf, der etwa eine Viertelstunde zurücklag. Darin hatten die Kollegen vom Dauerdienst endlich ihre baldige Ankunft versprochen. Von Kruse oder Ulf kam seit gefühlten Ewigkeiten nichts mehr. Letzterem hatte sie drei Textnachrichten geschickt, die er bisher nicht mal gelesen hatte, denn noch immer fehlten zwei blau unterlegte Häkchen.

Im Untergeschoss schrillte die Türklingel. Michi erstarrte zu Stein. Ihr Kopfkino sprang an und lieferte einen absurden Actionstreifen. In dem wollte Hauptkommissar Norbert Fischer nicht länger auf seinen großen Auftritt warten, schoss kurzerhand die Eingangstür auf und stürmte im nächsten Augenblick bereits die Treppe hoch. Michi sah sich selbst, wie sie vor Angst schlotternd und die Hände emporgerissen mitten in ihrem Zimmer stand. Aber Fischer war nicht zum Verhandeln gekommen. In diesem Blockbuster sah der Hauptkommissar auch nicht wie ein in die Jahre gekommener Möchtegern-Playboy, sondern wie eine Mischung aus Freddy Krueger und Graf Dracula aus. Und er hielt auch keine Walther P99 – die gängigste Dienstwaffe in Polizeikreisen –, sondern eine abgesägte Schrotflinte in den Händen. Dazu sprach er Spanisch, was besonders aberwitzig erschien, und faselte aktuell etwas von Tequila und Nachos.

Ein weiteres Schrillen aus dem Erdgeschoss beendete die verrückte Vorstellung in Michis Kopf von einer Sekunde zur nächsten. Und als wäre das Licht im Kinosaal angegangen, war ihre Gedankenwelt plötzlich um einiges klarer und beschäftigte sich mit realen Dingen. Sie schoss hoch, spähte durch das kleine Fenster hinaus auf den Hof und entdeckte dort einen Golf mit Flensburger Kennzeichen.

In Windeseile hechtete sie die Treppe hinunter und zog die Eingangstür beim dritten Schrillen nach innen auf.

Ein mickriger Endzwanziger mit auffallend schmalen Schultern stand vor ihr auf den Treppenstufen und musterte sie eingehend. »Moin, ich bin Arne … wir haben telefoniert. Alles klar bei dir? Wir dachten schon, du hättest dich abgesetzt.«

»›Wir‹?« Weil sich Michi umsehen wollte, musste sie einen Schritt vor die Tür wagen. Der gelang ihr nur zur Hälfte, denn

Arne hielt sie mit erhobener Hand auf Abstand und lieferte grinsend eine Erklärung: »Du bleibst schön drinnen und lässt dich nicht blicken! Sandra ist außen rum und wollte checken, ob überhaupt jemand zu Hause ist. Da kommt sie gerade«, ging es mit einem Fingerzeig nach links weiter.

Diese Sandra näherte sich den beiden in leicht gebücktem Schleichgang. Beinahe, als würde sie hinter der nächsten Ecke einen Heckenschützen wähnen.

Zuerst fiel Michi auf, dass diese Kollegin die Aufnahmeprüfung bei der Polizei in Sachen Körpergröße vermutlich auf Hochhackigen absolviert haben musste. Mit Sneakers an den Füßen brachte sie es nicht mal mit viel Fantasie auf die erforderlichen ein Meter sechzig.

Als Sandra die steinernen Treppenstufen erreicht hatte, fing sie auf seltsame Weise zu kichern an und berichtete dann atemlos: »Im Wohnzimmer hockt 'ne alte Frau im Sessel. Ich glaube, die schläft. Der Fernseher ist so laut, dass ich von draußen alles mithören konnte. Ach so, sorry«, sie hielt Michi ihre Rechte entgegen, »Sandra, vom Flensburger Dauerdienst. Kruse meinte …«

»Ich weiß Bescheid!«, unterbrach Michi. Sie sah Arne streng an und deutete auf eins der Stalltore. »Am besten parkst du euren Wagen in der Scheune. Bei der Gelegenheit wäre es nett, wenn du meinen rausfährst.« Sie fischte ihren Schlüsselbund aus der Tasche und reichte ihn an den Kollegen weiter. »Wenn Fischer auftaucht, soll er schließlich nicht denken, es wäre niemand zu Hause.«

Während sich Arne in Bewegung setzte, erklomm Sandra die ersten Stufen zur Haustür. Sie sah zu Michi auf und lächelte dabei mitleidvoll. »Ist dieser Fischer wirklich so ein Schwein, wie Kruse sagt?«

»Schlimmer!«

Ein Stück entfernt erwachte der Motor des Golfs. Als der Wagen mit knirschenden Reifen losrollte, ging gleichzeitig ein Ruck durch Michis Körper. »Du kommst lieber schnell rein. Stell dir mal vor, Fischer beobachtet das Haus aus sicherer Entfernung.«

»Was ist das denn für 'n Typ?«, wollte Sandra wissen.

Michi musterte ihre kleine Kollegin ein weiteres Mal und auch in ihrem Lächeln lag jetzt ein Hauch von Mitleid, den sie eilig zu vertreiben versuchte. »Mindestens eins neunzig, hat früher Judo gemacht – falls es auf 'ne Auseinandersetzung hinausläuft, hoffe ich, du kannst schießen.«

Ein Hinweis, der bei Sandra für offenes Entsetzen sorgte. »Kruse sagte am Telefon, wir wären nur zur Sicherheit hier. Praktisch … als Abschreckung.«

Michi atmete schwer und warf einen Blick auf ihre Armbanduhr. »Manchmal ändert sich eben was von jetzt auf gleich.«

»Du meinst, es wäre möglich, dass Arne, du und ich allein mit dem Kerl fertigwerden müssen?«

»Ziemlich wahrscheinlich sogar!«

»Scheiße! Kann der Typ wirklich Judo? Ich hab nämlich im Einsatz noch nie meine Waffe abgefeuert.«

Michi schaute Sandra an und lächelte jetzt gequält. »Ich auch nicht – aber ich hab das Gefühl, es wird langsam mal höchste Zeit …«

* * *

In einer Wohnküche, etwa fünfzehn Kilometer Luftlinie von Wester-Ohrstedt entfernt, machte sich nach Ingrids Ankündigung eine Weile gedrücktes Schweigen breit.

Kruse starrte ständig auf die Uhr, sein Unbehagen war ihm deutlich anzusehen. Bei seinen nächsten Worten, die sich exklusiv an Petra Linnewever richteten, war es ihm auch anzu-hören: »Jetzt red endlich, sonst ...«

»Vielleicht lässt du doch lieber mich«, bot Ingrid, um einen verbindlichen Ton bemüht, an. »Falls ich was auslasse oder ver-kehrt wiedergebe, kann sich Petra ja melden.«

Kruse nickte und schickte ein Räuspern hinterher, das den Druck erhöhen sollte.

»Angefangen hat alles damit, dass Petra in der Arztpraxis was mitgekriegt hat.«

»Und zwar?«, fragte nun Ulf, weil schon wieder Stille herrschte.

Zur Sicherheit stieß Ingrid ihre Schwester in die Seite und flüsterte: »Du sagst Bescheid, Liebes, wenn irgendwas nicht stimmt, ja?«

Schwaches Nicken.

Dann ging es, von einem schweren Atemzug begleitet, los: »Bis vor Kurzem wusste ich selbst von nichts, Ehrenwort! Petra hat mir vor ein paar Wochen ihr Herz ausgeschüttet und erzählt, dass sie vor einigen Jahren ein Gespräch zwischen den Ärzten belauscht hätte. Darin ging es um Brigitte Petersen und Fehler, die sie wohl bei deren Behandlung gemacht hätten.«

»Was für Fehler?«, hakte Kruse augenblicklich ein.

»Das wissen wir nicht! Nur dass Hajo nichts davon erfahren durfte, weil er sonst nämlich verdammt sauer geworden wäre und ...«

Zum allgemeinen Erstaunen übernahm Petra Linnewever höchstpersönlich die Fortsetzung: »Ich hab nicht alles aufge-schnappt, nur 'n paar Brocken. Und ich weiß wirklich nicht, um welche Fehler genau es da ging. Außerdem ... Brigitte hatte doch Krebs und wäre früher oder später sowieso gestorben.«

»Früher oder später – das gilt wohl für uns alle«, bemerkte Ulf angesichts der sich breitmachenden Ratlosigkeit.

Neben ihm wurde Kruse unvermittelt munter. Zumindest insofern, als er auf seiner Armbanduhr herumtippte. »Ich muss los!« Ulf bekam einen prüfenden Blick ab. »Kriegst du das hier auch allein hin?«

»Logisch, Chef!«

»Dann ruf mich sofort an, wenn du fertig bist!«, befahl Kruse, während er die Küche bereits mit großen Schritten durchquerte.

»Hast du nicht was vergessen?«, rief ihm Ulf hinterher und klimperte mit seinen Autoschlüsseln.

Kruse kehrte zurück, grapschte danach und war im Begriff herumzuwirbeln, da verharrte er mitten in der Bewegung. »Muss ich beim Fahren auf irgendwas Besonderes achten?«

»Am besten bleibst du auf der Straße«, schlug Ulf höhnisch vor. Die beiden Frauen auf der anderen Tischseite konnten sich ein Grinsen nicht verkneifen.

Kruses Mund öffnete sich, klappte jedoch unverrichteter Dinge wieder zu. Im nächsten Moment stürmte er aus der Küche und sorgte nur noch dafür, dass ein paar Meter entfernt die Eingangstür ins Schloss krachte.

»Was war das denn?«, traute sich Ingrid nach angemessener Zeit zu fragen.

»Er fährt selbst nicht allzu häufig.«

»Und wieso hat er es plötzlich so eilig?«

Ulf schüttelte den Kopf. »Lassen Sie uns lieber mit Ihnen und Ihrer Schwester weitermachen.« Er fokussierte sich voll auf Petra Linnewever. »Was haben Sie mit Ihrem Halbwissen über einen möglichen Behandlungsfehler denn angestellt?«

»Ich hab Mario davon erzählt – mir zuerst gar nichts weiter dabei gedacht«, erklang es nach langem Zögern. »Dann hab ich mich allerdings gewundert, weil er irgendwie total begeistert war.«

»Okaaay«, erwiderte Ulf gedehnt. »Wissen Sie auch, was Ihr Mann mit seinem Wissen angefangen hat?«

»Er hat die Ärzte erpresst«, entfuhr es Ingrid aufgebracht. »Die haben jahrelang artig Schweigegeld bezahlt, aber vor Kurzem damit aufgehört. Wahrscheinlich meinten sie, es sei langsam genug Geld geflossen.«

Stille machte sich breit. Ulf brauchte etwas, um die Mosaiksteine dieser Informationen zusammenzusetzen. Er versuchte sich selbst an einer Fortsetzung und wandte sich damit an Petra Linnewever: »Und weil bei Ihnen unerwartet Ebbe herrschte, hat Ihr Mann sein Wissen benutzt und es an Hajo Petersen verkauft. Oder wie darf ich mir das vorstellen?«

Da ihre Schwester beharrlich schwieg, übernahm Ingrid die nächste Ankündigung: »Es ist noch viel schlimmer.« Die Frau sah Ulf aus müden Augen an. »Ich könnte 'ne Pause vertragen. Wollen Sie vielleicht doch Kaffee?«

»Ja, ich glaube, jetzt kann ich einen gebrauchen.«

34

»Viertel vor sechs«, stellte Arne mit unheilvollem Blick fest, als er in die Küche zurückkehrte. Wobei das gar nicht nötig war, denn Michi registrierte den Lauf der Zeit mittlerweile im Sekundentakt.

»Wo bleibt Kruse nur?«, fragte Sandra, um der allgemeinen Ratlosigkeit die Krone aufzusetzen.

Michi beließ es zunächst bei einem Schulterzucken. Weil sie sich aber weiterhin zwei erwartungsvollen Gesichtern gegenübersah, musste sie notgedrungen auch etwas sagen: »Ulf und Kruse kümmern sich um unseren aktuellen Fall. Da brennt gerade die Hütte und es könnte sein, dass wir unmittelbar vor der Lösung stehen.«

Diese – für sich gesehen – frohe Kunde entlockte Arne ein genervtes Stöhnen. »Und jetzt hocken wir hier mit der ganzen Sch...« Er bremste sich selbst aus. »Wie stellst du dir das eigentlich vor? Okay, wenn alles funktioniert, dann wird dein Gespräch mit Fischer in Bild und Ton aufgezeichnet. Aber was, wenn er dir ernsthaft zu Leibe rückt? Sollen wir dann reingestürmt kommen und ihn schlimmstenfalls abknallen?«

»Ich hab doch selbst keine Ahnung«, flüsterte Michi und sackte auf ihrem Stuhl vollständig in sich zusammen. »Ihr kennt Fischer nicht. Wenn es um Frauen geht, ist er ein absolutes Schwein ... nebenbei auch verdammt raffiniert. Er leitet schließlich nicht ohne guten Grund die Mordkommission in Osnabrück.«

»Wenigstens lässt uns deine Vermieterin in Ruhe«, hob Sandra mit schwachem Lächeln hervor und zeigte durch die Wand in Richtung Wohnzimmer, wo der Fernseher unverändert vor sich hin dröhnte. Inzwischen war dort Vorabendprogramm angesagt. Irgendein Krimi flimmerte über die Mattscheibe.

Arne wollte gerade von Neuem anheben, doch das Schrillen der Türklingel hielt ihn davon ab.

Alle erstarrten zeitgleich. Danach war zunächst nur noch Michis schweres Atmen hörbar.

»Zehn Minuten zu früh!«, hauchte Sandra in einem Tonfall, als stünde der Antichrist vor der Tür. Nacheinander fing sie die Blicke der anderen ein. »Was sollen wir tun?«

Michi schüttelte resigniert den Kopf und betrachtete ihre Kollegin vom Dauerdienst. Die junge Frau kam ihr plötzlich wie ein Zwerg mit Polizeimarke vor. Einer, der in erster Linie ratlos wirkte und im Falle eines Falles garantiert keine Hilfe wäre.

Es schrillte ein weiteres Mal. Michi rappelte sich auf und deutete hektisch auf die Tür zur Speisekammer. »Ihr versteckt euch dort drinnen und ich mache Fischer auf. Wenn wir oben sind, schleicht ihr euch hinterher und wartet im Schlafzimmer nebenan. Alles wie besprochen!«

»Und was, wenn er dich sofort ...?«

Michi unterbrach ihre Kollegin rigoros: »Erstens ist das meine Sorge und zweitens wüsste ich nicht, was wir sonst tun sollten. Also macht schon, rein in die Speisekammer!«

* * *

»Ich brauche den Streifenwagen jetzt und nicht in 'ner Viertelstunde! Hörst du nicht zu, Mädchen?«

Dieses Mädchen – eine junge Beamtin aus der Einsatzleitstelle – war offenbar Schlimmeres gewohnt und ertrug Kruses Donnerwetter mit beneidenswerter Gelassenheit.

»Vielleicht dauert es auch nur zehn Minuten«, erwiderte sie seelenruhig, als ginge es höchstens um eine häusliche Ruhestörung. Im Hintergrund erklangen Tippgeräusche. »Die nächste verfügbare Streife gehört Ihnen. Versprochen!«

Kruse beendete das Gespräch abrupt, fluchte jedoch weiter vor sich hin. Kein Wunder, denn er hatte Ulfs Dienstwagen kurz zuvor schnurstracks in den Graben gelenkt. Wobei ›gelenkt‹ nicht wirklich zutraf. Vielmehr hatte er während der Fahrt eine Textnachricht verfassen wollen und beim Tippen sogar das Steuer losgelassen. Erst nachdem er kopfüber im Graben hing, schaffte er es endlich, das Gewirr von Halbsätzen und einzelnen Buchstaben abzuschicken.

Erneut entließ er eine wahre Flut nicht jugendfreier Flüche und trommelte dazu mit geballten Fäusten auf dem Lenkrad herum. Er war dem Wahnsinn näher denn je, als sein Smartphone klingelte. Zuerst fiel ihm ein Stein vom Herzen, denn er rechnete ohne jeden Zweifel mit einem Rückruf von Michis Seite. Doch auf dem Display blinkte eine Kieler Nummer. Ein Anruf, auf den er zwar ebenfalls wartete, der bei ihm aber keineswegs für die herbeigesehnte Erleichterung sorgte.

Kruse fing gleich mit einer Frage an: »Und … hat er sich bei euch gemeldet?«

»Vor etwa 'ner halben Stunde, und er wollte sofort wissen, was da oben bei euch Sache ist. Ich konnte mich nur nicht früher bei dir melden, weil ich erst …«

»Hat er die Informationen auch bekommen?«, fragte Kruse rigoros dazwischen.

»Genau, wie du wolltest. Verrätst du mir mal, was der ganze Scheiß eigentlich zu bedeuten hat? Wieso spionierst du neuerdings Kollegen hinterher und nutzt ausgerechnet mich für deine …?«

»Das geht dich nichts an!«, unterbrach Kruse erneut. »Und jetzt leg auf, ich muss mir so schnell wie möglich was einfallen lassen.«

Für diese Überlegungen brauchte der Hauptkommissar nicht lange. Er wischte schon wieder auf seinem Smartphone herum und nahm noch halbwegs zufrieden zur Kenntnis, dass es am anderen Ende zu klingeln anfing. Doch nach dem vierten Mal meldete sich wiederum Michis Mailbox.

»Verdammte Scheiße!«, brüllte Kruse, dass es in seinen eigenen Ohren dröhnte. Er war drauf und dran, das Seitenfenster herunterzulassen und sein Telefon auf Nimmerwiedersehen ins Regengrau zu schleudern. Inzwischen war es fast dunkel. In einiger Entfernung sah er blaue Blitze, die sich rasant näherten. Sein Taxi war im Anmarsch …

* * *

»Mario hat, was er von Petra wusste, ordentlich aufgebauscht«, fuhr Ingrid fort, als ein Kaffeebecher vor Ulf stand.

»Wie genau darf ich mir das vorstellen?«, fragte er nach einem ersten Schluck, an dem er sich gleich die Zunge verbrannte.

»Na ja, Petra hat ja eigentlich nur ein paar Brocken mitbekommen und Mario hat daraus ein richtiges Drama gemacht. Von wegen … die Bruhns hätten Brigitte Petersen mit Leichtigkeit retten können und haben es schlicht und einfach verbockt.« Ingrid warf einen kurzen Blick zur Seite, aber ihre Schwester hatte in diesem Stadium offenbar nichts hinzuzufügen. Also ging es nahtlos weiter: »Hajo soll fürchterlich getobt haben, als ihm Mario das Märchen aufgetischt hat. Und so, wie ich Hajo kenne, kann ich mir das bestens ausmalen«, folgte es augenzwinkernd.

Diese neuen Informationen musste Ulf zunächst verarbeiten. Doch das führte ihn nur zu weiteren logischen Lücken und Fragen: »Was war denn dann? Hat Herr Petersen Mario beauftragt, die Bruhns umzubringen, oder wie darf ich mir das vorstellen?«

Ingrid zuckte mit den Schultern und deutete auf ihre Schwester.

Die tat einen hörbaren Atemzug und setzte die Geschichte flüsternd fort: »Nicht nur die Bruhns. Mario hat ein Riesengeheimnis daraus gemacht, aber ich weiß ganz genau, dass es nicht bloß um die Ärzte ging.«

»Aber die waren auf jeden Fall sein erstes Ziel«, empörte sich Ulf. »Ist Ihr Mann deshalb runter nach Stuttgart? Wollte er mit Frau Bruhn anfangen und sich dann langsam nach oben durcharbeiten?«

Dieses Mal beließ es Petra Linnewever bei einem Schulterzucken.

Was Ulf umso rigoroser auf den Plan rief: »Reden Sie mit mir, verdammt! Und vielleicht erklären Sie mir mal, wer Hajo Petersen und Alexander Bruhn wirklich auf dem Gewissen hat. Schließlich hockt Ihr Mann seit vier Tagen in Untersuchungshaft und kann es gar nicht gewesen sein.«

Dieser Hinweis sorgte in den Gesichtern beider Schwestern für nachhaltige Qualen.

»Sie wissen ganz genau, wer's war«, übersetzte Ulf das Mienenspiel. »Stimmt's?«

Ingrid hob bereits an, doch Petra packte sie im letzten Moment am Arm und bremste sie mit einem energischen Kopfschütteln aus. »Bitte nicht«, kam es leise hinterher.

Als wesentlich Ältere schaffte es Ingrid, sich loszureißen und ihre Schwester allein mit Blicken in die Schranken zu weisen. Nach einem weiteren Ruck war klar, dass eine Offenbarung – also der Name des vermeintlichen Täters – nur noch eine Frage von Sekunden wäre.

Ausgerechnet jetzt klingelte Ulfs Handy. Er hätte es am liebsten ignoriert, aber der Umstand, dass es anderenorts womöglich auf der Kippe stand, reichte schon, um ihn vom Gegenteil zu überzeugen.

»Weingärtner«, meldete er sich nicht gerade freundlich.

»Tanja Möller, Einsatzleitstelle. Spreche ich mit Oberkommissar Weingärtner?«

»Ich bin hier mitten im Gespräch, hat das auch ein bisschen Zeit? Ich melde mich später gern zurück.«

Anscheinend nicht, denn die Kollegin fuhr nahtlos fort: »Ich müsste wissen, was mit Ihrem Wagen passieren soll.«

In Ulfs Kopf rotierten die Gedanken. Nebenbei nahm er wahr, wie sich die Schwestern auf der anderen Tischseite im Flüsterton gegenseitig anfauchten. Blieb zu hoffen, dass die vorher deutlich erkennbare Bereitschaft der einen nicht durch das immer verzweifeltere Flehen der anderen torpediert wurde.

»Wieso, was ist denn mit meinem Wagen?«

»Der liegt zwischen Nordstrand und dem Übergang aufs Festland im Graben. Der Abschlepper ist bereits unterwegs und …«

»Dürfte ich zuerst erfahren, was mit Hauptkommissar Kruse ist? Geht es ihm gut?«

»Er sitzt in einem Streifenwagen und hat mir gesagt, ich soll Sie anrufen, um das weitere Vorgehen abzusprechen.«

In Ulfs Eingeweiden brodelte es. Im Laufe der letzten Jahre hatte sein Chef ohne jede Frage schon so manchen kapitalen Bock geschossen, aber dieser übertraf alles bisher Dagewesene um Längen.

»Sind Sie noch dran?«, fragte die junge Frau vom anderen Ende.

»Jaaa!« Ulf machte eine kurze Pause, um nicht zu versäumen, worauf sich die Schwestern geeinigt hatten. Aber sosehr er auch in ihren Gesichtern forschte, die finale Entscheidung war darin nicht abzulesen.

»Was ist denn jetzt mit Ihrem Auto?«, ging es drängend weiter. »Bei uns ist heute die Hölle los, weil drei Kollegen krank sind. Vielleicht …«

»Machen Sie mit dem Auto, was Sie wollen!« Ulf wurde bewusst, dass sich seine aufgestaute Wut an der falschen Adresse entlud, aber er konnte einfach nicht anders. »Und falls sich Hauptkommissar Kruse noch mal meldet, sagen Sie ihm bitte, er kann mich mal kreuzweise!«

Von einer Sekunde zur nächsten war das Gespräch beendet. Ulfs Verabschiedung hinterließ auf der anderen Tischseite sichtbares Erstaunen. Weil er beharrlich schwieg, ergriff Ingrid die Initiative. Wobei ihr anzusehen war, wie schwer sie sich damit tat. »Wir sagen Ihnen, wer's war – also … höchstwahrscheinlich. Allerdings müssen Sie uns was versprechen.«

Ulfs Brauen wanderten nach oben. »Und zwar?«

»Sie dürfen ihm auf keinen Fall verraten, dass Sie den Tipp von uns bekommen haben. Sonst weiß ich nämlich nicht, was er mit uns anstellt.«

Einen Moment lang dachte Ulf über diese Forderung nach und fing dann wie von selbst zu nicken an. »Wenn's weiter nichts ist. Ich geb Ihnen mein Wort.«

35

Etwa zehn Minuten zuvor hatte Michi ihrem früheren Chef die Haustür geöffnet und sich anfangs noch über dessen stocksteife Art gewundert. Begonnen mit einer unterkühlten Begrüßung per Handschlag, bei der Norbert Fischer sie offenbar ganz bewusst und geschäftsmäßig siezte. Gefolgt von einer erzwungenen Besichtigung der unteren Etage. Im Wohnzimmer begrüßte Fischer Klara Nissen, als handle es sich bei der alten Frau um seine eigene wiederauferstandene Großmutter. Die beiden redeten eine Weile über Michi, und das auf eine Weise, als wäre die gar nicht zugegen. Nachdem auch das antiquierte Badezimmer im Erdgeschoss ausgiebig inspiziert war, wollte sich Fischer zuletzt die Küche näher ansehen. Weil dazu auch die Speisekammer gehörte, in der sich Arne und Sandra versteckten, langte Michi – zumindest innerlich schweißgebadet – nach der Notbremse.

»Jetzt reicht es aber, würde ich sagen.« Sie hörte sich selbst reden, albern lachen und hätte sich am liebsten einen Kinnhaken verpasst. Besser noch: Fischer. Doch irgendwie schaffte sie es, ihn in Richtung Treppe und nach oben zu bugsieren. Als sie dort in ihrem Zimmer ankamen, ging es mit der absonderlichen Vorstellung nahtlos weiter.

»Schön haben Sie es hier, Frau Greve«, lobte Fischer.

Michi glaubte kurz, sich verhört zu haben. Aber sie war derart verdattert, dass auch die nächsten Worte vom Osnabrücker Hauptkommissar stammten. Dafür holte der in seiner üblichen großspurigen Manier aus: »So ... Sie wollen sich also bei mir entschuldigen. Freut mich, ich bin ganz Ohr.«

In Michis Kopf ging es zu, als würde ein Dominostein nach dem anderen umfallen. Als der letzte an der Reihe war, öffnete ihr Verstand ein Tor, hinter dem sich die Lösung befand: Fischer hatte den Braten gerochen und zog hier nur eine Show für Kameras und Mikrofone ab. Die reagierten übrigens vollautomatisch auf Bewegungen oder Töne und hatten längst ihre Arbeit aufgenommen.

Doch wofür?, fragte sich Michi. *Allein, um dieses notgeile Schwein in heuchlerischer Höchstform zu erleben?*

Ein bislang unerreichtes Maß an Verbitterung machte sich in ihr breit. Logisch, sie hatten bei dieser Aktion hoch gepokert und waren sich alle darüber im Klaren, dass es bei diesem Spiel nicht nur Gewinner gab. Aber dass der Scheißkerl von vornherein Bescheid wusste und sie hier genüsslich an der Nase herumführte ... nein! ... Damit hatte sie niemals gerechnet.

»Was ist denn jetzt, Frau Greve?«, fuhr Fischer mit schmierigem Lächeln fort. »Ich bin extra hergekommen, um mir Ihre Entschuldigung anzuhören und erst hinterher zu entscheiden, ob ich die Beschwerde rückgängig mache oder nicht.«

»Raus!«, brüllte Michi wie von Sinnen. Sie deutete wütend zur offenen Tür, die in den Flur führte. »Raus, hab ich gesagt, und zwar ein bisschen plötzlich!«

Fischer erwiderte seelenruhig und immer noch lächelnd: »Solche Wutausbrüche werden Ihnen kaum helfen. Ich fürchte, Sie lassen mir keine Wahl. Und falls Sie es sich nicht schnell anders überlegen, bin ich wohl gezwungen ...«

»Was ist das für 'ne bescheuerte Schmierenkomödie?«, platzte Michi dazwischen. Ihre Stimme zitterte. Sie konnte ihr eigenes Gesicht zwar nicht sehen, war sich jedoch sicher, dass es vor Wut rot glühte. »Wer hat Ihnen was gesagt? Und wieso sind Sie überhaupt gekommen, wenn Sie ohnehin längst wussten, worauf das hier hinausläuft?«

Fischer tat, als würde er nichts von dem verstehen, was ihm Michi da an den Kopf warf. »Ich bitte Sie, Frau Greve! Was ist denn in Sie gefahren? Glauben Sie nicht, es wird langsam Zeit für …?«

»Raus!«, schrie Michi abermals. »Und wenn Sie nicht sofort verschwinden, dann war Ihre gebrochene Nase nur der Anfang.«

»Das ist nicht besonders gut gelaufen«, rekapitulierte Sandra, nachdem die Haustür in der unteren Etage schon vor einer ganzen Weile hinter Norbert Fischer ins Schloss gekracht war. Die Kollegin vom Dauerdienst schob sich auf Zehenspitzen in Michis Zimmer und fand sie dort schluchzend auf der Bettkante vor.

»Ich hab's verkackt«, presste Michi an Rotz und Tränen vorbei. Sie sah auf. Aus dieser Perspektive kam ihr Sandra zum ersten Mal riesig vor. »Er hat genau gewusst, was hier abgeht. Und ich wette, er wusste sogar, dass ihr in der Speisekammer steht und wartet.«

»Woher denn?«, protestierte Sandra halbwegs energisch. »Vielleicht hat er von irgendwem 'nen Tipp bekommen, aber … Kopf hoch! Die Schlappe muss nicht bedeuten, dass es für dich endgültig vorbei ist.«

Michi schaute erneut auf, wollte etwas sagen, doch ein blaues Blitzlichtgewitter an ihrer Decke hielt sie davon ab.

Sandra trat an das winzige Fenster und warf einen Blick nach draußen. »Das sind Streifenkollegen. Was wollen die denn hier und wer hat die gerufen?«

Diese Frage war kurz darauf im Erdgeschoss schnell geklärt. Schließlich standen nicht nur zwei Uniformierte, sondern auch Kruse in der Diele. »Was ist passiert?«, fragte der geradeheraus.

»Er wusste Bescheid«, stieß Michi verbittert aus. »Er wusste von den Kameras und hat hier für die nur 'ne Show abgezogen.«

»Dann lass uns los!«, forderte Kruse sie verhältnismäßig unbeeindruckt auf. Tatsächlich spiegelte seine Miene beinahe Zufriedenheit wider, was Michi nicht nachvollziehen konnte.

»Wohin?«, fragte sie dementsprechend erstaunt.

»Zurück nach Husum. Vermutlich sind wir mit unserem Fall ein gutes Stück weiter.«

»Mit ›unserem Fall‹?«, wiederholte Michi und lachte freudlos. »Ich bin erledigt, Chef! Mit mir können Sie keinen Blumentopf mehr gewinnen. Am besten bleibe ich gleich hier, fange an, meine Sachen zu packen, und schreibe ab morgen Bewerbungen.«

»Das lass mal schön meine Sorge sein«, brummte Kruse und packte Michi mehr oder weniger sanft am Arm. »Jetzt kümmern wir uns zunächst um unsere beiden Mordfälle und dann bist du dran.«

Sandra vom Dauerdienst mischte sich ein. »Heißt das, Arne und ich können …?«

»… abrücken«, vervollständigte Kruse. »Danke und guten Heimweg!«

Wenig später, als Michi neben ihrem Chef auf der Rückbank eines Streifenwagens saß, konnte sie nicht mehr an sich halten. »Ich verstehe das nicht. Sie haben doch Befehl, mich kaltzustellen. Wie wollen Sie denn nach der Schlappe von eben noch was dagegen ausrichten?«

Um sein Smartphone aus der Hosentasche zu fischen, musste sich Kruse weit zur Seite lehnen und stöhnte dabei vor

Anstrengung. Anstelle einer Erklärung hielt er Michi das Teil entgegen.

»Ist gesperrt«, war ihr erster Kommentar. Zum ersten Mal seit gefühlten Ewigkeiten konnte sie sich ein Grinsen nicht verkneifen.

»Nach oben, nach rechts und dann wieder runterwischen«, erklärte Kruse.

Michi folgte der Anweisung und starrte ungläubig aufs Display. »Das ist der Wetterbericht für morgen.«

»Ach so … mach mal die Textmitteilungen auf!«

Michi tat, wie ihr geheißen, und fand ganz oben auf der Liste eine Nachricht von einer gewissen Claudia Obermeier. »Wer ist das?«

»Du sollst lesen, Mädchen!«

Da es sich um einen ziemlich langen Text und mehrere Anhänge handelte, brauchte Michi etwas, um alles zu überfliegen. Ihre Reaktion war eine Mischung aus Skepsis und Triumph: »Das ist ja der Hammer!«

Im Dunkeln war Kruses Gesichtsausdruck nur schwer zu deuten, jedenfalls nickte er zufrieden. Dann ließ er sich auch zu Worten hinreißen: »Scheint so, als hätten wir 'ne richtige Lawine losgetreten.«

»Und die sind alle bereit, gegen Fischer auszusagen?«

»Steht doch da schwarz auf weiß!«

Michi entließ ihren Atem geräuschvoll. Ihr war plötzlich nach Heulen zumute. Doch sie schaffte es, eventuelle Tränen zu vertreiben, weil sich nebenbei auch überschäumende Freude in ihr breitmachte. Sie stieß Kruse von der Seite an. »Haben Sie ganz allein dafür gesorgt, Chef?«

»Ich hab bloß 'n bisschen rumtelefoniert. Gestern zuletzt mit 'ner Frau, die wohl deutschlandweit solchen Fällen nachgeht und sich gleichermaßen um Opfer wie Täter kümmert.

Schätze, die hat nach meinem Tipp noch mal mit einigen der Frauen geredet und den Stein ins Rollen gebracht.«

»Und was jetzt?«, fragte Michi, während sie Kruse sein Smartphone entgegenhielt.

»Hab ich doch vorhin schon gesagt: Erst mal kümmern wir uns um die Arbeit und dann ist das Vergnügen dran …«

36

Vor der großen Offenbarung hatte sich Petra Linnewever hustend und keuchend entschuldigt und war in Richtung Toilette davongestürmt. Weil in der Küche Totenstille herrschte, musste Ulf mit anhören, wie die junge Frau – bestimmt über einer Kloschüssel – mit sich selbst um die Wette würgte.

»Es ist aber auch alles entsetzlich«, flüsterte Ingrid. In ihrer Eigenschaft als große Schwester war ihr deutlich anzusehen, wie sie mit der kleineren litt. »Soll ich einfach anfangen ... ich meine, ohne Petra?«

»Das könnte sie uns übel nehmen«, widersprach Ulf, obwohl seine Neugier definitiv anderer Meinung war. »Ich kümmere mich inzwischen mal darum, dass ich abgeholt werde.« Ulf beschäftigte sich eine Weile mit seinem Smartphone, nickte irgendwann und schob es dann beiseite.

»Haben Sie jemanden gefunden? Falls nicht, kann ich auch gern ...«

»Das ist nett, aber nicht nötig.« Mehr konnte Ulf nicht loswerden, denn ein paar Meter entfernt öffnete sich die Toilettentür quietschend.

Als Petra Linnewever kurz darauf mit kreidebleichem Gesicht in die Küche zurückkehrte, klingelte ausgerechnet in diesem Moment Ulfs Handy. Er schielte aufs Display, las dort *Kruse* und drückte seinen Chef zum ersten Mal seit Ewigkeiten und ganz ohne schlechtes Gewissen weg. Danach verordnete er seinem Telefon per Knopfdruck ein Schweigegelübde.

»Also«, begann er aufs Neue, nachdem die Frauen wieder nebeneinander am Tisch saßen, »wir waren dort stehen geblieben, wo Sie mir verraten wollten, wen Sie zweier Morde verdächtigen. Und vielleicht noch so viel vorab: Für meinen Geschmack wird es höchste Zeit für die ganze Wahrheit.«

Petra Linnewever schien ihn gar nicht gehört zu haben, denn statt zu reagieren, knetete sie an ihren aufgesprungenen Händen herum. Und auch von Ingrids Tatendrang war offenbar nicht mehr viel übrig, denn die beschränkte sich zunächst auf schweres Atmen.

»Sie müssen schon mit mir reden«, stellte Ulf verhältnismäßig sanft klar. »Ansonsten kann ich Ihnen eins versichern: Im Laufe unserer Ermittlungen finden wir ohnehin alles heraus. Je früher das passiert, desto größer ist die Wahrscheinlichkeit, dass …«

»Es kann eigentlich nur Rocco gewesen sein«, schritt Ingrid leise ein.

»Wer bitte ist Rocco?«

Wieder war vorerst nur angestrengtes Atmen zu hören. »Unser kleiner Bruder«, erklärte Ingrid nun um einiges lauter. »Rocco und Mario sind beste Freunde – schon immer. Sie sind zusammen in eine Klasse gegangen und haben es sogar geschafft, im selben Jahr sitzen zu bleiben. Gerade achtzehn geworden, sind beide von der Schule abgegangen – natürlich ohne Abschluss.«

»Klingt nicht, als hätte danach eine sagenhafte Karriere auf die zwei gewartet«, lieferte Ulf eine Vorlage. Nebenbei nahm er wahr, wie sein Smartphone lautlos aufs Neue erwachte und wieder den Namen *Kruse* präsentierte. Dieses Mal fiel es ihm noch leichter, den Anruf seines Chefs zu ignorieren, und er fuhr mit ruhiger Stimme an Ingrid gerichtet fort: »Damit ich Sie richtig verstehe: Sie glauben, Ihr Bruder Rocco ist für den Tod von Hajo Petersen und Alexander Bruhn verantwortlich?«

Eine Rückfrage, die für traurige Gesichter sorgte. Weitere Erklärungen übernahm ausnahmsweise Petra Linnewever. Dabei klang sie eher vorwurfsvoll als reumütig, fast so, als wäre Ulf an allem schuld: »Rocco kann nichts dafür, er hat einfach nur Pech gehabt!«

»Und eigentlich heißt er Roland«, fügte Ingrid hinzu. »Aber im Laufe der Jahre hat sich sein Spitzname irgendwie festgesetzt.«

Ulf wartete ab, da jedoch nichts mehr folgte, hakte er vorn wieder ein. »Sie meinten, Ihr Bruder und …«, Petra Linnewever bekam einen Blick ab, »… Ihr Ehemann wären beste Freunde. Ist das heute immer noch der Fall? Verdächtigen Sie Rocco deshalb?«

Fragen, die auf der anderen Tischseite weitere Beklommenheit verursachten. Die etwas redseligere Ingrid nahm das Zepter in die Hand. »Nachdem die zwei von der Schule abgegangen waren, haben sie sich 'ne Zeit lang durch Einbrüche über Wasser gehalten. Das haben wir natürlich erst im Nachhinein erfahren. Und als die Einbrüche allein wohl nicht mehr reichten, kamen Raubüberfälle und ein paar größere krumme Geschäfte hinzu. Irgendwann sind Mario und Rocco auf die absurde Idee gekommen, das Kind reicher Leute aus Hattstedt zu entführen. Bei der Lösegeldübergabe wurden sie dann verhaftet.«

»Donnerwetter!«, lobte Ulf voller Ironie. »Das ist auch der Grund, wieso Sie denken, dass Rocco …«

»Das ist längst nicht alles«, unterbrach Ingrid ihn mit einer Mischung aus Wut und Trauer. Nach kurzem Überlegen stieß

sie ihre kleine Schwester von der Seite an. Offenbar eine unmiss-
verständliche Aufforderung, endlich Klarheit zu schaffen.

Petra Linnewever folgte widerwillig. »Ich hab Rocco in
unserem Haus erwischt. Er war gerade dabei, die blutigen
Klamotten loszuwerden.«

»Und warum ausgerechnet bei Ihnen?«

»Hab ich ihn auch sofort gefragt.«

Ulf wartete erneut geduldig, doch es ging nicht weiter. Bei
seiner nächsten Frage schwang Unmut in seiner Stimme mit.
»Also … was hat er Ihnen geantwortet?«

»Dass Mario ihn beschissen hätte und er ihm deshalb alles
in die Schuhe schieben wollte.«

»Inwiefern ›beschissen‹?«, hakte Ulf nach.

»Mario hat wohl 'ne Anzahlung von Hajo bekommen und
Rocco nichts davon abgegeben.«

Ulf nahm sich abermals ein wenig Zeit, um die
Informationen zu verarbeiten und das Puzzle in seinem Kopf
um neue Teile zu ergänzen. Als er fertig war, schaute er auf.
»Wissen Sie zufällig, wie der Rest des Honorars fließen sollte?
Und warum hat Rocco – mal angenommen, er ist tatsächlich
verantwortlich – Hajo Petersen als Ersten umgebracht? Wer
sollte denn dann hinterher für die Restzahlung aufkommen?«

Die Schwestern zuckten synchron mit den Schultern.

»Okay«, fuhr Ulf gedehnt fort. »Aber wieso hat Mario die
Anzahlung unterschlagen? Wenn da noch viel mehr drin gewesen wäre, war es doch idiotisch von ihm, schon so früh gegen
eventuelle Absprachen zu verstoßen. Das ergibt alles keinen
Sinn!«

Ingrid versuchte sich an einer Erklärung: »Mario hat so
seine Probleme.« Es folgte ein Fingerzeig auf das blasse Gesicht
der kleinen Schwester, in dem bei genauem Hinsehen die
Überbleibsel eines Veilchens zu erkennen waren. »Er säuft, ist
nebenbei gewalttätig und verzockt jeden Euro, den er in die

Finger kriegt. Ganz egal, um welche Summe es geht, das schafft er mühelos an zwei oder drei Abenden.«

Ulf ergänzte eilig seine Notizen, bevor er mit der nächsten Frage daherkam: »Wissen Sie, auf welche Weise er das Geld verspielt?«

»Auf jede nur denkbare: Automaten, Sportwetten ... ich glaube, er pokert auch regelmäßig.« Ein verbittertes Lachen erklang. »Nur dass der Idiot jedes Mal verliert. Keine Ahnung, wie er das hinkriegt.«

»Wissen Sie denn, wo wir Ihren Bruder Rocco finden?«, bohrte Ulf weiter.

Die Schwestern konnten nicht nur synchron mit den Schultern zucken, sondern auch zeitgleich ihre Köpfe schütteln.

Damit wollte sich Ulf allerdings nicht zufriedengeben. »Ist das wirklich Ihr Ernst? Wenn eine von Ihnen lügt, oder beide, dann ...«

»Wir haben keine Ahnung, wo er steckt!«, fauchte Petra Linnewever quer über den Tisch. »Bis Sie hier aufgetaucht sind und uns erzählt haben, Mario wäre verhaftet worden, dachten wir, Rocco hätte ihm vielleicht was angetan und sich hinterher aus dem Staub gemacht.«

»Es ist schon spät«, bemerkte Ulf nach langem Schweigen und einem Blick auf seine Armbanduhr. »Ich denke, wir machen morgen früh weiter. Ist das okay für Sie?«

Abermals synchrones Nicken.

»Ich würde dafür jedoch das Büro der Mordkommission bevorzugen. Passt es Ihnen gegen neun?«

»Geht auch zehn?«, fragte Ingrid. »Ich helfe dem Bauern nebenan jeden Morgen beim Melken und verdien mir 'n bisschen was dazu. Wäre schön, wenn ich danach noch duschen könnte und selbst nicht wie 'ne Kuh stinken würde.«

»Gern!« Bevor Ulf weiterreden konnte, erwachte das Display seines Smartphones zu neuem Leben. »Das passt ja perfekt, mein Abholer steht vor der Tür.«

»Was passiert denn jetzt eigentlich mit Rocco?«, fragte Petra Linnewever. In ihrem Gesicht machten sich ehrliche Sorgen um ihren jüngeren Bruder breit. »Ich meine, wenn Sie ihn finden, muss er dann …«

»… ins Gefängnis?«, vollendete Ulf den Satz, weil die Frau dazu offenbar nicht imstande war. Er nickte inbrünstig. »Falls Ihr Bruder tatsächlich für zwei Morde verantwortlich ist, müssen Sie sich für lange, lange Zeit von ihm verabschieden. Hoffe, das ist klar.«

37

»Elf!«, stieß Michi triumphierend hervor, nachdem sie ein Telefonat mit Claudia Obermeier beendet hatte.

Einige Meter entfernt reckte sich Kruse hinter seinem Schreibtisch. Bislang war der Hauptkommissar voll in seinen Bildschirminhalt vertieft und wirkte nun leicht verwirrt. »Wat sächste, mien Deern?«, fragte er daher instinktiv auf Plattdeutsch.

Mit hörbarem Vergnügen nahm sich Michi die Zeit, eine bloße Zahl genauer zu erläutern: »Mittlerweile sind elf Frauen bereit, gegen Fischer auszusagen. Einige Fälle sind zwar ein paar Jahre älter, aber ich denke, der Kerl hat endgültig verspielt.«

Kruse kam nicht dazu, etwas zu erwidern, denn Ulf schneite ins Büro der Mordkommission. In seinen Augen blitzte Mordlust auf.

Die sich gegen seinen Chef richtete, wie seine nächsten Worte bewiesen: »Bist du neuerdings von allen guten Geistern verlassen? Ich musste einen Freund anrufen, der mich auf Nordstrand abgeholt hat. Und nur, weil du mein Auto …«

»Seit wann hast du Freunde?«, fragte Kruse mit echtem Erstaunen.

Was Ulf ein wenig den Wind aus den Segeln nahm. »Na gut … mein Ex-Schwiegervater hat mich abgeholt. Zufrieden?«

Kruse sah kurz hinüber zu Michi und hatte große Mühe, sich ein Grinsen zu verkneifen. »Ich dachte, das mit dir und deiner Sabine wäre damals im Streit auseinandergegangen. Wieso fährt dann dein Ex-Schwiegervater so spät abends noch durch die Weltgeschichte, um dich irgendwo aufzusammeln?«

»Weil Harald und ich uns auch heute noch blendend verstehen! Außerdem ist es gerade mal halb neun, da kann man meiner Meinung nach nicht von ›spät abends‹ reden. Oder hab ich verpasst, dass die Uhren umgestellt wurden?«

Kruse schüttelte den Kopf, Michi tat es ihm gleich.

Erst jetzt wurde Ulf so richtig auf seine junge Kollegin aufmerksam. »Was machst du eigentlich hier?«, fragte er hörbar verwundert. »Ich dachte, du wärst …« Er stoppte mitten im Satz. Sein Blick wanderte zwischen Michi und seinem Chef hin und her. »Ich hab's! Fischer ist blindlings in eure Falle getappt und hat sich vor laufender Kamera um Kopf und Kragen geredet. Hab ich recht?«

Michi war längst mit Kopfschütteln beschäftigt und beschrieb das genaue Gegenteil: »Er wusste von den Kameras und Mikrofonen, hat einen auf seriös gemacht und sich irgendwann wieder verdrückt.«

»Ohne ein einziges falsches Wort zu sagen«, fügte Kruse hinzu.

Nun war es an Ulf, den Kopf zu schütteln. »Und wieso sitzt ihr dann hier rum? Feiert ihr Abschied oder …?«

Kruse sorgte mit einer abrupten Bewegung einstweilen für Ruhe. Eine Erklärung war ihm offenbar zu anstrengend, deshalb wies er Michi gestenreich an, Ulf die alles entscheidende Aktenmappe zu reichen.

Während er deren Inhalt überflog, wurden Ulfs Augen immer größer. »Ne! Ernsthaft? Hieß es nicht, die Frauen hätten kein Interesse mehr, sich an Fischer zu rächen?«

»Nachdem die erste umgekippt ist, sind ihr die anderen gefolgt«, antwortete Michi voller Genugtuung. »Und mittlerweile sind es nicht neun, wie dort steht, sondern insgesamt elf Kolleginnen, die bereit sind, gegen Fischer auszusagen. Wäre leicht möglich, dass sich in den nächsten Tagen noch ein paar dazugesellen.«

»Herzlichen Glückwunsch!«, erwiderte Ulf und schleuderte die Aktenmappe zurück auf Michis Schreibtisch. Dann streckte er ihr die offenen Arme entgegen und umschloss sie flüchtig und ein wenig ungeschickt, als sie aufstand, um das Prozedere über sich ergehen zu lassen. »Wie's aussieht, bleibst du uns doch erhalten. Freut mich!«

»Jaja, sag uns lieber, was die beiden Schwestern von sich gegeben haben«, moserte Kruse. »Oder glaubst du, ich hock hier mitten in der Nacht rum, um mir deine Weisheiten anzuhören?«

»Mitten in der Nacht?« Statt weiterer Proteste fiel Ulf hinter seinen Schreibtisch und öffnete sein Notizbuch mit theatralischer Geste. »Ich weiß gar nicht, wo ich anfangen soll. Die Geschichte ist echt der Hammer.«

Während Michi zu Ulf hinübertrottete und sich auf einem Stuhl neben ihm niederließ, verschränkte Kruse die Hände vor seinem gewaltigen Bauch und setzte die Augenlider wie gewohnt auf halbmast.

»Sag Bescheid, wenn du so weit bist«, raunte er gähnend. »Ansonsten gute Nacht!«

Ulf fiel die Kinnlade herunter, dennoch schaffte er es, in monotonem Singsang loszulegen. »Ich fang mal mit dem Ende an: Auf dem Rückweg hierher hab ich Roland Asmussen als Verdächtigen für einen Doppelmord europaweit zur Fahndung ausschreiben lassen.«

»Rocco?«, wunderte sich Kruse beinahe munter. »Ich dachte, der Vogel würde noch einsitzen, sonst hätte ich mir den garantiert als Ersten vorgeknöpft.«

Ulf reagierte nicht, sondern tippte eine Weile auf seiner Tastatur. »Dem Vogel hat man vor nicht ganz sechs Wochen in Neumünster die Käfigtür geöffnet. Seitdem flattert er auf Bewährung herum.«

»Wieso hat er denn gesessen?«, wollte Michi wissen.

»Das war nicht sein erstes Mal«, schickte Ulf vorweg. »Zuletzt ging es um bewaffneten Raubüberfall in Tateinheit mit schwerer Körperverletzung. Und weil er kein unbeschriebenes Blatt war, haben sie ihm dafür fünfeinhalb Jahre aufgebrummt, von denen er allerdings nur drei abgesessen hat. In Neumünster herrscht Platzmangel, die entlassen heutzutage jeden, den sie mit einigermaßen gutem Gewissen wieder auf die Menschheit loslassen können.«

»Und was dabei rauskommt, sieht man ja«, murmelte Michi.

Auch Kruse hatte eine Meinung dazu und präsentierte die auf seine ureigene Art: »Die hätten ihn lieber in 'ne Kloake werfen sollen, um herauszufinden, wie lange so ein Nichtsnutz unter seinesgleichen schwimmen kann.«

»Ich stell mir das gerade bildlich vor«, kicherte Michi, wurde dann aber schnell wieder ernst. Sie wandte sich an Ulf. »Und das über diesen Rocco hast du von den zwei Frauen erfahren, ja?«

»Von seinen Schwestern! Rocco ist der Jüngste im Bunde und war wohl schon immer das schwarze Schaf der Familie.«

»Haben sie dir auch erklärt, wieso es ihr Bruder auf Hajo Petersen und den Bruhn abgesehen hatte?«

Gegenüber öffnete sich Kruses Mund – zweifellos, um noch etwas Vernichtendes über Rocco von sich zu geben –, doch er besann sich und schwieg.

218

»Jetzt mache ich mal ganz vorn weiter«, eröffnete Ulf von Neuem. »Wenn wir davon ausgehen, dass die Schwestern die Wahrheit sagen, dann hat Petra Linnewever den Stein überhaupt erst ins Rollen gebracht. Sie hat bei den Bruhns nicht nur privat, sondern auch in der Praxis geputzt. Und dabei hat sie aufgeschnappt, dass sich das Ärztehepaar für den Tod von Brigitte Petersen verantwortlich fühlte. Frau Linnewever konnte da nichts Genaueres sagen, hat allerdings ihren Mann Mario in alles eingeweiht.«

Kruse fuhr mit der vermeintlichen Geschichte fort: »Und der hatte natürlich nichts Besseres zu tun, als Hajo gleich dummes Zeug zu stecken. Langsam wird 'n Schuh draus.«

»Dein Schuh ist einen längeren Umweg gelaufen«, korrigierte Ulf. »Anfangs hat sich unser Mario nämlich an die Bruhns gewandt und die haben jeden Monat artig Schweigegeld bezahlt.«

»Aus Angst, dass Hajo Petersen davon Wind bekommt und sich rächen will«, fügte Michi der Form halber hinzu.

»Ganz genau! Aber als es dann vor ein paar Monaten mit dem Geldsegen plötzlich vorbei war, meinte unser Mario anscheinend, jetzt könnte er mit seinem Wissen einen größeren Fisch an Land ziehen. Er ist also zu Hajo Petersen und hat ihn – angeblich! – mit einem regelrechten Lügenmärchen konfrontiert. Nach dem Motto, die Bruhns wären ganz allein für den Tod seiner Frau verantwortlich und hätten es locker verhindern können.«

»Darmkrebs … verhindern?«, wandte Michi skeptisch ein.

Zum ersten Mal ging Ulf in die Defensive. »Petra Linnewever hat beim Lauschen nur Brocken mitbekommen und ihr Mario soll wohl ziemlich viel hinzugedichtet haben. Was genau, werden wir so schnell wahrscheinlich nicht erfahren.«

»Wieso nicht?«, knurrte Kruse.

Ulf sah seinen Chef an, als würde er mal wieder an dessen Verstand zweifeln. »Vielleicht, weil der Typ in Stuttgart in U-Haft sitzt?«

»Könnte doch nicht besser laufen!« Kruse sah Michi auffordernd an. »Du lässt am besten mal deinen Charme spielen und siehst zu, dass unser Mario schleunigst hergebracht wird. Wenn uns überhaupt einer die Wahrheit sagen kann, dann er. Außerdem ...« Kruses Telefon klingelte und sorgte für eine Unterbrechung. Als wäre das mit einem ungeahnten Kraftakt verbunden, fiel Kruse nach vorn, wo sein Bauch von der Schreibtischplatte ausgebremst wurde. Nach einem Blick aufs Display langte er kommentarlos zum Hörer. »Ja?« Eine kurze Pause entstand. »Ist in Ordnung, stell durch!«

Michi und Ulf, die zu Zuhörern degradiert waren, tauschten sich wortlos und nur durch Augenkontakt aus. Beiden huschte ein Grinsen übers Gesicht.

»Moin!«, brummte Kruse wie ein Bär, der eben erst aus dem Winterschlaf erwacht war. Er machte eine längere Pause, um zu lauschen. »Wann und wo?« Seine Miene verfinsterte sich, von nun an sah er beinahe wütend aus. »Ist in Ordnung, wir nehmen uns der Sache an. Ja ... natürlich sofort.«

»Welcher Sache nehmen wir uns an?«, wagte Michi zu fragen, nachdem der Hörer auflag.

»Nordstrand ... Gnadenhof.«

Michi schoss hoch und stand danach kerzengerade mitten im Raum. »Sagen Sie bitte nicht, es hat einen von den Bendixens erwischt!«

»Kümmer du dich lieber um einen Wagen!« Es folgte ein Fingerzeig in Ulfs Richtung. »Seiner ist schließlich kaputt.«

»Wo wir gerade beim Thema sind: Wann wolltest du mir eigentlich erzählen ...?«

»Und du rufst gefälligst Verstärkung!«, unterbrach Kruse rabiat. »Ich will alles, was fahren kann, auf Nordstrand haben!«

»Warum? Hast du Angst, dass wir auch im Graben landen? Nicht, wenn ich fahre.«

»Ich will, dass die Kollegen nach Rocco Ausschau halten. Falls ich mich nicht irre, ist der Typ inzwischen völlig durchgedreht ...«

38

»Vielleicht hätten wir der Polizei lieber gleich die ganze Wahrheit sagen sollen«, grübelte Ingrid Asmussen laut. Die beiden Schwestern saßen an einem gedeckten Abendbrottisch, aber rechter Appetit wollte sich bei keiner einstellen.

Petra sah sogar aus, als wäre sie drauf und dran, Ingrid ein fertig geschmiertes Leberwurstbrot an den Kopf zu schleudern. »Bist du noch zu retten? Wenn die Polizei erfährt, dass ich von allem wusste, dann …«

»Was heißt denn hier ›von allem‹? Im Prinzip weißt du doch auch erst seit ein paar Monaten, was wirklich dahintersteckt.«

»Und hätte spätestens in dem Moment zur Polizei gehen müssen«, hielt Petra abermals dagegen.

Diesen Hinweis ließ sich Ingrid eine Weile durch den Kopf gehen und nippte dabei mehrfach an ihrem Teebecher. »Du hast doch nichts verbrochen. Okay … du weißt seit Kurzem, wieso Hajo das ganze Theater veranstaltet hat, aber wer soll dir deshalb einen Strick draus drehen?«

»Und wenn sie mich trotzdem drankriegen?« Petra lächelte traurig. »Willst du, dass ich auch in den Knast wandere?«

»So weit wird es garantiert nicht kommen. Du hast dir doch bisher nie was zuschulden kommen lassen. Hierzulande sperrt man Leute nicht einfach so weg, weil sie vielleicht ein bisschen zu lange geschwiegen haben.«

Zunächst gab nur die Teekanne, die auf dem Stövchen stand, Geräusche von sich.

Irgendwann fing Petra den Blick ihrer großen Schwester ein. »Wir wissen ja nicht mal, ob es überhaupt stimmt. Oder hast du sie etwa mit eigenen Augen gesehen?«

»Und weshalb dann das ganze Geld? Wieso wollte Hajo plötzlich mit allen kurzen Prozess machen?«

Petra zuckte lediglich mit den Schultern.

»Eben! Und weil ansonsten so gut wie nichts einen Sinn ergibt, kann es eigentlich nur so sein.«

Dieses Mal nickte Petra zaghaft. »Willst du der Polizei morgen wirklich alles erzählen?«

»Von Wollen kann wohl kaum die Rede sein.« Ingrid lachte auf, ein Anzeichen schierer Verzweiflung. »Aber vielleicht ist es tatsächlich besser, wenn die von allein draufkommen und wir uns hinterher einfach doof stellen. Schließlich kann uns niemand beweisen, dass wir Bescheid wussten.«

»Nicht mal Mario«, fügte Petra leise triumphierend hinzu.

Diesen Hinweis vervollständigte ihre große Schwester mit hörbarem Vergnügen: »Weil du die Wahrheit am Ende ganz allein herausgefunden hast – auch ohne seine Hilfe.«

* * *

»Sagen Sie mir jetzt endlich mal, was auf dem Gnadenhof passiert ist?«, fauchte Michi, die im Auto auf der Rückbank saß, ihren Chef an. Ein Wunder, dass sie nicht an der Lehne vom Beifahrersitz rüttelte, um die Informationen aus Kruse herauszuschütteln.

»Es gab wohl so was wie 'nen Überfall.«

»Und wer war das vorhin am Telefon?«

»Die Pferdetante, wer denn sonst?«

»Inken Bendixen?«, vergewisserte sich Michi sofort.

»Wenn die so heißt … Ihr Mann Ralf hat ordentlich was abgekriegt und liegt seit 'n paar Stunden im Krankenhaus. In ihrer Not wusste die Frau anscheinend nicht, an wen sie sich wenden sollte. Auch weil ihr Mann meinte, sie soll auf keinen Fall die Polizei rufen. Also hat sie den Rettungssanitätern gegenüber von 'nem Unfall gesprochen und später wohl kalte Füße bekommen.«

»Ich glaub das alles nicht«, schimpfte Michi und krachte gegen die Rückbank. »Mittlerweile ist doch klar, dass Ralf Bendixen es nicht gewesen sein kann.«

Ulf meldete sich zu Wort: »Das wissen wir, aber die Bendixens haben keine Ahnung, was sich in der Zwischenzeit so getan hat und …«

»Eben!«, quetschte sich Kruse dazwischen. Auch wenn es ihm offenbar größte Mühe bereitete, drehte er sich zu Michi um.

Die saß im Halbdunkel mit vor der Brust verschränkten Armen einfach nur da und starrte ins Nichts.

»Nimm es nicht so persönlich, mien Deern«, empfahl ihr der Hauptkommissar mit väterlicher Stimme. »Du darfst die Fälle nicht so nah an dich ranlassen, sonst brauchst du demnächst niemandem mehr die Nase zu brechen, um deinen Job zu riskieren.«

»Sehr witzig!«, moserte Michi, konnte sich jedoch ein Grinsen nicht verkneifen. »Ich mach mir einfach nur Sorgen um die Bendixens und … na ja … um die restlichen Pferde und Mulis sowieso. Warum tritt das Leben immer den ärmsten Schweinen am heftigsten in den Arsch?«

»Schön gesagt!«, lobte Ulf und beschränkte sich dann wieder aufs Fahren.

»Weil sich die reichen Schweine stets irgendwie zu helfen wissen«, versuchte sich Kruse an einer Erklärung. »Und wer sich damit nicht abfinden will oder kann, ist bei der Polizei völlig falsch aufgehoben. Wir sind keine Weltverbesserer.«

»Was sind wir denn dann?«, setzte Michi verbissen nach.

Kruse sah Ulf an, doch von dem hatte er augenscheinlich keine Hilfe zu erwarten. »Wir sind … das Aufräumkommando. Feuerwehrleute, die den Mist beseitigen, den andere angerichtet haben.«

»Das klingt ja wahnsinnig vielversprechend.« Michi lehnte sich wieder nach vorn. »Hat Inken Bendixen am Telefon wenigstens gesagt, wie es ihrem Mann geht und was genau mit ihm passiert ist?«

»Während er im Stall geackert hat, war sie draußen auf der Wiese mit den Mulis zugange. Irgendwann hat sie ihn schreien gehört, ist zu ihm gerannt und da lag er bäuchlings im Stroh … mit 'ner Mistgabel im Rücken.«

»Aua!«, kommentierte Michi und sog die Luft zwischen geschlossenen Zähnen ein.

»Und woher will sie wissen, dass es nicht doch ein Unfall war?«, erkundigte sich Ulf skeptisch.

»Sie hat den Verursacher weglaufen sehen, wollte sich aber erst mal um ihren Mann kümmern.«

»Und?«, fragte Michi weiter. Jeder wusste, worauf diese Frage abzielte.

»Aus dem Krankenhaus hieß es vorhin, er wäre außer Lebensgefahr. Aber was das bei solchen Verletzungen manchmal wert ist, wissen wir ja aus eigener Erfahrung. Davon abgesehen …« Kruse verstummte mitten im Satz, da Ulf Anstalten machte, nach links abzubiegen. »Was soll das denn werden, Kollege Voreilig?«

»Na, was wohl? Ich nehme den kürzesten Weg zum Gnadenhof. Oder kennst du einen besseren?«

»Was willst du denn auf dem Gnadenhof?«

Michi räusperte sich. »Ähm, Chef … ich dachte auch, wir wären dorthin unterwegs.«

Kruse drehte sich erneut um. Bevor er zu einer Antwort ausholte, verzog sich sein Gesicht schmerzerfüllt. »Erinnerst du dich noch an das, was ich dir über Symptome und die Krankheit selbst gesagt habe?«

»Jawohl! Die Mistgabel in Bendixens Rücken ist bloß ein Symptom, während wir uns auf die Krankheit konzentrieren sollten.«

»Eine Krankheit namens Rocco«, steuerte Ulf bei. »Bleibt nur die Frage, ob Hajo Petersen auch ein Kopfgeld auf die Bendixens ausgesetzt hatte.«

Dieses Mal brauchte Kruse keine Vorbereitung auf seine Antwort: »Was denn sonst?«

»Und warum? Weil sich die Leute um die Pferde seiner verstorbenen Frau gekümmert und dafür womöglich Geld verlangt haben? Kommt mir ziemlich dünn vor.«

»Abwarten!« Kruses Miene machte klar, dass er einen Verdacht hatte, den er aber noch nicht mit seinen Kollegen zu teilen bereit war.

»Wo geht's denn jetzt stattdessen hin?«, fragte Michi.

»Zu den beiden Schwestern.«

Diese Auflösung entlockte Ulf ein Stöhnen. »Daher weht also der Wind: Du glaubst, die haben mir längst nicht alles erzählt. Richtig?«

Kruse wollte sich gerade wieder nach vorn drehen, nutzte aber zuvor noch schnell die Gelegenheit, um mit Michi ein Grinsen zu wechseln. »Das glaube ich nicht – ich bin mir hundertprozentig sicher!«

39

»Was ist? Und wieso rufst du um die Zeit noch an?«, erklang es heiser.

»Ich will meine Kohle. Sofort!«

»Deine Kohle? Die kannst du dir abschminken, du Vollidiot!«

»Sekunde mal! Ich hab den Bruhn kaltgemacht und ein Recht auf …«

»… gar nichts«, wurde der Satz unverändert heiser beendet. »Du kannst froh sein, wenn ich nicht zu den Bullen marschiere und denen erzähle, dass du den Herrn Doktor auf dem Gewissen hast. Warum hast du ihn überhaupt erledigt? Ich hab Mario gesagt, ihr sollt die armen Leute in Ruhe lassen und kriegt trotzdem eure Kohle.«

Kurzes Schweigen. »Davon hat er mir kein Wort gesagt! Wieso bin ich denn dann in die Arztpraxis und hab …?«

»Weil du ein Idiot bist! Mein Plan war, dass sich niemand die Finger schmutzig macht. Aber wenn du nicht mal imstande bist, dich vernünftig mit deinem Partner abzustimmen, dann darfst du hinterher nicht von mir erwarten, dass ich dich für den Wahnsinn auch noch bezahle. Ist das angekommen, du dämlicher Schwachkopf?«

»Und was, wenn ich zu den Bullen gehe? Denen erkläre, dass du im Hintergrund alle Fäden ziehst? Was dann?«

»Dann wanderst du auf jeden Fall für einen Mord in den Knast. Ich hingegen heuere 'nen Staranwalt an und komm wahrscheinlich mit Bewährung davon. Aber keine Angst, vielleicht besuche ich dich ja mal, während du hinter Gittern verrottest.«

»Kannst du mir nicht wenigstens einen Teil der Kohle geben?«, kam es nun bereits um einiges friedfertiger. »Hajo hat uns versprochen ...«

»Hajo ist tot, und was er euch versprochen hat, interessiert mich nicht die Bohne!«

Erneut herrschte Stille. Dann folgte die alles entscheidende Frage »Hast du ihn etwa abgeknallt?«

»Das werde ich gerade dir auf die Nase binden«, erklang es, von heiserem Lachen begleitet. »Freunde du dich lieber damit an, dass dir dein Kumpel Mario 'ne Menge Probleme eingebrockt hat.«

»Wo steckt der Scheißkerl eigentlich?«

»Keine Ahnung. Will ich auch gar nicht wissen.«

»Ich schon! Und wenn ich den Penner erwische, reiß ich ihm die Eier ab ...«

* * *

»Ich dachte, wir reden morgen im Präsidium weiter.« Mit diesen Worten empfing Ingrid Asmussen das Trio, das gegen zehn Uhr abends unangekündigt vor ihrer Haustür stand.

Kruse schob sich kommentarlos an der Frau vorbei. Auf halbem Weg durch die Diele fragte er: »Ist deine Schwester noch da?«

»Wo sollte sie denn sonst sein? Du hast doch selbst gesagt, dass eure Spurensicherung bei ihr alles auf den Kopf stellt. Schon vergessen?«

In der Küche fand Kruse ein Häufchen Elend vor, das völlig in sich zusammengesunken am Tisch saß. Doch er schien sich gar nicht weiter für Petra Linnewever zu interessieren, sondern legte stattdessen eine Kehrtwende hin und packte deren ältere Schwester nicht unbedingt sanft am Oberarm. »Wo können wir uns unter vier Augen unterhalten?«

Ingrid Asmussen wich trotz Umklammerung ein Stück zurück. »Was ist denn plötzlich mit dir los, Werner? Wir haben deinem Kollegen doch schon alles erzählt.«

Dieser Kollege stand neben Michi mitten in der Diele. Die beiden wirkten wie bestellt und nicht abgeholt.

»Ihr setzt euch in die Küche zu Petra und kitzelt die Wahrheit aus ihr heraus!«, befahl Kruse lautstark. Jetzt rüttelte er an Ingrids Arm. »Und wir zwei Hübschen hocken uns in deine Stube und reden endlich Tacheles …«

»Das ist übrigens meine Kollegin, Frau Greve«, begann Ulf, als man kurz darauf zu dritt am Esstisch saß. Trotz solider Wände und einer geschlossenen Tür drang Kruses tiefe Stimme von nebenan aus dem Wohnzimmer mit Leichtigkeit bis in die Küche.

»Was macht er denn da mit meiner Schwester?«, fragte Petra Linnewever. Es schien, als hätte sie tatsächlich Angst um deren Wohlergehen.

»Machen Sie sich keine Sorgen. Vielleicht nutzen wir derweil die Gelegenheit und Sie erzählen uns ein bisschen über sich selbst und Ihren Bruder Rocco. Ich habe das Gefühl, wir sind vorhin nicht fertig geworden.«

»Was wollen Sie denn noch hören?«

Ulf tat ganz bewusst ahnungslos und zuckte mit den Schultern. »Sind Sie sich absolut sicher, dass Sie mir wirklich alles erzählt haben? Mein Chef ist da nämlich anderer Meinung.«

»Und woher will Ihr toller Chef das so genau wissen?«

Michi, die bisher neben Ulf gesessen hatte, wechselte die Tischseite und nahm dort Petra Linnewever fest in den Arm. Die beiden waren etwa in einem Alter und offenbar auch auf einer Wellenlänge, denn inzwischen lächelten sie, zwar schwach, aber im Duett. »Egal wie oder wann, am Ende kommt ohnehin immer alles heraus«, erklärte Michi, ohne dabei überheblich zu wirken. »Glauben Sie mir, das lernt man auf der Polizeischule gleich als Erstes.«

Ulf schnupperte in die Luft. Kurz zuvor war das Teelicht im Stövchen verloschen und verbreitete den üblichen Gestank.

Michi hingegen langte nach dem Griff der Kanne und hob sie vorsichtig an. »Da ist noch was drin. Darf ich?« Nach einem flüchtigen Nicken von Petra Linnewever erhob sie sich, schnappte einen der Becher, die in sämtlichen Ausführungen auf einem Regal über dem Küchenbuffet standen, und kehrte zum Tisch zurück. Sie nahm einen Schluck, drückte Petra Linnewever erneut an sich und schüttelte sie behutsam. »Na, kommen Sie schon … ist gar nicht so schwer, wenn man erst mal angefangen hat.«

Petra Linnewever hob den Kopf und sah die Ermittler nacheinander an. Ein seltsamer Ausdruck huschte über ihr Gesicht, bevor sie sich wieder voll und ganz auf ihre Hände konzentrierte. »Das glauben Sie mir ja eh nicht«, erklang es leise.

In der Hinsicht war Michi anderer Meinung. Um sicherzugehen, blickte sie kurz zu Ulf und ermutigte dann Petra Linnewever: »Fangen Sie einfach an! So abenteuerlich kann es gar nicht werden, dass wir Ihnen nicht glauben.«

* * *

»Butter bei die Fische, Ingrid!«, bölkte Kruse, während er im Wohnzimmer in den einzigen Sessel plumpste. »Gern mit ein bisschen Tempo, ich will irgendwann auch mal ins Bett.«

»Und ich weiß überhaupt nicht, was du von mir erwartest.«

»Tu doch nicht so! Ihr Frauen behaltet doch immer was für euch und rückt erst damit raus, wenn es gar nicht mehr anders geht.«

»Als ob du was von Frauen verstehst. Ausgerechnet du!«

»Unabhängig davon«, lenkte Kruse murrend ein. »Ich will wissen, was mit deiner Schwester los ist und warum sie aussieht, als wäre ihr ununterbrochen nach Kotzen zumute.«

»Ihr Mann wurde verhaftet und unser Bruder hat vermutlich zwei Menschen auf dem Gewissen. Reicht das nicht? Wie würde es dir denn in so 'ner Situation gehen?«

Kruses Kopf wippte hin und her. »Wir reden hier aber nicht von mir, sondern über euch zwei Geheimniskrämerinnen. Und mich kriegt hier keiner aus dem Sessel raus, bevor du mir nicht die ganze Wahrheit präsentiert hast.«

Diese folgenschwere Ankündigung hing eine Weile unkommentiert im Raum. Derweil erwiderte Ingrid Asmussen mehrfach Kruses Blick, ehe sie schwer atmend anhob: »Brigitte Petersen ist nicht tot.«

»So was in der Art hab ich mir schon gedacht«, reagierte Kruse kaum beeindruckt. Und das, obwohl es sich in seinem Fall lediglich um einen leisen Verdacht gehandelt hatte. Um einen von vielen, der hiermit bestätigt war. »Aber das ist doch sicherlich nicht die komplette Geschichte, Ingrid. Komm zu Potte!«

»Ich kann nur das wiedergeben, was mir Petra anvertraut hat«, schickte deren Schwester vorweg. »Du kannst dir sicher vorstellen, dass Brigitte Hilfe brauchte, um offiziell zu sterben und danach nie wieder aufzutauchen.«

»Ja, das war bestimmt nicht einfach.«

»Wir haben dir und deinem Kollegen doch vorhin erzählt, dass Petra damals die Ärzte belauscht hat ...«

»… und nur ein paar Brocken mitbekommen hat«, vervollständigte Kruse, weil es nicht weiterging.

Ingrid nickte eifrig. »Das stimmt auch! Außerdem hat sie die beiden völlig missverstanden, oder besser gesagt … irgendwie auch wieder nicht. Schließlich ging es bei dem Gespräch ja wirklich um Brigittes Tod, den die Ärzte allerdings bloß fingiert hatten.«

Kruse ließ sich ein wenig Zeit, um über alles nachzudenken. »Und wie ist die Wahrheit ans Licht gekommen?«

»Das Ganze ist ein bisschen komplizierter. Bis vor einigen Monaten – genau so lange, wie die Bruhns artig Schweigegeld bezahlt haben – sind alle davon ausgegangen, dass Brigitte tatsächlich gestorben sei. Also dass die Ärzte es nur versaut und zu vertuschen versucht hätten.«

»›Nur‹ ist gut!«, meldete sich Kruse kurz zu Wort.

»Hast recht! Aber weiter im Text: Als dann plötzlich kein Geld mehr floss, ist Mario schnurstracks zu Hajo marschiert, um ihm die Informationen über dessen Frau zu verkaufen. Wobei das wohl nicht ganz so abgelaufen ist, wie sich der Schwachkopf das vorgestellt hat.«

»Was meinst du damit?«, fragte Kruse.

»Wie gesagt, ich kann dir lediglich erzählen, was ich von Petra weiß.«

Kruse lächelte gütig, um auf diese Weise einen Freischein zu erteilen.

Den Ingrid umgehend einlöste. »Hajo hat zwar sofort angebissen, wollte jedoch viel mehr erfahren, als Mario berichten konnte.«

»Ergo hat Hajo den Trottel zu seiner Waffe gemacht und ihn auf die Ärzte gehetzt. Weil er alles wissen wollte, bevor er zum Gegenschlag ausholt.«

Ingrid nickte. »Und erst da ist herausgekommen, dass die Bruhns vor etlichen Jahren nicht für Brigittes Tod, sondern für ihr Verschwinden gesorgt haben. Wie genau, darfst du Petra und mich aber nicht fragen.«

Es klopfte leise gegen die Wohnzimmertür, im nächsten Moment steckte Ulf den Kopf herein. Er konnte sich ein triumphierendes Grinsen nicht verkneifen und lieferte unaufgefordert eine Erklärung dafür: »Nebenan sind wir ein riesiges Stück vorangekommen, vielleicht …«

»… machst du die Tür von außen zu und lässt uns in Ruhe«, vollendete Kruse barsch. Nachdem das passiert war, wandte er sich wieder Ingrid zu. »Red weiter! Damit das Puzzle endlich einen Sinn ergibt, fehlt noch ein wesentliches Teil …«

»Ich hab dir alles gesagt, was ich weiß.«

Kruse grunzte zunächst unverständliches Zeug, dann war er wieder klarer zu verstehen. »Hajo erfährt also, dass seine Frau noch am Leben ist und die Bruhns bei ihrem angeblichen Tod und späterem Verschwinden tatkräftig mitgeholfen haben. Gilt das auch für die Bendixens vom Pferdehof?«

»Keine Ahnung.«

Mit dieser Antwort wollte sich Kruse nicht zufriedengeben. »Euer Bruder rennt hier auf Nordstrand rum, knallt zuerst Hajo Petersen ab, schlitzt Alexander Bruhn von oben bis unten auf, und heute hat er versucht, was Ähnliches mit Ralf Bendixen zu veranstalten. Und da kommst du mir mit ›keine Ahnung‹! Willst du mich verarschen, Ingrid?«

Die reagierte denkbar gelassen und in identischem Wortlaut wie kurz zuvor: »Ich hab dir alles gesagt, was ich weiß!«

»Und ich glaube dir kein Wort!«

Ein Statement, das eine Zeit lang in der Luft hing.

»Wahrscheinlich kann dir Petra noch ein bisschen mehr erzählen«, murmelte Ingrid nach ausgedehnter Pause. Sie zeigte zur Tür. »Dein Kollege meinte doch, die wären mit ihr auch ein gutes Stück weiter. Vielleicht fragst du einfach mal nebenan nach.«

Bis eben hatte Kruse in dem Sessel mehr gelegen als gesessen. Folglich waren ein akrobatischer Akt und das Überlisten physikalischer Gesetze vonnöten, um sich zu erheben. Als er endlich keuchend auf seinen Füßen stand, schaute er kopfschüttelnd auf Ingrid Asmussen hinab. »Worauf du dich verlassen kannst!«

40

Nebenan in der Küche unterhielt man sich schon seit einer Weile in freundschaftlichem Ton. Da Ulf fast ununterbrochen mit Schreiben beschäftigt war, versuchte es Michi mit einer neuen Frage: »Wenn Brigitte Petersen wirklich noch lebt, wissen Sie, wo sie sich versteckt hält? Und wie funktioniert so was überhaupt in der Praxis?«

Petra Linnewever hob die Schultern. Sie lächelte zwar, sah allerdings auch ein wenig zerknirscht aus. »Dass ich die Ärzte belauscht hab, ist schon ein paar Jahre her. Doch solange die brav bezahlt haben, gab's nie einen Grund, näher nachzufragen.«

»Nur, um es richtig einzuordnen«, mischte sich Ulf ein. »Wann genau haben Sie die Bruhns belauscht?«

Gegenüber wippte ein Kopf hin und her. »Vor etwa drei Jahren.«

»Und Ihrem Mann postwendend davon erzählt?«

»Am selben Abend.«

»Wie hat er reagiert?«

Mit ihrer Antwort tat sich Petra Linnewever schwer. »Er hat die beiden Ärzte am nächsten Tag besucht und ihnen erklärt, dass wir Bescheid wüssten.«

»Das ging aber verdammt schnell!«, lobte Ulf sarkastisch. »Und wie sind die Bruhns damit umgegangen?«

»Mario hat mir nicht viel gesagt. Im Prinzip nur, dass ich mir keine Sorgen um meinen Job machen müsste und wir ab sofort jeden Monat 'ne kleine Finanzspritze bekämen.«

»Sie reden von Erpressung.«

Allein dieses Wort sorgte in Petra Linnewevers Gesicht für dunkle Gewitterwolken. Sie hob leise zu ihrer eigenen Verteidigung an: »Das war ja nicht meine Idee und von dem Geld hab ich nie einen einzigen Cent gesehen.«

»Wie klein war denn die ›Finanzspritze‹?«

Schulterzucken. »Ich weiß nur, dass Mario immer – nachdem er sich das Geld abgeholt hatte – mindestens die nächsten zwei Abende unterwegs war. Das waren also garantiert ein paar Hunderter, die er gleich wieder verzockt hat.«

Ulf fing Michis Blick ein. Obwohl sie sich noch nicht lange kannten, waren sie schon jetzt problemlos in der Lage, sich ohne Worte zu verständigen. Und was die beiden von einem Erpresser hielten, der seine Beute umgehend unter die Leute brachte, wurde eindrucksvoll sichtbar.

»Aber vor ein paar Monaten war es mit der Finanzspritze schlagartig vorbei«, setzte Ulf fort.

Petra Linnewever nickte. »Wann genau, kann ich Ihnen nicht sagen. Mario ist zu den Bruhns, um das Geld abzuholen, und fürchterlich wütend nach Hause gekommen. Ich wollte wissen, was los ist, und hab mir dafür gleich eine gefangen. Hinterher hab ich nie wieder gefragt, ob …«

»Ist schon gut«, versuchte Michi zu beruhigen und nahm die Frau wieder fest in den Arm.

Ulf betrachtete das Schauspiel geduldig und machte erst weiter, als sich alle ein wenig beruhigt hatten: »Wann ist Ihr Mann zu Hajo Petersen und hat ihn …?« Ulf verstummte, weil sich im Flur die Tür zum Wohnzimmer öffnete. Kurz darauf betrat Kruse mit ungelenken Schritten die Küche und wollte bereits das Wort ergreifen. Doch Michi sprang auf und vollbrachte es, ihren Chef mit einem Lächeln auszubremsen. »Nur noch einen Moment«, flüsterte sie ihm ins Ohr und nahm zufrieden zur Kenntnis, wie Kruse vor dem Küchenbuffet Stellung bezog und sich vorerst auf Schweigen beschränkte.

Ulf konnte dieses Kunststück kaum fassen. Nach einem Kopfschütteln fixierte er sich wieder voll auf Petra Linnewever. »Also, wann genau hat Ihr Mann Hajo Petersen erzählt, dass dessen Frau noch lebt?«

Eine Frage, die zunächst für offene Verwunderung sorgte. Auch Ingrid Asmussen, die inzwischen neben Kruse am Küchenbuffet lehnte, wirkte erstaunt. »Anfangs wusste Mario doch gar nicht, dass Brigitte noch lebt. Beim ersten Mal ging es nur darum, dass die Ärzte Brigittes Tod verschuldet hätten.«

»Richtig!« Ulf kritzelte eine Weile mit gerunzelter Stirn in seinem Notizbuch rum, strich hier etwas und fügte dort etwas hinzu. Danach sah er auf und wartete ab, welche Schwester die Fortsetzung liefern wollte.

Zur allgemeinen Überraschung nahm Petra Linnewever das Heft wieder in die Hand. »Hajo hat Mario auf die Ärzte gehetzt, weil er bis ins kleinste Detail wissen wollte, was passiert ist. Also hat Mario die Bruhns mehr und mehr unter Druck gesetzt und ihnen gedroht, dass er sie anzeigt, falls sie weiterhin mauern. Da wussten die sich wohl nicht anders zu helfen, als mit der Wahrheit herauszurücken.«

»Sie meinen, dass Brigitte Petersen noch lebt?«, fragte Ulf zur Sicherheit und erhielt dafür von beiden Schwestern ein Nicken. »Und dann?«, bohrte er weiter.

»Ich weiß nicht, was passiert ist. Mario hat mir doch kaum was erzählt«, antwortete Petra. »Aber plötzlich hatte er 'ne Menge Geld in der Tasche.«

»Das war übrigens der Zeitpunkt, wo Rocco jeden Tag bei Petra und mir aufgekreuzt ist«, fügte Ingrid genervt hinzu. »Ständig wollte er wissen, wo Mario steckt und ob er sich in letzter Zeit irgendwie seltsam verhalten hätte.«

»Weil der liebe Mario ihm seinen Anteil vorenthalten hat«, lieferte dieses Mal Kruse eine Vorlage.

»Und dieses Geld stammte von Hajo Petersen?«, fragte Ulf unbeirrt, während er in seinem Notizbuch kritzelte.

»Auf jeden Fall war mein Mann vorher bei ihm und kam mit 'nem breiten Grinsen und dem Geld nach Hause. Er hat mir 'n neues iPhone spendiert und meinte, ich soll ansonsten keine Fragen stellen … und mich von den Ärzten fernhalten.«

»Das ergibt alles keinen Sinn«, knurrte Kruse. »Nehmen wir mal an, Hajo beauftragt Mario und Rocco mit ein paar Morden. Wieso musste er dann selbst als Erster dran glauben, bevor es die anderen erwischt hat? Kann mir das eine von euch erklären?«

»Er war todkrank und wollte nicht mehr«, gab Ingrid zu Protokoll. »Hast du vorhin nicht zugehört?«

»Aber bestimmt nicht so krank, dass er das Ende von seinem Rachefeldzug nicht miterleben wollte«, polterte Kruse zurück. »Das kann unmöglich alles gewesen sein.«

»Mehr weiß ich nicht«, flüsterte Petra Linnewever und sah Kruse dabei direkt an.

»Jaja, das hat mir deine Schwester auch weismachen wollen. Und jedes Mal, wenn man eine von euch auf den Kopf stellt, fällt doch noch was Hilfreiches raus.«

»Ab sofort nicht mehr«, übernahm Ingrid lakonisch. »Was hätten wir denn davon, wenn wir dir jetzt noch was verschwiegen?«

Darauf ging Kruse nicht ein, sondern dachte stattdessen laut nach: »Falls es tatsächlich so ist, wie ihr sagt, dann muss es jemanden im Hintergrund geben, der die Fäden zieht. Wo soll denn ansonsten das Geld für weitere Morde herkommen, wenn Hajo längst ins Gras gebissen hat?«

Diese Frage sorgte bei allen Anwesenden für nachdenkliches Schweigen. Das Kruse mit dröhnender Stimme brach: »Und ihr zwei wisst wirklich nicht, wer dahintersteckt oder wo euer bekloppter Bruder Rocco geblieben ist?«

»Ehrlich nicht«, flüsterte Petra Linnewever. Dem schloss sich ihre Schwester eifrig nickend an.

»Dann würde ich euch empfehlen, die Lauscher offen zu halten. Wenn ihr meint, das hier wär's schon, dann täuscht ihr euch gewaltig. Und falls ihr uns doch was verschwiegen habt, macht ihr demnächst Bekanntschaft mit 'nem Staatsanwalt.«

»Wir haben dir alles gesagt«, beteuerte Ingrid erneut.

»Na dann, Prost Mahlzeit! Wir können nur hoffen, dass Rocco nicht noch mehr Unheil anrichtet …«

41

»Irgendwie geht das nicht in meinen Kopf rein«, begann Michi, als sie ein paar Minuten später wieder auf der Rückbank hinter Ulf und Kruse saß. »Dass es Hajo Petersen auf die Ärzte und die Bendixens abgesehen hatte, ist ja noch nachvollziehbar. Aber wieso sollte er den Mord an sich selbst in Auftrag geben?«

»Weil er genug von den Schmerzen hatte, nicht mehr länger leiden wollte und zu feige war, um sein Ende in die eigenen Hände zu nehmen«, schlug Kruse vor. In einem Tonfall, als ginge es um die Planung eines gemeinsamen Abendessens. »Nur bei der Reihenfolge hat sich offenbar jemand vertan.«

Michi schnaufte vor Unmut. »Okay … bleibt nur zu hoffen, dass das jetzt wirklich alles war. Die Geschichte ist verwirrend, aber wenn man sie in Ruhe und mit ein bisschen Abstand betrachtet, ergibt alles einen Sinn.«

»Immer vorausgesetzt, die Schwestern sagen die Wahrheit«, steuerte Ulf bei. Er war kurz zuvor auf den Nordstrander Damm abgebogen, gute zwei Kilometer weiter würden sie das Festland erreichen.

»Ich muss mal pinkeln, halt an!«, raunte Kruse.

Was bei Ulf für offene Empörung sorgte: »Ausgerechnet hier, mitten auf der Straße? Wieso hast du das nicht eben erledigt, als wir noch bei …?«

»Weil ich da nicht musste! Halt an, sonst erledige ich die Sache hier und jetzt im Auto.«

»Bloß nicht!« Ulf legte beinahe panisch eine Vollbremsung hin. Sie standen kaum, da stieß Kruse die Beifahrertür auf und verschwand in der Dunkelheit.

»Gleich Mitternacht«, sagte Ulf und zeigte zur Uhr im Armaturenbrett. »Vielleicht tut uns ja irgendein Ungeheuer den Gefallen und verschleppt ihn auf Nimmerwiedersehen in seine Höhle.«

»Kruse? Auch Ungeheuer sind wählerisch«, erwiderte Michi lachend.

Ulf drehte sich nach hinten um und fuhr mit einem ganz anderen Thema fort: »Ich weiß nicht, ob wir den Schwestern einfach so blind vertrauen sollten. Stell dir mal vor, die haben uns nur ein Lügenmärchen aufgetischt und …«

»So was kann sich niemand ausdenken. Ich gebe Kruse recht. Wir müssen jetzt erst mal Rocco finden und dann denjenigen, der im Hintergrund die Strippen zieht.«

»Strippen zieht? Das läuft doch alles viel zu chaotisch ab, als dass da jemand …« Ulf verstummte, weil die Beifahrertür aufflog.

Kruse krachte auf den Sitz, brachte den Wagen damit gehörig ins Wanken und keuchte immer noch, als würde er mit seinen ureigenen Problemen kämpfen.

Ulf wartete artig, bis sein Chef angeschnallt war, gab dann Gas und schielte nach wenigen Metern zur Seite. »Alles in Ordnung?«

»Was willst du … ein Foto?«

»Gott bewahre! Aber wie wär's, wenn du Michi und mir verrätst, wie es weitergehen soll?«

»Erst mal schlafen wir drei morgen aus.«

»Heute!«, korrigierte Michi, denn inzwischen war es nach Mitternacht. »Und was dann, Chef?«

»Unser Ulf kümmert sich darum, dass Mario Linnewever endlich in ein Auto gesetzt und zu uns gebracht wird. Das gilt übrigens auch für die liebe Frau Doktor …«

»Hannah Bruhn«, half Michi nach.

»Genau! Die hat uns einiges zu erklären und ich will sie hier vor Ort haben.«

»Das mit Mario Linnewever sollte ich doch erledigen.«

»Du hast was anderes vor, Mädchen.«

Weil nach dieser Ankündigung Schweigen herrschte, blieb Michi keine Wahl, sie musste fragen: »Was denn, Chef?«

Offenbar genoss es Kruse, die Pause ein wenig in die Länge zu ziehen. Doch irgendwann reichte es selbst ihm. »Versetzt euch mal in Hajos Lage. Der dachte jahrelang, seine Frau wäre tot, und plötzlich erfährt er das Gegenteil. Außerdem, dass Brigitte bei ihrem Verschwinden reichlich Hilfe hatte.«

»Von ihren Ärzten und vom Ehepaar Bendixen«, verlängerte Michi.

»Mindestens! Jetzt wissen wir auch, wieso es zwischen Hajo und den Bruhns zum Streit gekommen ist. Da ging es gar nicht um seine eigene Diagnose, sondern einzig und allein um Brigitte. Ich wette, er hat den beiden zugesetzt, um herauszufinden, wo sie abgeblieben ist.«

»Und deshalb haben sie dermaßen gestritten, dass am Ende sogar unsere Streifenkollegen eingreifen mussten«, ergänzte Michi. »Vielleicht war das für Petersen erst der Startschuss, um seinen Rachefeldzug einzuläuten. In dem Fall müsste man ihm anrechnen, dass er es nicht gleich mit der Brechstange probiert, sondern erst mal verhandelt hat.«

»Ihr fantasiert euch da aber auch was zurecht«, beschwerte sich Ulf lachend. Er hatte den Wagen eben erst in Höhe

Wobbenbüll Richtung Husum gelenkt. »Ich stell mir gerade vor, die Schwestern haben uns einen Bären aufgebunden und es war ganz anders …«

»Ach ja? Inwiefern anders?«, wollte Kruse wissen und klang dabei ehrlich interessiert.

»Nun gut! Wer kann denn beweisen, dass Brigitte Petersen tatsächlich noch am Leben ist?«, fing Ulf mit einigem Elan in der Stimme an. »Bisher gibt es nur zwei Fakten: Hajo Petersen und Alexander Bruhn sind tot, und beide wurden umgebracht. Alles andere sind reine Mutmaßungen. Nicht mal die Schwestern konnten mit Sicherheit sagen, was wirklich Sache ist.«

»Und Rocco?«, warf Michi ein.

»Was soll denn mit dem sein?«, erwiderte Ulf ebenso neunmalklug. »Seine Schwestern liefern ihn – ohne mit der Wimper zu zucken – ans Messer. Das könnte auch ein Täuschungsmanöver sein, um sich selbst zu schützen. Im Laufe der Jahre hab ich da schon ganz andere Geschichten gehört, die sich im Nachhinein als kompletter Bullshit erwiesen haben.«

Michi wollte gleich wieder gegenhalten, doch Kruse bremste sie mit einer Handbewegung aus. »Ulf hat recht. Es wäre durchaus möglich, dass sich das Ganze völlig anders abgespielt hat. Und jetzt versteht ihr vielleicht auch, wieso ich euch nicht ständig mit meinen Theorien bombardiere. Wir können uns nur dann ein Mindestmaß an Objektivität erhalten, wenn jeder von uns sein eigenes Süppchen kocht.«

»Ich für meinen Teil glaube den Schwestern, weil mein ›Süppchen‹ genau danach schmeckt«, erklärte Michi nach längerem Schweigen.

»Meins auch«, fügte Kruse nüchtern hinzu.

Nun war es an Ulf, Farbe zu bekennen. Das tat er mit leicht spöttischem Unterton: »Meine Suppe schmeckt nur nach einer Zutat, nämlich Fakten. Und solange nichts hinzukommt, lass ich mich von euch beiden garantiert nicht mit irgendwelchen Hirngespinsten anstecken.«

»Was hab ich denn nun ab morgen vor?«, fragte Michi erneut. Sie beugte sich nach vorn, eine Hand legte sie auf Kruses Schulter. »Können Sie mir nicht wenigstens einen kleinen Tipp geben?«, ging es in mädchenhaftem Ton weiter.

»Womit wir wieder beim Thema wären«, nuschelte Kruse nach einigem Zögern. »Bis jetzt ist es nur 'ne Vermutung, auf der ich noch ein bisschen rumkauen wollte, ehe ich damit rausrücke.«

»Geht es um den möglichen Strippenzieher im Hintergrund?«

Kruse erstarrte für einen Moment und drehte sich nach hinten um. Im Halbdunkel musterte er Michi halb erstaunt, halb bewundernd. »Klingt, als hättest du auch einen Verdacht. Raus damit, Mädchen!«

Michi zögerte, schließlich kam ihre Theorie einem Schuss ins Blaue gleich. Sie gab sich einen Ruck. »Ich hab nachgedacht ... weil es bei der ganzen Sache am Ende nur ums schnöde Geld geht und alles miteinander verstrickt ist. Als es hieß, die Bruhns hätten plötzlich ihre Schweigegeldzahlung eingestellt, bin ich auf 'ne Idee gekommen – irgendwie passt da für mich alles zusammen.«

»Und wartet dahinter zufällig auch ein Name?«, fragte Kruse.

Michi tat sich unverändert schwer, hatte Angst, sich zu blamieren. Doch dann platzte der Name wie von selbst aus ihr heraus: »Robert Stegemann! Und bevor Sie was sagen – der ist so gut wie pleite und garantiert mit allen Beteiligten auf irgendeine Weise verbandelt.«

Kruse drehte sich zurück in Fahrtrichtung und stieß Ulf von der Seite an. »Hast du zugehört?«

»Hab ich!«

»Und was denkst du?«

»Dass in meinem Süppchen nur Fakten landen.«

»Jetzt hör doch mal mit deinem dämlichen Süppchen auf! Michi hat sich nämlich zufälligerweise auch für meinen Favoriten entschieden. Robert traue ich alles zu – schon immer!«

Michi erinnerte sich an Stegemanns Versuch, Kruses Mutter ein paar Wohnungen zum Schleuderpreis abspenstig zu machen. Und während sie überlegte, ob das womöglich Auswirkungen auf das Urteilsvermögen ihres Chefs hatte, fuhr der munter fort: »Unser Küken hat absolut recht: Letztendlich dreht sich im Leben alles nur ums liebe Geld. Bei der Geschichte greift ein Rad ins andere und ich wette, die meisten Fäden enden hinter Roberts Schreibtisch.«

»Was heißt das genau?«, erkundigte sich Michi. »Ich meine ... für morgen.«

»Dass wir dem Scheißkerl mal richtig auf den Zahn fühlen. Aber durch die Hintertür!«

Michi beließ es dabei, hatte jedoch schon einen Plan, mit dem sie fertig war, als Ulf den Wagen in eine Parkbucht vor dem Husumer Präsidium lenkte. Der Motor lief, schließlich musste er noch Kruse zu Hause absetzen.

»Fahr vorsichtig und schlaf schön«, sagte Ulf zum Abschied und schüttelte Michi die Hand.

»Morgen früh in alter Frische«, fügte Kruse hinzu.

Wenig später stand Michi ganz allein vor dem Präsidium. Innerlich rang sie noch eine Weile mit sich und traf dann eine Entscheidung. Ihre Nachtruhe würde kurz oder sogar ganz ausfallen, darüber war sie sich im Klaren.

»Hoffentlich lohnt es sich wenigstens«, flüsterte sie zu sich selbst und fischte ihr Smartphone aus der Jackentasche. Sie hatte einen Plan und den würde sie direkt in die Tat umsetzen ...

42

Im Präsidium ging es nach Mitternacht denkbar ruhig zu. Mit ihrem Telefon in der Hand ließ sich Michi im Wartebereich nieder und schlug ihr Notizbuch auf. Sie musste nicht lange blättern, denn was sie suchte, stand gleich auf der ersten Seite.

Bevor sie auf das grüne Hörersymbol tippte, schaute sie wieder auf die Uhr. Halb eins – nicht gerade der ideale Zeitpunkt, um bei wildfremden Menschen anzurufen. Doch dann kam ihr der Hinweis einer alten Frau in den Sinn und sie musste kichern. Wie von allein fand ihr Daumen das entsprechende Symbol und sorgte für eine Verbindung. Es klingelte. Einmal, zweimal … fünfmal. Michi wollte bereits auflegen und ihren Plan gleich zu Beginn für gescheitert erklären, da meldete sich eine verschlafene Frauenstimme. »Ja?«

»Michaela Greve hier. Frau Augustin?«

»Ja.«

Michi glaubte, am anderen Ende das Rattern in einem Kopf zu hören. Dann war es erneut die Stimme der alten Frau. »Die Polizistin von neulich, stimmt's?«

»Ganz genau! Bitte entschuldigen Sie vielmals die späte Störung, aber es ist wirklich wichtig.«

»Moment, ich geh in die Küche und setz mich hin. Mein Blutdruck ist um diese Zeit wegen der Tabletten, die ich abends nehme, ziemlich im Keller.«

Michi vernahm eine Weile nur schweres Atmen, dann das Knarren eines Stuhls, der sich wohl ebenfalls über die nächtliche Ruhestörung beschwerte. »Was gibt's denn so Dringendes, Kindchen?«, ging es dann mit Worten weiter.

»Sie haben mir doch von Brigitte Petersen erzählt und meinten, die hätte lieber bei ihrem Freund von damals bleiben und den heiraten sollen. Erinnern Sie sich?«

»Ja, aber mit dem Namen kann ich Ihnen immer noch nicht helfen. Tut mir leid.«

Michi beschloss, alles auf eine Karte zu setzen. »Wäre es möglich, dass es sich bei diesem Freund seinerzeit um Robert Stegemann handelte?« Wieder glaubte sie, angestrengtes Rattern bei der Frau zu hören.

Dann wurden Worte daraus. »Ja … könnte sein. Wie gesagt: Das ist mindestens fünfzig Jahre her und mein Gedächtnis war auch schon mal besser.«

»Wie sicher sind Sie sich denn?«, hakte Michi nach.

»Hm, ich glaube, jetzt erinnere ich mich. Sie haben recht! Ich war nie besonders dicke mit Brigitte, aber wir haben uns ein- oder zweimal unterhalten. Da hat sie von ihrem *fliegenden Robert* geschwärmt, weil der immer so rasant mit seinem *Käfer* unterwegs war«, kam es lachend hinterher. »Kennen Sie den *fliegenden Robert*?«

»Leider nicht. Wer soll das denn sein?«

»Nur eine Geschichte aus dem *Struwwelpeter* … wahrscheinlich sind Sie zu jung dafür. Heutzutage wird ja auch immer weniger gelesen.«

Michi war mittlerweile zu aufgeregt, um länger als aufmerksame Zuhörerin zu dienen. Deshalb versuchte sie es einfach mit

Ehrlichkeit. »Ich muss hier weitermachen, Frau Augustin. Sind Sie böse, wenn wir uns ein andermal weiter unterhalten?«

»Warum sollte ich? Ich bin todmüde, Kindchen.«

»Dann vorerst vielen Dank und gute Nachtruhe. Ich melde mich in den nächsten Tagen noch mal.«

Nach dem Auflegen fühlte sich Michi wie elektrisiert. Inzwischen stand fest, dass sie mit all ihren Vermutungen richtiglag. Als sie kurz darauf den Wachtresen ansteuerte, fand sie dort einen in die Jahre gekommenen Polizeihauptmeister vor, der gähnend und lustlos auf einem Formular herumkritzelte. Erst als sie sich leise räusperte, sah der Mann zu ihr auf und machte einen verwunderten Eindruck.

»Michaela Greve«, fing sie an. »Ich arbeite seit ein paar Tagen in der Mo…«

»Du bist Kruses Neue«, unterbrach ihr Gegenüber grinsend.

Diese Formulierung gefiel Michi zwar nicht, aber sie war froh, dass der Uniformierte sie gleich erkannt hatte, und behielt ihre Meinung für sich. Schließlich brauchte sie Hilfe und wollte nicht erst bis ans Ende des Präsidiums marschieren, dort ihren verstaubten Rechner starten und warten, bis der endlich Arbeitsbereitschaft signalisierte. Also blieb sie hartnäckig bei ihrem Lächeln und setzte dazu ihren treuen Hundeblick auf. »Könnten Sie mir mit einer Adresse helfen?«

»Von wem?«, fragte der Hauptmeister, ohne vom Formular aufzusehen.

»Robert Stegemann. Der wohnt wahrscheinlich auf Nordstrand und …«

»Was willst du denn mitten in der Nacht bei Robert?«

Jetzt wurde es Michi zu bunt. Nicht nur, dass der Kollege sie ständig unterbrach, sie hatte auch nicht vor, hier als Auskunft herzuhalten. Sie spürte, wie sich ihr Lächeln verabschiedete und Platz für eine versteinerte Miene machte.

Die registrierte der Mann, als er unerwartet aufsah. Und obwohl er vielleicht nicht besonders höflich war, so verfügte er auf jeden Fall über feine Instinkte, denn er schaltete spontan um. »Ist ja gut!« Er ging ein paar Schritte nach rechts, dort zog der Uniformierte eine Tastatur unter dem Wachtresen hervor und hämmerte kurz auf das arme Teil ein. Wortlos schnappte er nach einem Notizblock, schrieb flüchtig etwas darauf und hielt Michi den abgerissenen Zettel entgegen. »Noch was?«

»Danke und nachher schönen Feierabend«, erwiderte sie, wirbelte herum und hatte zwei Atemzüge später das Präsidium verlassen. Draußen wurde sie von nächtlicher Kälte und salziger Luft empfangen. Bereits am Nachmittag hatte der Wind gedreht und trug seither den Duft der Nordsee wie ein treuer Diener vor sich her. Auf einem der umliegenden Dächer kreischten Möwen um die Wette. Ein nächtlicher Streit in luftiger Höhe, bei dem es garantiert um ein Beutestück ging, das keiner dem anderen gönnte.

Michi fühlte sich von neuer Energie durchflutet. Natürlich war sie nebenbei auch müde, schließlich hatte sie in den letzten Nächten kaum geschlafen. Viel mächtiger war allerdings ihr Tatendrang, der in erster Linie für eins sorgen sollte: Fakten! Im Idealfall würde sie Ulf in wenigen Stunden nicht nur überraschen, sondern ihm gleich weitere Zutaten für sein Süppchen liefern …

* * *

»Du wolltest doch die Kohle dabeihaben. Schon vergessen?«, knurrte Roccos Kumpel Freddy zur Begrüßung. »Du hast mir zwei Riesen versprochen und mich damit überhaupt erst dazu gekriegt, dir zu helfen. Also … was ist jetzt mit der Kohle? Und komm mir bloß nicht mit deinem üblichen Bullshit!«

»Was wäre, wenn noch viel mehr drin ist – für jeden von uns?«, fragte Rocco und bemühte sich, möglichst geheimnisvoll zu klingen. Er saß hinterm Steuer eines uralten Kombis, dessen Motor ständig Fehlzündungen produzierte und der sich wohl nur noch nach seinem Altersruhesitz namens Schrottplatz sehnte.

Freddy, der nicht mal einen Führerschein hatte, hockte auf dem Beifahrersitz. Dessen Polster stanken gleichermaßen nach Schimmel und Katzenpisse. Die Eigentümerin dieses fahrbaren Untersatzes – Freddys Schwester, die sich zeitgleich um mindestens zwanzig streunende Katzen kümmerte – hatte Rocco nach dessen Entlassung aus dem Knast bei sich aufgenommen. Und wie ihr Bruder wartete auch sie auf einen entsprechenden finanziellen Ausgleich, den sie von Woche zu Woche immer drastischer einforderte.

Du hast mir palettenweise Futter versprochen, hatte sie ihn heute Morgen zum Frühstück angebrüllt. *Und glaubst du, der Kühlschrank füllt sich hier von allein?*, ging es noch weiter, bevor Rocco seinen Kaffee runterschütten und das Haus fluchtartig verlassen konnte.

»Wo soll die Kohle denn herkommen und um wie viel geht's überhaupt?«, fragte Freddy nach längerem Schweigen.

»Reichlich!«, erwiderte Rocco zunächst bewusst knapp und fügte nach einer dramaturgischen Pause hinzu: »Locker fünfzig Riesen … könnten auch hundert sein.« Zufrieden registrierte er, wie Freddys Körper neben ihm Spannung annahm. Auch wenn der beharrlich schwieg, so war sein Interesse zweifellos geweckt. »Wie sieht's aus? Endlich mal nicht nur von der Hand in den Mund leben und jeden Cent dreimal umdrehen müssen?«

»Boah … die Karre meiner Schwester stinkt wie 'n Katzenklo!«, moserte Freddy, ehe er auf die eigentliche Frage einging. »Sag mir lieber mal, was wir dafür tun müssen! Fünfzig Riesen hat doch keiner einfach so rumliegen.«

»Und falls doch?«

»Du gehst mir dermaßen auf den Sack, Alter! Entweder, du sagst mir jetzt, was Sache ist, oder …«

»Wir steigen bei Stegemann ein«, murmelte Rocco dazwischen.

»Robert Stegemann, der Bauunternehmer?«

Rocco nickte.

»Und warum soll ausgerechnet der so viel Kohle im Haus haben?«

»Weil ich es sage. Das muss reichen!«

43

Den Weg vom Festland rüber nach Nordstrand hatte Michi in ihrem eigenen Auto auch im Dunkeln wie im Schlaf absolviert. Im Prinzip kannte sie bereits fast jede Straße und jeden Winkel der kleinen Halbinsel. Es war kurz nach eins, als sie ihr Ziel erreichte: ein schmuckes Einfamilienhaus, das am sogenannten Hamburger Deich lag. Direkte Nachbarn gab es keine. Linker Hand, etwa zweihundert Meter entfernt, nahm sie die Umrisse eines anderen Hauses wahr. Zu ihrer Rechten war im dunklen Regengrau mit viel Fantasie die Scheune eines Gehöfts erkennbar.

Michi rollte im Schritttempo an Stegemanns Haus vorbei, entdeckte ein Stück weiter einen landwirtschaftlichen Weg und lenkte ihren Kleinwagen dort hinein. Es ging ein paar Meter geradeaus und leicht abwärts. Am Ende stand sie in einer Art Mulde, in der niemand ihr Auto entdecken würde. Vermutlich nicht mal jemand, der gezielt danach suchte.

Zum ersten Mal, seitdem sie ihren Plan geschmiedet hatte, fingen ihre Hände zu zittern an. Noch mehr, als sie im Handschuhfach nach ihrer Dienstwaffe tastete. In ihr wuchs das Bedürfnis, einfach den Rückwärtsgang einzulegen, ohne Umwege ihr Zuhause anzusteuern und nach einigen Stunden

Schlaf wieder im Präsidium aufzuschlagen. Kruse war mit ihr zufrieden, Ulf offenbar auch. Es war also kein riskanter Husarenritt vonnöten, um sich den Respekt der Kollegen zu verdienen. Ganz im Gegenteil: Sie war das Küken und als solches erwartete man von ihr bestimmt keine Wunder.

Michi reckte sich auf dem Fahrersitz und versuchte, einen Blick auf das Haus von Robert Stegemann zu erhaschen. Erfolglos, denn ihre Tarnung war gleichermaßen Hindernis.

»Du kannst ja trotzdem mal aussteigen und zumindest das Umfeld checken«, flüsterte sie, um sich selbst neue Energie und Mut einzuflößen. »Falls da nichts ist, fährst du nach Hause und pennst zur Abwechslung mal ein paar Stunden.«

Gesagt, getan. Michi stieg aus, stapfte den kleinen Abhang empor und fand sich kurz darauf oben auf der Straße wieder. Seit ihrer Ankunft mitten im Nirgendwo hatte sie noch kein anderes Auto gesehen. Nordstrand lag wie ausgestorben da. Weil ihr das zusätzlichen Mut verlieh, setzte sie sich in Bewegung und näherte sich dem Haus in gebücktem Schleichgang.

Als sie wenig später die akkurat gepflasterte Zufahrt betrat, erwachte an der linken Hausecke eine Außenleuchte, die zweifellos von einem Bewegungsmelder gesteuert wurde.

Michi erstarrte, denn sie wurde von grellem Licht umhüllt. Es hätte sie nicht mal gewundert, wenn eine Lautsprecherdurchsage ertönt wäre. Nach dem Motto: *Hände hoch und flach auf den Boden legen!*

Sie blieb noch einige Sekunden wie angewurzelt stehen und setzte dann – weil die Lautsprecherdurchsage ausblieb – vorsichtig einen Fuß vor den anderen, um das Haus auf dessen rechter Seite zu umrunden. Inzwischen ärgerte sie sich, dass sie nicht wenigstens Kruse in ihre Pläne eingeweiht hatte. Der hätte garantiert eine bessere Idee gehabt und jede Aktion vernünftigerweise auf den kommenden Tag verschoben.

Und sie – klebte in diesem Moment förmlich an einer Hauswand und hätte sich am liebsten selbst für verrückt erklärt. Doch dann kamen ihr wieder die Worte von Hajo Petersens Nachbarin in den Sinn. Wenn Robert Stegemann und Brigitte Petersen tatsächlich mal ein Paar gewesen waren, dann lag der Verdacht nahe, dass der Bauunternehmer höchstpersönlich im Hintergrund die Strippen zog. Warum also sollte es nicht möglich sein, dass Michi genau hier und jetzt – dazu mitten in der Nacht – auf die fehlenden Antworten stieß?

Sie wollte sich gerade weiter an der rauen Hauswand entlangschieben, als sie das Röhren eines Motors hörte. Weil der Wind den Schall vor sich hertrug, hatte sie das Gefühl, der dazugehörige Wagen müsste jeden Augenblick in ihr Sichtfeld geraten. Doch es dauerte noch ein wenig. Und dieser Wagen – offenbar eine Schrottkiste, die fürchterlich nach verbranntem Öl stank – fuhr nicht etwa vorbei, sondern stoppte keine zwanzig Meter entfernt mitten auf der Straße. Im Leerlauf stotterte der Motor und drohte mehrfach abzusaufen. Jetzt nahm er wieder Drehzahl auf, und nachdem der erste Gang krachend Bereitschaft signalisierte, setzte sich das Vehikel ruckelnd in Bewegung.

Michi atmete erleichtert aus. Vermutlich hatte die Karre kurz zuvor beschlossen, ausgerechnet an Ort und Stelle ihr Leben auszuhauchen. Aber irgendein gnädiger Gott, der über Kolben und Zylinder wachte, hatte noch mal Gnade vor Recht ergehen lassen.

Stück für Stück verfolgte Michi, wie die einzelne Rückleuchte, eine trübe Funzel, im diesigen Grau verschwand. Der Stein, der ihr vom Herzen fiel, kam nicht mal bis zum Boden, da flammten keine hundert Meter weiter Bremsleuchten auf. Nach einem neuen Krachen, mit dem sich der Rückwärtsgang beschwerte, ging es jaulend und in rasanter Fahrt nach hinten.

Diese Reise endete verrückterweise mitten auf Stegemanns gepflasterter Auffahrt.

Michi, die sich hinter einer Reihe immergrüner Sträucher befand, hob vorsichtig ihren Kopf. Durch das Beifahrerfenster sah sie einen Mann, der aufgeregt mit dem Fahrer oder der Fahrerin diskutierte. Sie vernahm Bruchstücke dieser Unterhaltung. Die klangen nicht nach einem bevorstehenden Techtelmechtel auf der Rückbank, sondern nach ausgewachsenem Streit. Dann flog die Beifahrertür auf. Ein Typ, hager, etwa eins achtzig und – das konnte sie sogar im Dunkeln erkennen – im Gesicht und an den Händen üppig tätowiert, stand auf den Pflastersteinen und reckte sich gen Himmel. Jetzt stieg auf der Fahrerseite ein zweiter Mann aus. Als Michi dessen Gesicht sah, zuckte sie unwillkürlich zusammen. Sie kannte Roland Asmussen, alias Rocco, zwar nur von einem Erinnerungsfoto aus der Haftanstalt Neumünster, aber es bestand kein Zweifel daran, dass der einen Steinwurf entfernt neben dem Kombi stand.

Der Tätowierte näherte sich nun der Heckklappe und zog daran, was die mit lautem Knarren quittierte. Eine Werkzeugtasche kam zum Vorschein.

Während sich Michi noch fragte, was die beiden Typen hier vorhatten, trug der Wind zumindest eine teilweise Antwort in ihre Richtung.

Die stammte von Rocco: »Wir steigen von hinten durch ein Fenster oder die Terrassentür ein.«

»Und dann parkt ihr Idioten direkt vorm Haus«, flüsterte Michi an sich selbst gerichtet. Sie tastete nach ihrer Dienstwaffe im Schulterholster und nahm zur Kenntnis, dass der kühle Stahl für ein wenig Beruhigung sorgte. Wobei sie ihre Waffe nur im äußersten Notfall und bei akuter Gefahr abfeuern würde.

Derweil äußerte der Tätowierte erste Bedenken. »Und was, wenn Stegemann doch zu Hause ist? Wenn der Alte 'ne Schrotflinte hat und uns …?«

»Er ist in Hamburg und verhandelt da mit irgendwelchen Investoren«, fauchte Rocco dazwischen. »Hat mir seine Tippse gesteckt, als ich heute bei ihm im Büro war, um ihn zur Rede zu stellen.«

Nach dieser Entwarnung folgte beim Tätowierten ein Grinsen, das eine Ruinenlandschaft offenbarte. »Dann lass uns loslegen!«

Schon ein paar Sekunden zuvor hatte sich Michi weiter an der Hauswand entlanggeschoben und die nächste Ecke erreicht. Als sich die Männer in Bewegung setzten, verschwand sie dahinter. Im angrenzenden Garten konnte sie die Umrisse einer achteckigen Holzhütte ausmachen. Vorausgesetzt, deren Tür war offen, dann könnte sie sich wunderbar darin verstecken und nebenbei beobachten, was auf der Rückseite des Hauses passierte.

Darauf musste sie nicht lange warten, denn kaum hatte sie die Tür der Holzhütte leise hinter sich zugezogen, erspähte sie schon durch deren linkes Fenster zwei Schatten, die um die Ecke bogen.

Die Männer kamen ihr plötzlich viel größer und um einiges bedrohlicher vor. Im Klartext: Ihr Unterbewusstsein spielte ihr einen bösen Streich und garnierte diesen mit gehässigen Fragen, für die es ausgerechnet Kruses Stimme nutzte: *Und was jetzt? Willst du aus der Hütte springen, deine Pistole zücken und die beiden verhaften? Mach dich doch nicht lächerlich, Mädchen!*

»Wenn überhaupt, vorläufig festnehmen«, zischte Michi besserwisserisch. Aber an der Sache war was dran. Was sollte sie denn tun? Hier die Heldin markieren und ihren Mut womöglich mit dem Leben bezahlen? Wer sagte denn, dass die Kerle nicht ebenfalls bewaffnet waren?

Michi dachte an Rocco und daran, dass der zum letzten Mal wegen bewaffneten Raubüberfalls gesessen hatte. Sie hingegen hatte ihre Dienstwaffe bisher nur auf dem Schießstand abgefeuert, aber noch nie im Einsatz.

Vorsichtig machte sie drei kleine Schritte nach links und konnte durch das Fenster die Männer bei ihrer Arbeit erleben. Offensichtlich Profis, denn nicht mal eine Minute später ergab sich die Terrassentür.

Das hast du ja toll hingekriegt!, lobte ihr Verstand sie vor Sarkasmus triefend. *Jetzt sind die beiden im Haus verschwunden und du hast bestenfalls einen Nahkampf vor dir. Bist du neuerdings total plemplem?*

Kopfschüttelnd zog Michi ihr Smartphone aus der Tasche und wählte zuerst Kruses Nummer. Es klingelte und klingelte, bis sich die Mailbox mit der maschinell gesprochenen Telefonnummer ihres Chefs meldete. Bei Ulf geschah das noch vor dem ersten Klingeln.

Sie überlegte erneut, rang mit sich. Einerseits hätte sie liebend gern selbst für Fakten gesorgt. Andererseits war sie nicht bereit, wegen zweier Dumpfbacken, die aktuell lediglich im Begriff waren, sich wegen Einbruchs strafbar zu machen, ihr Leben zu riskieren. Also wählte sie die nächste Nummer, wo sofort jemand ranging …

44

Nach nicht mal drei Stunden Schlaf hatte sich Michi am Morgen aus dem Bett gequält und wie in Trance den Weg unter die Dusche gefunden. Zunächst, um sich fürchterlich zu ärgern, weil ihre Vermieterin mal wieder den Boiler abgestellt hatte. Deshalb dauerte es fast eine Viertelstunde, bis ausreichend warmes Wasser zur Verfügung stand, um wenigstens den größten Teil von Seife und Shampoo loszuwerden.

Abgehetzt und nach ihrem Dafürhalten viel zu spät platzte sie gegen neun ins Büro der Mordkommission. Dort fand sie ihre Kollegen hinter deren Schreibtischen vor. Beide starrten sie an, als handle es sich um den Besuch einer Außerirdischen.

»Was?«, fragte Michi und blieb mitten im Raum stehen.

Ulf war anzusehen, dass er mit einem Grinsen kämpfte, Kruses Miene blieb todernst.

»Mir kann niemand was vorwerfen. Ich hab ganz brav Hilfe gerufen und selbst keinen Finger gerührt«, ging Michi augenblicklich in den Verteidigungsmodus. »Wie wir es in der Ausbildung gelernt haben: Nichts riskieren und immer auf Verstärkung warten.«

Jetzt brach auch Kruses Fassade in sich zusammen. Er beließ es jedoch nicht bei einem Grinsen, sondern lachte schallend.

»Und das hast du genau richtig gemacht, Mädchen!« Er stemmte sich mühsam hoch, stolperte Michi entgegen und nahm sie für einen Moment fest in den Arm. »Der Einsatzleiter hat uns alles erzählt. Wenn du so weitermachst, sitzt du demnächst an seinem Schreibtisch.« Damit war Ulfs Exemplar gemeint.

Der feuerte einen vernichtenden Blick in Richtung seines Chefs und stand ebenfalls auf, um Michi ausführlich die Hand zu schütteln. »Was wolltest du eigentlich mitten in der Nacht bei Stegemann? Oder war das Zufall? Hattest du dich verfahren?«

Michi, der die Aufmerksamkeit ihrer Kollegen zutiefst behagte, marschierte zur Kaffeemaschine, füllte dort in aller Seelenruhe einen Becher und fiel mit ihrem Hintern an die Schrankkante. »Ich hatte da so einen Verdacht«, offenbarte sie lächelnd. Im Anschluss berichtete sie von ihrem Gespräch mit Hajo Petersens Nachbarin und einer Liaison, die Jahrzehnte zurücklag. Sie schloss mit einer Art Entschuldigung: »Sorry ... ich musste es einfach versuchen und hab gehofft, in Stegemanns Haus irgendeinen Hinweis auf Brigitte Petersen zu finden.«

»Was genau hattest du denn vor?«, wollte Ulf wissen. »Von außen reingucken, vielleicht Reizwäsche entdecken oder ...?«

»Brigitte und Robert waren vier Jahre lang ein Paar, ist Ewigkeiten her«, unterbrach Kruse mit tiefer Stimme. »Die beiden waren jedes Wochenende zum Tanzen unterwegs. Er im piekfeinen Anzug und sie im Petticoat. Die haben nirgends gefehlt, wo gefeiert wurde.«

Michi heuchelte Empörung. »Und das haben Sie alles für sich behalten, Chef?«

»Wart's ab! Jetzt kommt er wieder mit der Geschichte vom Süppchen«, unkte Ulf, bevor Kruse überhaupt Luft holen konnte.

»Ich wollte dich heute Morgen in alles einweihen. Danach hätten wir uns zusammen Gedanken gemacht, wie wir dem schönen Robert sein Süppchen versalzen. Aber du warst ja schneller«, schob Kruse mit erkennbarem Stolz hinterher.

»Wo sind denn Rocco und sein Kumpel Freddy abgeblieben?«, fragte Michi, nachdem sie ihren Kaffeebecher geleert hatte. »Ich hab nur miterlebt, wie die zwei in Streifenwagen verfrachtet und weggebracht wurden. Dann bin ich nach Hause, weil ich die Augen kaum mehr offen halten konnte.«

Ulf übernahm die Antwort: »Deine Einbrecher hocken im Keller. Einzelzimmer mit Gittern.«

»Von denen ist einer blöder als der andere«, ergänzte Kruse höhnisch. »Der Einsatzleiter meinte, die Idioten wollten gerade Roberts Fernseher rausschleppen – so 'n riesiges Flachbild-Ding –, als man sie im Wohnzimmer überrascht hat. Dieser Freddy hat sein Ende einfach fallen lassen und die Hände hochgerissen. Das war's dann wohl mit Fernsehen …«

»Deshalb gibt es ja Versicherungen. Haben Sie schon mit den beiden geredet?«

»Wir wollten warten, bis du hier bist. Immerhin ist das deine erste Beute, also hast du es auch verdient, beim Zerlegen dabei zu sein.«

Michi schaute ihre Kollegen aufmunternd an. »Und worauf warten wir dann noch?«

Eine Frage, die ausgedehntes Schweigen zur Folge hatte. Kruse schlurfte zurück zu seinem Schreibtisch, in Ulfs Miene machte sich Betretenheit breit.

»Was ist los?«, fragte Michi verunsichert.

»Na ja, das war noch nicht alles. Wir hatten vorhin einen Anruf aus Stuttgart.« Ulf schwieg für einen Moment, vermutlich, um über seine nächsten Worte nachzudenken. »Im dortigen Untersuchungsgefängnis gab's einen Zwischenfall …«

»Was denn für einen Zwischenfall? Ist was mit Mario Linnewever?«

»Mit dem ist nix mehr los«, kam Kruse Ulf zuvor.

»Unser Chef hat recht. Mario wurde heute Morgen in seiner Zelle von einem Schließer leblos aufgefunden. Wie's aussieht, hat er seinen Gefängnis-Dress in Streifen gerissen, sich daraus eine Art Seil gedreht und damit aufgehängt. Als man ihn gefunden hat, war er schon seit Stunden tot.«

»Das werten wir einfach mal als Geständnis«, fügte Kruse übertrieben fröhlich hinzu.

Michi sah ihn stirnrunzelnd an. »Geständnis welchen Sachverhalt betreffend?«

»Such dir was aus! Bei unserem Mario hast du am Ende bestimmt 'ne ordentliche Auswahl.«

Das sah Michi zwar genauso, hatte allerdings auch Bedenken. »Und was ist mit Brigitte Petersen? Wie sollen wir die ohne Marios Hilfe finden, falls sie wirklich noch lebt? Schließlich hat er doch die ganze Sache ins Rollen gebracht und weiß garantiert, wo sich die Frau versteckt hält.«

»Wenn überhaupt: wusste!«, korrigierte Kruse lehrerhaft. Danach deutete er zu Boden, womit sicher nicht die abgewetzte Auslegeware gemeint war. »Ich könnte mir vorstellen, dass da unten einer in seiner Zelle hockt, der uns bei der Suche nach Brigitte behilflich sein kann. Hoffe ich zumindest.«

»Und wenn nicht, nehmen wir Robert Stegemann auseinander, bis er uns die Wahrheit vor die Füße kotzt«, ergänzte Michi im Ton einer Westernheldin.

Was erneut Ulf auf den Plan rief. »Stegemann ist verschwunden. Ich hab vor etwa 'ner Stunde gleich als Erstes in seinem Hamburger Stammhotel angerufen. Er hat zwar gestern dort eingecheckt, sein Zimmer laut System aber nie betreten. Lässt sich ja mit diesen neuen Chipkarten problemlos nachvollziehen.«

Michi stieß hörbar den Atem aus. »Hast du Stegemann schon zur Fahndung ausgeschrieben?«

»Direkt nachdem ich aufgelegt hatte!«

Kruse mischte sich ein und lächelte dabei väterlich. »Überleg doch mal ganz genau, Mädchen. Wer könnte uns außerdem helfen?«

Michi brauchte nicht lange, um auf eine Lösung zu kommen. »Die Bendixens! Weil Brigitte Petersen niemals darauf verzichtet hätte, ihre Pferde regelmäßig zu besuchen oder wenigstens nach ihnen zu fragen. Die wissen hundertprozentig, wo die Frau steckt.«

Kruse nickte gönnerisch.

»Und Hannah Bruhn«, legte Michi nach. »Wird vielleicht Zeit, dass wir die Frau Doktor nach Hause bitten.«

»Höchste Zeit!«, entgegnete Kruse mit röhrendem Lachen und klatschte in die Hände. »Ran an die Arbeit, Leute! Ihr könnt ausnahmsweise mal was für euer Geld tun ...«

* * *

»Ich bin's«, meldete sich Inken Bendixen am Telefon.

Da das in den letzten Jahren in diese Richtung nur ein einziges Mal vorgekommen war, reagierte Brigitte Petersen zutiefst verunsichert. »Ist was mit Poldi oder Malik?«

»Denen geht's gut. Also so gut, wie es zwei Wallachen von bald vierzig gehen kann.«

»Und wieso rufst du an?«

»Weil ...«, Inken zögerte schon jetzt, »ich glaube nicht, dass wir die Wahrheit noch lange verheimlichen können. Die Polizei weiß fast alles und es handelt sich nur um eine Frage der Zeit, bis sie auch den Rest herausfindet.«

»Wieso Polizei? Was ist denn passiert? Du klingst so ...«

»Ralf hätte es auch fast erwischt. Er liegt im Krankenhaus und ist wohl übern Berg, aber das ändert nichts an dem Problem.« Inken schluchzte herzzerreißend. »Kannst du mir mal verraten, wie ich das alles hier ab sofort allein stemmen soll? Ralf fällt für mindestens ein paar Monate aus, und ich hab nicht mal die Zeit, ihn vernünftig zu pflegen oder ...«

»Moment!«, unterbrach Brigitte Petersen. »Robert hat mir versprochen, dass niemandem was geschieht. Hoch und heilig, falls das eine Rolle spielt.«

Inken Bendixen schwieg lange, dann gab sie sich selbst einen Ruck. »Dein Robert war neulich hier und hat Ralf und mich in die Mangel genommen ...«

»Inwiefern?«

»Dass wir dir nichts erzählen dürfen.«

»Was denn erzählen? Ich verstehe überhaupt nicht, was du meinst, Inken.«

Die zögerte erneut. »Du kriegst da unten wahrscheinlich nicht mit, was hier bei uns vor sich geht, richtig?«

»Nur, wenn es wirklich wichtig ist, zum Beispiel Sturmfluten oder ...«

»Hajo ist tot!«, fuhr Inken dazwischen. »Und auch Alexander Bruhn.«

»Wie jetzt?«, entgegnete Brigitte Petersen verdattert. »Willst du damit sagen, dass die beiden ...?«

»... umgebracht wurden, ganz genau! Und ich bin mir mittlerweile hundertprozentig sicher, dass dein Robert für alles verantwortlich ist.«

45

»Das sind ja mal zwei Schlitzohren, wie sie im Buche stehen«, lobte Ulf künstlich, als er mit Michi ins Büro der Mordkommission zurückkehrte. Da es bereits Mittag war, hatte sich Kruse schnurstracks in die Kantine verzogen. Besser so, denn der Hauptkommissar hatte – nach fruchtlosen Verhören im Doppelpack, die jeweils über eine Stunde dauerten – extrem schlechte Laune. »Wenn nicht mal unser Chef aus solchen Nichtsnutzen was herauskitzelt, dann schafft das keiner«, fuhr Ulf theatralisch fort.

Michi füllte zwei Becher mit Kaffee, hielt ihrem Kollegen einen entgegen und äußerte sich erst, nachdem sie selbst einen Schluck intus hatte. »Das sind erprobte Knastvögel. Die wissen längst, dass sie am besten fahren, wenn sie die Aussage verweigern und ihre Pflichtverteidiger machen lassen.«

»Aber die hatten ja nicht mal Bock auf 'nen Deal, Hafterleichterungen oder ... vielleicht das eine oder andere Jahr weniger hinter Gittern. Nicht mal dieser bescheuerte Freddy hat das Maul aufgemacht, als ihm Kruse Bewährung in Aussicht gestellt hat, falls er seinen Kumpel Rocco ans Messer liefert.«

»Da hackt eine Krähe der anderen kein Auge aus«, urteilte Michi nach kurzem Überlegen. »Außerdem hatte ich bei diesem Freddy das Gefühl, dass der ohnehin nichts weiß. Ein Handlanger, der nur scharf auf Kohle war.«

Ulf ließ sich auf seiner eigenen Schreibtischkante nieder und prostete in die Luft. »Bin gespannt, ob dem Alten noch was einfällt.«

»Wovon redest du?«

»Na ja … die Fahndung nach Robert Stegemann verläuft bisher im Sande und von Brigitte Petersen fehlt auch jede Spur.«

»Ich wette, nach dem Essen geht's rüber nach Nordstrand.«

»Um Inken Bendixen in die Mangel zu nehmen?«

Michi nickte. »Falls dabei nichts rauskommt, schreckt Kruse garantiert nicht davor zurück, ihren Mann Ralf im Krankenhaus zu besuchen. Aber bestimmt nicht mit Blumen und Pralinen.«

Ulf brach in herzhaftes Gelächter aus. »Die Szene stell ich mir gerade wie im Film vor: Der Alte steht auf der Intensivstation neben dem Bett und drückt Bendixen die Luft ab, bis der röchelnd reinen Tisch macht …«

»Hör auf!« Michi wedelte mit der Hand, um nicht laut loszulachen. Sie wollte noch einen Kommentar abgeben, doch den verhinderte das Telefon. »Willst du oder soll ich?«, fragte sie und zeigte auf einen der munter klingenden Apparate.

»Ich hab keinen Bock und nebenbei mörderischen Kohldampf!«, stöhnte Ulf und verschränkte demonstrativ die Hände hinterm Kopf. »Mach du! Falls es für mich ist … ich bin nicht da.«

»Irgendeine Vorwahl aus Süddeutschland«, wunderte sich Michi und langte zum Hörer. »Greve, Kripo Husum.«

Die Stimme einer älteren Frau, kaum mehr als ein Hauch, war zu hören. »Ich würde gern mit Werner sprechen. Wäre das möglich?«

»Sie meinen Hauptkommissar Kruse?«

Jetzt kam am anderen Ende der Leitung Verunsicherung hinzu. »Ja ... wenn das so ist.«

Michi überlegte, welche Ausrede sie der Frau präsentieren sollte, entschied sich dann allerdings für die Wahrheit: »Herr Kruse ist zum Mittagessen in der Kantine. Kann ich Ihnen weiterhelfen?«

»Ich glaube nicht, ich würde lieber ...«

»Vielleicht fangen wir erst mal mit Ihrem Namen an.«

Eine Aufforderung, die ausgedehntes Schweigen nach sich zog. Vermutlich war die Frau drauf und dran, einfach aufzulegen, doch dann folgten zwei Worte, die bei Michi für einen regelrechten Schock sorgten: »Brigitte Petersen.«

Augenblicklich aktivierte sie den Lautsprecher und winkte Ulf herbei. Sie hielt die untere Muschel des Hörers zu, sprach aber dennoch leise: »Da ist eine Frau dran, die behauptet, Brigitte Petersen zu sein.«

»Dann rede mit ihr und halt sie in der Leitung!«

»Was soll ich denn sagen?«, zischte Michi. Weil Ulf keine Hilfe war und nur ratlos den Kopf schüttelte, nahm sie die Hand von der Muschel und plapperte munter drauflos: »In Ordnung, Frau Petersen. Ich werde Herrn Kruse holen, aber das wird ein bisschen dauern.«

»Wie lange?«, kam es knapp zurück.

»Kann ich nicht genau sagen. Er ist in der Kantine und ...«

»Robert ist auf dem Weg hierher«, unterbrach Brigitte Petersen.

»Robert Stegemann?«

In die Stimme der alten Frau mischte sich Traurigkeit. »Klingt ganz so, als wüssten Sie, von wem ich rede.«

»Allerdings! Hören Sie, Frau Petersen ... hat er Ihnen gedroht oder irgendwas gesagt, das Ihnen seltsam vorkam? Es muss ja einen Grund haben, dass er Sie spontan besuchen will.«

Zwar folgte darauf keine Antwort, aber immerhin eine weitere Information: »Er meinte, er bräuchte noch anderthalb Stunden, bis er vor meiner Tür steht.«

»Wann war das?«

»Vor etwa einer halben Stunde.« Brigitte Petersen zögerte. »Stimmt es, dass Hajo und Doktor Bruhn tot sind?«

Erneut schirmte Michi die untere Muschel mit der Hand ab und suchte Ulfs Blick, denn der hörte alles mit. »Was soll ich ihr sagen?«

Zunächst beließ er es bei einem Schulterzucken, doch als er Michis wütendes Gesicht sah, raffte er sich auf. »Sag ihr ruhig, was Sache ist.«

»Sind Sie noch dran?«, fragte die Frau, woraufhin Michi die Hand von der Muschel nahm.

»Ja, Entschuldigung! Ich kann Ihnen bestätigen, dass Ihr Mann und Alexander Bruhn umgebracht wurden.«

»Und Sie glauben, Robert hat etwas damit zu tun?«

»Das geht jetzt wirklich zu weit, Frau Petersen! Bitte versuchen Sie, sich zu erinnern, ob Herr Stegemann Ihnen gegenüber noch irgendwelche Andeutungen gemacht hat. Das ist von höchster Wichtigkeit!«

»Er meinte, wir wären aufgeflogen und alles sei vorbei.«

»Mehr nicht?«, setzte jetzt Ulf nach.

»Wer ist denn da?«, wollte die Frau augenblicklich wissen.

»Oberkommissar Weingärtner, zweiter Mann in der Mordkommission. Sind Sie sich sicher, dass Herr Stegemann nichts weiter gesagt hat?«

Längere Zeit herrschte Schweigen. »Ich hab ihn auf Hajo und Doktor Bruhn angesprochen, schließlich wusste ich bis vor ein paar Stunden nicht, dass die beiden tot sind.«

»Wie hat er reagiert?«

»Er hat nur gesagt, dass er mir alles erklärt, wenn er hier ist.«

Inzwischen hatte Ulf die Schreibtische umrundet und einen anderen Telefonhörer in der Hand. Lautlos formte er das Wort *Adresse* und nahm zufrieden zur Kenntnis, dass Michi prompt danach fragte: »Wir brauchen sofort Ihre Anschrift, Frau Petersen!«

»Heißt das, Sie wollen …?«

»Sobald wir wissen, wo Sie wohnen, alarmieren wir umgehend die zuständige Einsatzleitstelle. Machen Sie sich bitte keine Sorgen, die Kollegen kommen Ihnen so schnell wie möglich zu Hilfe …«

* * *

In der Kantine war Kruse gerade mit seinem Nachtisch beschäftigt – grüne Götterspeise mit Vanillesoße, die nicht im Geringsten nach Letzterer schmeckte –, als Michi und Ulf hereinstürmten.

Da an den Tischen rundum Hochbetrieb herrschte und man sein eigenes Wort kaum verstehen konnte, hatte Ulf gleich eine Aufforderung an seinen Chef parat: »Am besten kommst du mit deiner Völlerei zum Ende und wir hocken uns ins Büro.«

»Was ist denn los?«, fragte Kruse. Er sah hinunter auf die Götterspeise und verzog das Gesicht. »Ist mir eigentlich auch egal, das Zeug schmeckt ohnehin zum Kotzen!«

»Brigitte Petersen hat sich gemeldet«, fing Ulf bereits auf dem Rückweg an. »Wir wissen, wo sie ist, und haben dort Alarm geschlagen.«

Zum ersten Mal, seit Michi ihren Chef kannte, sah der ehrlich überrascht aus. »Wieso, wo ist sie denn?«

»Das erklären wir dir gleich alles im Büro. Falls du einen Zahn zulegst, sind wir live dabei, wenn sich unsere dortigen Kollegen Robert Stegemann krallen …«

46

Seit dem Gespräch mit den beiden Polizisten war eine Dreiviertelstunde vergangen. Brigitte Petersen saß an einem der Fenster, das zur Einfahrt des kleinen Resthofs mitten in der Eifel zeigte. Diese etwa fünf Hektar große grüne Oase, umrahmt von Wiesen und Wäldern, hatte Robert Stegemann zu Zeiten gekauft, als es mit seinen Geschäften noch blendend lief. Im Gegensatz zur Ehe zwischen Brigitte und Hajo Petersen, denn die mutierte zeitgleich immer mehr zur Hölle – zumindest für eine Seite.

Trotzdem hatte sich Brigitte geweigert, zum Anwalt zu gehen und die Scheidung einzureichen. Schließlich wusste sie genau, was das Ende der Geschichte wäre. Der Ehevertrag mit Hajo sah vor, dass sie nach rechtskräftiger Scheidung ohne einen einzigen Cent dastehen würde.

In ihrer Verzweiflung hatte sie sich irgendwann und mehr durch Zufall an ihren Freund und Geliebten aus Jugendtagen erinnert. Als sie Robert von ihrem permanenten Leid berichtete, wäre der beinahe an die Decke gegangen. Das Hin und Her danach zog sich über mehr als anderthalb Jahre und endete mit einem Plan, der eine Lösung für alles parat zu haben schien. Nach ihrem vorgetäuschten Tod hatte Robert sie noch in derselben Nacht quer durch Deutschland chauffiert und – todmüde und völlig erledigt in der Eifel angekommen – mit einem fünf Hektar großen Geschenk überrascht. Im hiesigen Stall roch es seinerzeit ganz frisch nach Pferdemist und einige Wochen später trafen gleich drei neue Vierbeiner ein, die dafür sorgten, dass sich daran bis heute nichts geändert hatte. Ein wahres Paradies für Mensch und Tier, über dem sich plötzlich ein gewaltiger Schatten breitmachte.

Brigitte schaute erneut aus dem Fenster. Die Kreisstraße verlief rund fünfhundert Meter entfernt in weitem Bogen und mündete in eine Ortschaft mit nicht mal tausend Seelen. Rechts von ihrer Auffahrt führte ein schmaler unbefestigter Weg mitten in den Wald hinein. Vor etwa fünf Minuten war ihr ein unscheinbares graues Auto aufgefallen, das ausgerechnet dort abgebogen und verschwunden war. In diesem Moment rumpelte ein weiteres Fahrzeug, in dem zwei Männer saßen, auf den Hof, bog vor der Scheune nach links ab und war von da an nicht mehr zu sehen.

»Alles Polizei«, flüsterte Brigitte, um sich selbst zu beruhigen. Auf dem kleinen Tisch neben ihr fing ihr Handy zu klingeln an und wanderte summend über das polierte Holz. Ihre Finger zitterten, als sie das Gespräch mit einer Frage annahm: »Na, wo steckst du?«

Robert Stegemann lachte ausgelassen. »Jede Sekunde vor deiner Tür, du kannst schon mal Kaffee aufsetzen.«

Sie überlegte, was sie sagen sollte. In ihrem Kopf fochten Zuneigung und Abscheu einen erbitterten Kampf. Ihr war bewusst, dass Robert alles nur für sie getan hatte. *Aber um welchen Preis? Was war jetzt mit seinem Plan, spätestens kommendes Jahr in die Eifel überzusiedeln? Und wie sah es ab sofort mit dem lang erträumten gemeinsamen Lebensabend aus?*

Denkbar schlecht!, antwortete ihr Verstand.

Als sie endlich etwas hervorbrachte, hatte sie ihre Stimme noch halbwegs im Griff: »Dann fange ich am besten mal an. Bis gleich, Robert.«

Statt sich zu erheben, starrte sie unverändert aus dem Fenster. An der linken Hausecke war kurz ein dunkler Lockenkopf zu sehen, der ebenso schnell wieder verschwand. Weiter hinten, wo es in den Wald ging, hatten sich schon vor einiger Zeit mehrere Gestalten in Stellung gebracht.

Plötzlich fühlte sich Brigitte hundeelend. Erneut dachte sie an die wenigen unbeschwerten Jahre. Die schönste Zeit ihres Lebens hatte sie mit Robert verbracht. Abgelöst von der Hölle auf Erden an Hajo Petersens Seite. Wie oft hatte sie sich selbst verflucht, sich gewünscht, alles ungeschehen machen zu können! Aber dafür war es zu spät. Der Mann, dem sie ihr neues, zweites Leben verdankte, würde jeden Moment auf den Hof fahren.

Wo mindestens ein halbes Dutzend Polizisten auf ihn wartete.

Hatte er das wirklich verdient? Konnte jemand so viel Unheil anrichten? Sollte sie ihn anrufen und warnen?

Mit dieser letzten Frage musste sie sich nicht länger beschäftigen, denn ein gutes Stück entfernt tauchten zwischen Bäumen zwei Scheinwerfer auf. Als der Wagen näher kam, erkannte sie zuerst das Kennzeichen und dann auch den Fahrer. Und schon folgte ihre Strafe auf dem Fuß: Eine eisige Klaue krampfte sich um ihren Magen und schien mit aller Gewalt zuzudrücken. Ihr war speiübel und sie hätte sich am liebsten übergeben, als Robert seinen Wagen mitten auf dem Hof parkte, ausstieg und fröhlich winkte. Im selben Augenblick stürmten aus allen Richtungen Polizisten in Zivil herbei. Die hielten riesige Pistolen in den Händen und brüllten um die Wette, bis ein anderer endlich bereit war, in die Knie zu gehen und sich flach auf den Boden zu legen.

Es ist vorbei, flüsterte eine Stimme in Brigittes Kopf. *Für Robert und für dich genauso …*

* * *

»Was treibt ihr denn da unten die ganze Zeit?«, fluchte Kruse ins Telefon. Er war mit dem Einsatzleiter verbunden, der in der Eifel eine Reihe von Polizeibeamten befehligte. »Muss ich euch etwa erklären, wie man …?« Kruse verstummte, lauschte eine Weile in den Hörer. »Ist in Ordnung. Wann bringt ihr uns die beiden?« Wieder schwieg der Hauptkommissar, dabei nahm sein Gesicht eine ungesunde Farbe an. »Soll das heißen, von hier oben muss einer losfahren, um …?« Diesmal war es nur eine kurze Pause. »Einverstanden. Sag mir Bescheid, wenn das passiert ist und … danke, das war insgesamt gute Arbeit.«

»Probleme?«, fragte Ulf, nachdem Kruse aufgelegt hatte.

Der schüttelte den Kopf. »Alles bestens«, erwiderte er und malte gleichzeitig auf einem Block herum.

»Aber sicher, das klang auch genau danach«, witzelte Ulf. Er sah zu Michi, die ebenso ratlos wirkte.

Kruse hob den Blick. »Ist eigentlich noch Kaffee da?«

»Du hast hier lebenslang Kaffeeverbot, wenn du uns nicht sofort sagst, was da unten Sache ist! Oder sind wir nur noch deine Suppenkasper, die artig zu allem Ja und Amen sagen dürfen?«

Bevor Kruse antworten konnte, versuchte es Michi auf ihre Weise. Sie stand auf, durchquerte das Büro mit flinken Schritten und lehnte sich rücklings neben ihrem Chef an die Schreibtischkante. Als sie zu ihm hinunterschaute, lächelte sie filmreif. »Jetzt mal ehrlich: Wir wüssten auch gern, ob sich die Kollegen Stegemann schnappen konnten.«

»Ich dachte, das wäre klar. Hört ihr nicht zu, wenn ich telefoniere?«

Michi schluckte mehrmals, um sich ein Lachen zu verkneifen. Ulf hinter ihr grunzte, was vermutlich den nächsten Wutanfall verhieß.

»Jaaa«, fuhr Kruse gedehnt fort. »Robert Stegemann wurde vorläufig festgenommen und zur Sicherheit hat man seine Brigitte auch gleich eingesackt. Zufrieden?« Diese Frage galt in erster Linie Ulf, in dessen Gesicht zumindest die offene Mordlust nachließ.

Trotzdem reagierte er unverändert aufgebracht: »Ich bin erst zufrieden, wenn du mir sagst, ob ich mich ins Auto hocken und die beiden abholen soll.«

»Werden gebracht«, erwiderte Kruse und widmete sich wieder seinem Schreibblock.

»Und das ist alles? Mit den paar Infos willst du uns ins nächste Rennen schicken?«

Kruse hob abermals den Kopf und schaute Ulf verständnislos an. »Was ist denn jetzt mit Kaffee?«

»Den kannst du dir selbst holen!«, fauchte Ulf zurück und war im nächsten Moment durch die Bürotür verschwunden.

»Weißt du, was er hat?«, wunderte sich Kruse.

Michis Brauen wanderten nach oben, wobei sie sich jeden Kommentar vorsichtshalber verkniff. Stattdessen versuchte sie es mit einer Frage: »Sind da unten alle unverletzt?«

»Unser Freund Robert hat bei seiner Festnahme keinerlei Widerstand geleistet. Ich denke, Brigitte ebenso wenig.«

»Und die zwei werden wirklich hergebracht? Das hörte sich eben am Telefon nämlich ganz anders an.«

»Keine Ahnung, wie du darauf kommst. Der Kollege meinte, spätestens morgen früh müssten unsere Turteltauben hier einflattern.«

»Warum nicht gleich so?«, fragte Michi grinsend und zeigte zur Tür, durch die Ulf kurz zuvor wutentbrannt gestürmt war.

»Heißt das, du gönnst mir den Spaß nicht?«

»Ach … darum geht's also. Sie wollen uns bloß ärgern und mit knappen Informationen zur Weißglut treiben.«

Kruse erwiderte Michis Blick, ein Lächeln huschte um seine Mundwinkel. »Was ist denn jetzt mit Kaffee?«

»Kommt sofort, Chef!«

47

Am nächsten Morgen

Als Kruse das Büro der Mordkommission betrat und dort nur Michi vorfand, deutete er auf Ulfs verwaisten Arbeitsplatz. »Ist unsere Mimose immer noch quäkig?«

»Hat er sich nicht bei Ihnen gemeldet? Wollte er eigentlich von unterwegs aus.«

»Hat er nicht. Was ist mit unserer Lieferung?«

»Robert Stegemann und Brigitte Petersen sind vor etwa 'ner Stunde angekommen. Seitdem hockt er in einem unserer Verhörräume und sie hat sich in einer Pension hier in Husum eingemietet. Sie hatten ja gesagt, dass es keinen Grund gibt, die Frau weiter festzuhalten.«

Kruse krachte in seinen Drehstuhl mit Lehnen. Ein Wunder, dass dieses bemitleidenswerte Möbelstück schon seit Jahren derlei Attacken geduldig über sich ergehen ließ. Der Hauptkommissar lächelte zufrieden und zeigte erneut auf Ulfs Schreibtisch.

Eine wortlose Frage, die Michi sogleich übersetzte: »Er ist rüber nach Nordstrand, um Inken Bendixen abzuholen. Die hat vorhin angerufen und meinte, sie wäre bereit …«

»Wofür?«

»Die Wahrheit! Sie hat am Telefon einige Andeutungen gemacht und … na ja … wahrscheinlich hofft sie, dass wir im Gegenzug für die komplette Geschichte ein Auge zudrücken, was sie und ihren Mann betrifft.«

»Die haben sich doch nichts zuschulden kommen lassen«, erwiderte Kruse nach kurzem Überlegen.

In der Hinsicht war Michi anderer Meinung. »Entschuldigung? Die haben Brigitte Petersen geholfen, zu verschwinden und sich tot zu stellen. Außerdem wussten die zwei die ganze Zeit von dem Schwindel.«

»Na und? Das ist doch für sich gesehen kein Verbrechen.«

Michis Gesicht verfinsterte sich. »Ernsthaft jetzt? Und was ist dann mit Brigitte Petersen? Kann man sich einfach so auf Nimmerwiedersehen in Luft auflösen und …?«

»Kommt drauf an«, unterbrach Kruse und fuhr gleich lehrerhaft fort: »Wenn jemand seinem alten Leben den Rücken kehren will, ist das sein gutes Recht. Aber nur, solange ansonsten kein Straftatbestand vorliegt. Zum Beispiel Versicherungsbetrug, Urkundenfälschung … womit wir beim Thema wären.«

»Die Bruhns haben auf jeden Fall den Totenschein gefälscht.«

Kruse nickte zwar, winkte dann jedoch ab. »Der Herr Doktor hat den Spaß mit seinem Leben bezahlt und seine Madame wird man bestimmt nicht allzu hart rannehmen. Wo bleibt die eigentlich? Solltest du nicht dafür sorgen, dass sie hergebracht wird?«

Michi lächelte gequält. »Ich hab gleich gestern Abend noch mit ihr geredet und da meinte sie, ihre Schwester hätte morgen Geburtstag. Hannah Bruhn wollte so gern noch den einen Tag bleiben, und weil wir Brigitte Petersen inzwischen gefunden haben, dachte ich …«

»Ist in Ordnung«, unterbrach Kruse und sorgte damit in Michis Fall für grenzenlose Erleichterung. »Da bleibt es höchstwahrscheinlich bei 'nem Bußgeld und ein paar Sozialstunden«, brummte er vor sich hin. »Ich kann mir nicht vorstellen, dass ein Staatsanwalt, der halbwegs bei Verstand ist, daraus 'ne große Nummer macht.«

»Dann kommen wir noch mal auf Brigitte Petersen zurück. Was blüht der Frau eigentlich?«

Mit dieser Frage hatte sich Kruse auf dem Weg zum Präsidium ausführlich beschäftigt, wollte diesen Umstand allerdings nicht mit Michi teilen. Deshalb ließ er sich mit seiner Antwort bewusst ein wenig Zeit: »Mit der Geschichte müssen sich Anwälte auseinandersetzen. Wenn Brigitte nachweisen kann, dass Hajo ihr das Leben zur Hölle gemacht hat und die Ehe nicht rechtskräftig geschieden wurde, dann …«

»Wurde sie nicht durch Tod geschieden!«

»Das ist doch der springende Punkt, schließlich ist sie quicklebendig. Und wie gesagt: ein Thema für Anwälte, nicht für uns.«

Michi lachte kurz auf. »Also wäre es hinterher durchaus möglich, dass Brigitte Petersen das Vermögen ihres Mannes erbt.«

»Für meinen Geschmack hat sie's verdient. All die furchtbaren Jahre mit Hajo – es gibt gar nicht genug Geld, um das wiedergutzumachen.« Kruse machte ein nachdenkliches Gesicht, seine Stirn lag in Falten. »Aber mal was ganz anderes: Hatte Hajo nicht 'ne Tochter?«

»Ja, Femke Leuschner, aber die hat seine Brigitte mit in die Ehe gebracht. Außerdem hat sich diese Stieftochter schon vor Ewigkeiten auszahlen lassen.«

»Du bist gut!«, lobte Kruse.

»Hab ich alles in den letzten Tagen recherchiert. Falls die noch was abgekriegt, dann höchstens auf freiwilliger Basis.« Michi beließ es zunächst dabei, weil Kruses Aufmerksamkeit mittlerweile ein paar Blättern galt, die vor ihm auf dem Schreibtisch lagen. Sie wollte ihren Chef in Ruhe lesen lassen, denn der Inhalt dieser Blätter galt ihr und ihrer Zukunft im Polizeidienst.

Als Kruse fertig war, schaute er auf. »Das ist vom Tisch«, lautete sein Kurzurteil.

»Sagen Sie! Da steht, dass ich endgültig raus bin und meine Stelle neu besetzt werden soll.«

»Die wissen doch nicht, was wir wissen! Sobald wir mit unserem Fall einigermaßen gerade vor sind, nehm ich den Telefonhörer in die Hand und klär das ein für alle Mal. Du hast mein Wort drauf, Mädchen!«

»Und was, wenn hier in der Zwischenzeit jemand anruft, ich geh ran und …?«

»Dann lässt du wohl besser die Finger vom Telefon.«

»Kein Problem! Wollen Sie noch einen Kaffee, bevor wir uns an die Arbeit machen?«

Kruse tippte auf die Blätter. »Ich glaube, wir sollten uns beeilen. Aber du darfst mir gern einen Becher hinterhertragen. Den trink ich, wenn ich gleich Robert gegenübersitze. Oder lass erst mal, sonst will er auch noch einen.«

Michi nickte, dann verfinsterte sich ihr Gesicht. »Hat sich die Spurensicherung eigentlich schon gemeldet?«

»Hab vorhin mit deren Chef telefoniert. Die haben Roberts Haus auf den Kopf gestellt, sind fast fertig, haben allerdings nichts Belastendes gefunden.«

»Und was, wenn Stegemann ebenfalls die Aussage verweigert? Wenn er uns am ausgestreckten Arm verhungern lässt?«

»Wird er nicht.«

Michi brummte nachdenklich. »Darf ich fragen, ob es für Ihren Optimismus auch Gründe gibt?«

»Fragen darfst du, aber auf die Antwort musst du noch ein bisschen warten.«

* * *

Ulf hatte Inken Bendixen kurz zuvor auf dem Gnadenhof eingesammelt und war jetzt mit ihr zum Husumer Präsidium unterwegs. »Kommt die ganze Bande auch ein paar Stunden ohne Sie zurecht?«, fragte er und deutete über die Schulter zu den Stallungen, die im Rückspiegel immer kleiner wurden.

»Notgedrungen. Ich weiß sowieso nicht, wie es hier weitergehen soll. Jetzt, wo Ralf erst mal ausfällt, muss ich wahrscheinlich auch den Rest der Tiere irgendwie vermitteln. Ich hab schon rumtelefoniert.«

»Erfolgreich?«, hakte Ulf nach, weil plötzlich Schweigen herrschte. Aus dem Augenwinkel nahm er wahr, wie Inken Bendixen den Kopf schüttelte.

Doch dabei blieb es nicht, denn sie lieferte mit trauriger Stimme eine Erklärung: »Die restlichen Tiere sind alle uralt, manche krank dazu. Mögen Sie Pferde?«

»In etwa so wie alle anderen Tiere auch. Wenn ich ehrlich bin, hab ich gehörigen Respekt vor Pferden – schätze, der Größe wegen.«

»Ein Pferd würde Ihnen nie absichtlich etwas tun«, erklärte die Frau energisch. »Falls überhaupt mal was passiert, dann hat der jeweilige Mensch einen Fehler gemacht und nicht …«

»Ist angekommen«, wiegelte Ulf ab. »Macht es Ihnen was aus, wenn wir die Zeit nutzen und uns über Brigitte Petersen unterhalten? Ihre sonstigen Probleme sind mir durchaus bewusst, aber daran ändern wir hier und jetzt ohnehin nichts.«

»Was wollen Sie denn wissen?«, erklang es schwer atmend.

»Wie das damals alles abgelaufen ist. Ich meine … Sie waren schließlich eingeweiht und wussten ganz genau, dass der Tod von Brigitte Petersen fingiert war.«

»Sie haben ja keine Ahnung, wie die arme Frau unter ihrem Mann gelitten hat!« Inken Bendixen lachte freudlos auf. »Hajo hat sie extrem kurzgehalten, um jeden Cent musste sie betteln und Haushaltsbuch führen. Wenn da mal irgendwo ein Euro fehlte, dann hat er ihr den im nächsten Monat gleich doppelt abgezogen. Und das war längst nicht alles …«

Ulf schwieg und wartete geduldig auf die Fortsetzung.

»Hajo hat Brigitte wie eine Magd im Mittelalter behandelt. Wehe, wenn ihr mal was runtergefallen ist oder etwas im Müll lag, das noch verwertbar gewesen wäre. Dann gab's ordentlich Prügel.«

»Ernsthaft jetzt?«

Energisches Nicken. »Als wir Frauen mal unter uns waren, hat mir Brigitte ihren Rücken und ihr Hinterteil gezeigt. Die sahen aus, als hätte Hajo 'nen Knüppel Samba tanzen lassen.«

Ulf ließ die Worte eine Weile sacken und probierte es dann mit der nächsten Aufmunterung: »So weit, so schlecht. Was genau ist dem angeblichen Tod von Frau Petersen vorangegangen?«

»Na, was wohl? Sie ist nach einer seiner brutalen Orgien im Krankenhaus gelandet. Ich hab sie am nächsten Tag besucht, gemeinsam mit Frau Bruhn. Die ist fuchsteufelswild geworden, als sie Brigitte in ihrem Bett hat liegen sehen, und wollte direkt zur Polizei marschieren, um Anzeige gegen Hajo zu erstatten.«

»Was nie passiert ist, das haben wir überprüft.«

»Wahrscheinlich wäre das der einzig richtige Weg gewesen! Irgendwann – da wollte Frau Bruhn schon rausstürmen und sofort zur Tat schreiten – hat Brigitte die Katze aus dem Sack gelassen. Zu diesem Zeitpunkt war es noch so was wie 'ne fixe Idee. Sie wolle fort, hätte auch jemanden, der ihr finanziell unter die Arme greifen würde. Danach würden wir sie nie wiedersehen. Wie genau das ablaufen sollte, hat Brigitte allerdings nicht erzählt.«

»Womit wir bei den Bruhns wären. Schließlich war nur das Ärztehepaar in der Lage, eine glaubhafte Geschichte zu stricken, die jeder Überprüfung standhält.«

»Nach ihrem Verschwinden hat uns Brigitte all die Jahre nach Möglichkeit unterstützt, hat regelmäßig Geld geschickt und sich nach ihren Pferden erkundigt. Aber damit war vor 'n paar Monaten plötzlich Schluss.«

»Hat sie Ihnen verraten, warum?«

»Ich hab mich nicht getraut zu fragen. Ralf dachte, sie hätte sich vielleicht mit Hajo versöhnt und deshalb hätte der uns auch den Pachtvertrag gekündigt. Ich hab ihm zwar gesagt, das sei Blödsinn, aber …«

»Es hätte sowieso nichts an den Fakten geändert«, setzte Ulf nachdenklich fort. Er sah kurz zu Inken Bendixen, die seinen Blick erwiderte. »Wussten Sie, dass Robert Stegemann hinter allem steckt? Dass er den finanziellen Part übernommen hat, ohne dessen Hilfe es Frau Petersen niemals geschafft hätte?«

Die erste Antwort war ein energisches Kopfschütteln, das jedoch nach und nach in ein Nicken überging. »Ralf und ich wurden nie in Details eingeweiht. Ehrlich gesagt, wollten wir auch gar nicht allzu viel wissen. Vor ein paar Tagen war Robert dann bei uns gewesen und hat Rabatz gemacht … regelrecht getobt.«

»Und wieso?«

»Zuerst hat er gefragt, ob wir überhaupt noch Kontakt zu Brigitte hätten. Ralf hat ihm geantwortet, dass wir schon ewig nichts mehr von ihr gehört hätten, was ja auch stimmte.«

»Aber?«

»Damit wollte sich Robert nicht zufriedengeben. Er meinte, wenn wir Brigitte irgendwas von Hajos oder Bruhns

Tod erzählen, dürften wir uns nicht wundern, wenn wir als Nächste an der Reihe wären.«

»Harter Tobak«, kommentierte Ulf. »Wie sind Sie mit ihm verblieben?«

»Am Ende hat Ralf ihm Prügel angedroht, allerdings noch hinterhergebrüllt, dass wir ohnehin nicht vorhätten, mit Brigitte zu reden.«

»Aber Sie haben Frau Petersen trotzdem angerufen.«

»Natürlich! Weil ich dachte, Robert hätte seine Drohung wahr gemacht und Ralf irgendeinen … keine Ahnung … Killer auf den Hals gehetzt. Da musste ich doch mit ihr reden, damit sie ihren wild gewordenen Kettenhund zurückpfeift. Ich konnte doch nicht wissen, ob es mich als Nächstes erwischt.«

»Verstehe«, murmelte Ulf. Wenig später lenkte er seinen Wagen auf den Parkplatz vor dem Präsidium, stellte den Motor ab und blieb einfach sitzen.

»Was ist?«, fragte Inken Bendixen leicht verunsichert.

Ulf mühte sich um ein Lächeln, doch das misslang kläglich. »Sie werden in Kürze meinen Chef kennenlernen, Hauptkommissar Kruse.«

»Mit dem hab ich doch schon telefoniert, oder?«

»Stimmt, aber in natura kann er ganz anders sein.«

»Was bedeutet das?«

»Dass Sie ihm gegenüber auf jeden Fall bei der Wahrheit bleiben und ihm alles sagen sollten. Sie glauben gar nicht, wie unangenehm Herr Kruse werden kann, wenn man ihm was verheimlicht.«

»Verstanden. Ab jetzt keine Geheimnisse mehr.«

48

Vor der Tür zum Verhörraum wollte Michi gerade einen sechsstelligen Code über das Tastenfeld eingeben, als Ulf herbeigestürmt kam. Er fing unaufgefordert an: »Ich hab Inken Bendixen erst mal vorn am Wachtresen abgeladen. Wollt ihr wissen, was sie mir auf dem Weg hierher erzählt hat?«

Kruse nickte gelangweilt, Michi um einiges energischer. Daraufhin gab Ulf das Martyrium Brigitte Petersens in kurzen Sätzen wieder. Angefangen mit mittelalterlichen Zuständen im Hause Petersen bis hin zu einem Krankenhausaufenthalt, der vor ein paar Jahren offenbar den Stein ins Rollen gebracht hatte. Er schloss mit seinem eigenen Fazit: »An ihrer Stelle hätte ich mich auch abgesetzt. Ich frag mich nur, wie sie den ganzen Wahnsinn so lange ausgehalten hat.«

»Das werden wir gleich herausfinden«, brummte Kruse und gähnte dabei herzhaft. Sein Bauch geriet in Bewegung und quoll umso bedrohlicher über einen Hosenbund, der auch am heutigen Tag wahre Wunder vollbrachte und physikalischen Gesetzen trotzte.

Ulf, der bereits Anstalten machte, den Code einzugeben, wurde von Kruse am Arm festgehalten. »Lass das mal unser Küken und mich machen! Wir wollen Robert ja nicht gleich völlig einschüchtern, indem wir mit 'ner ganzen Mannschaft auflaufen.«

»Von mir aus«, erwiderte Ulf, auch wenn ihm ein Funken Trotz anzuhören war. »Dann kümmere ich mich eben weiter um Frau Bendixen und horch mal, ob ihr noch was einfällt. Viel Spaß dadrinnen!«, schickte er hinterher und zeigte abfällig auf die Tür zum Verhörraum.

Die sprang wenig später mit leisem Summen auf. An einem Metalltisch dahinter saß Robert Stegemann. Seine Schultern hingen so weit hinab, wie es die Handschellen zuließen, die mit einem Stahlring in der Tischmitte verbunden waren.

Kruse schlurfte durch den Raum, setzte sich und wartete, bis Michi neben ihm Platz genommen hatte. Mit bewundernswerter Gelassenheit musterte er das Häufchen Elend gegenüber.

Es dauerte eine ganze Weile, bis Robert Stegemann endlich den Kopf hob und ihn direkt ansah.

Michi registrierte die Blicke der Männer. Sie war sich sicher, dass ein Glas Wasser zwischen den beiden augenblicklich zu Eis gefroren wäre.

»Was soll das werden?«, fragte Stegemann, nachdem eine weitere gefühlte Ewigkeit vergangen war. »Glaubst du, ich tu dir den Gefallen und schütte dir mein Herz aus?«

Kruse reagierte überhaupt nicht. Michi drehte sich kurz um und schaute nach oben in die Ecke. Dort hing eine Videokamera, deren rote LED deutlich machte, dass hier Bild und Ton für die Nachwelt festgehalten wurden. Blieb nur die Frage, ob es sich dabei um einen actiongeladenen Blockbuster oder die Verfilmung von *Warten auf Godot* handeln würde.

Kruse schwieg beharrlich, was Stegemann ein abfälliges Schnauben entlockte. »Du hältst dich wohl für ganz schlau, Werner? Warte ab, bis mein Anwalt hier ist! Der wird dir schon erklären, wo du dir deine Dienstmarke hinschieben kannst.«

Noch immer sagte Kruse kein Wort, wobei sich ein selbstgefälliges Grinsen in seinem Gesicht breitmachte.

Michi musterte ihren Chef von der Seite und konnte gut verstehen, dass dessen Gehabe einen anderen beinahe zur Weißglut brachte.

»Das Grinsen wird dir noch vergehen!«, fauchte der Bauunternehmer quer über den Tisch. »Du weißt doch selbst, wie es in eurem Laden läuft. Ein Fehler, nur eine abgelaufene Frist oder eine fehlende Unterschrift, und ich bin schneller auf freiem Fuß, als ihr gucken könnt.«

Jetzt nickte Kruse. Sein Mund öffnete sich wie in Zeitlupe, und zu Michis Überraschung waren seine ersten Worte fast so etwas wie ein Kompliment: »Ich bin froh, dass du Brigitte da rausgeholt hast. So ein Leben an Hajos Seite hatte sie nicht verdient.«

Dieses Statement hinterließ auch bei Robert Stegemann gründliche Verwirrung. Ihm war anzusehen, dass er etwas erwidern wollte, doch nun beschränkte er sich zunächst auf Schweigen.

»Was hattest du überhaupt vor? Dich auch in die Eifel absetzen und tot stellen?«

Stegemann stieß geräuschvoll den Atem aus. Im nächsten Moment präsentierte er ein Lächeln, das an Überheblichkeit nicht zu überbieten war. »Das werde ich gerade dir erzählen. Am besten sag ich gar nichts mehr, bis mein Anwalt hier ist. Du willst mich doch nur aufs Glatteis führen und …«

Kruse fuhr mit einer dreisten Lüge rigoros dazwischen: »Rocco und sein Kumpel Freddy haben bereits ausgepackt. Und ich wette, es dauert nicht lange, bis der liebe Mario ebenfalls zu singen anfängt.«

Im Geiste zog Michi den Hut vor ihrem Chef. Zuletzt auch einen Toten als Druckmittel heranzuziehen, kam ihr zwar moralisch grenzwertig vor, aber zu behaupten, alle drei Männer wären gleichzeitig eingeknickt, hätte leicht Verdacht wecken können. So wirkte die Geschichte um einiges glaubwürdiger.

Offenbar war das auch bei Robert Stegemann angekommen, denn der klang längst nicht mehr so selbstsicher wie zuvor. »Und weiter? Hast du den Trotteln ihre Märchen etwa abgekauft? Falls ja, bist du noch blöder als die ganze Bande.«

Selbst diese Beleidigung konnte Kruses gelassener Fassade nichts anhaben. Wobei Michi schon seit Beginn dieser Unterhaltung überlegte, mit welchem Trumpf ihr Chef es vollbringen wollte, diesen skrupellosen Bauunternehmer zum Einknicken zu zwingen. Robert Stegemann hatte zweifellos das Potenzial, sich an ihm sämtliche Zähne auszubeißen.

Der holte aktuell zum Gegenschlag aus und bewies mit seinen nächsten Worten, dass er Kruses Finte als solche offenbar enttarnt hatte. »Dann erzähl mal in aller Ruhe, Werner! Bis mein Anwalt eintrifft, um dich zu vernichten, dauert es ja bestimmt noch 'ne Weile.« Da war es wieder, dieses Lächeln, das in puncto Arroganz jedes andere mühelos übertrumpfte. »Also … was haben dir die drei Flitzpiepen denn Spannendes erzählt? Ein bisschen neugierig hast du mich schon gemacht.«

Angesichts dieser Kaltschnäuzigkeit zuckte Michi innerlich zusammen und hoffte, dass man ihr davon nichts anmerkte.

Kruse räusperte sich zweimal, als müsse er zunächst einen Frosch aus seinem Hals verscheuchen. Dann kramte er seelenruhig ein abgewetztes Notizbuch aus der Tasche, von dem Michi sicher war, es zum ersten Mal zu sehen. Sollte dieses Buch etwa den Trumpf enthalten, um Robert Stegemann zu Fall zu bringen?

»Deine Hausbank hat dir vor vier Wochen die Kreditlinie gekündigt«, fing Kruse im Ton eines Nachrichtensprechers an. »Zwei Hamburger Investoren haben erst kürzlich von einer Ausstiegsklausel Gebrauch gemacht und wollen ihr Geld auf einen Schlag zurück.« Kruse blickte auf, seine Augen verengten sich zu Schlitzen. »Kannst du das so weit bestätigen?«

Stegemann nickte widerwillig. Das schien ihm allerdings nicht zu reichen, denn im nächsten Moment giftete er: »Na und? Das findet in eurem Laden wahrscheinlich jeder Polizeischüler heraus. Ich hab schon gedacht, du hättest was Handfestes gegen mich vorzubringen. Und nun hockst du mit deinem Notizbuch da und stocherst im Nebel rum. So raffiniert, wie du denkst, bist du nicht, Werner!«

Diese wiederholte Anfeindung schien Kruse völlig kaltzulassen, stattdessen war er wieder in genau dieses Notizbuch vertieft. Mit unverändert sonorer Stimme lieferte er einen weiteren Fakt: »Nachdem ein Richter endlich den entsprechenden Beschluss unterschrieben hatte, haben wir uns deine Konten mal etwas ausführlicher angesehen. Besonders interessant finde ich, dass dir Hajo vor nicht mal sechs Wochen mit 'ner glatten Million ausgeholfen hat.« Kruse sah erneut auf, lächelte fast gütig. »War das so ein Darlehen unter alten Freunden? Oder hatte Hajo Mitleid mit dir und meinte, bevor er sich in die ewigen Jagdgründe verabschiedet, tut er ausgerechnet dir was Gutes?«

»Das musst du schon selbst herausfinden. Als Schreibtisch-Akrobat kennst du dich mit richtigen Geschäften natürlich nicht aus. Aber ich verrat dir was: Bei uns großen Jungs ist es durchaus üblich, dass man sich mal gegenseitig aushilft. Außerdem war das nichts anderes als 'ne Investition in ein lukratives Projekt.«

Kruse nickte und man hätte fast glauben können, er wäre mit dieser Antwort zufrieden. Doch dann holte er umgehend zum nächsten Schlag aus: »Lass mich mal versuchen zu verstehen, was diese ›großen Jungs‹ da anstellen. In dem Zusammenhang würde mich am meisten interessieren, warum dich Hajo – keine zwei Monate vor seiner Investition in das ach so ›lukrative Projekt‹ – auf Schadenersatz in Millionenhöhe verklagen wollte. Die Korrespondenz zwischen euren Anwälten liegt uns übrigens vor. Nur falls du dich rausreden willst.«

Michi beobachtete Robert Stegemann ganz genau und durfte miterleben, wie sich hinter dessen unnahbarer Fassade etwas tat. Aber vermutlich hatte der Mann in seinem Leben so viel gelogen und betrogen, dass er es vollbrachte, zumindest äußerlich ziemlich beherrscht zu wirken. »Und was jetzt? Willst du mich dafür verantwortlich machen, dass Hajo irgendwann zur Vernunft gekommen ist und es sich anders überlegt hat?« Erneut ein Anflug von diesem ganz speziellen Lächeln, allerdings nicht mehr so authentisch. »Ich wünschte, du könntest ihn selbst fragen, um herauszufinden, was seinen plötzlichen Sinneswandel ausgelöst hat.«

»Dafür muss ich ihn nicht fragen«, erwiderte Kruse gelassen. Er wollte schon fortfahren, doch ein leiser Klingelton, der aus der Tasche seiner Strickjacke kam, hielt ihn davon ab. Umständlich wie immer entsperrte der Hauptkommissar das Display.

Michi lehnte sich unauffällig in Kruses Richtung, um etwas vom Inhalt des Displays lesen zu können, jedoch erfolglos.

Neben ihr holte Kruse tief Luft. Zur allgemeinen Überraschung erhob sich der Hauptkommissar schwerfällig, zog Michi am Ärmel hoch, schleifte sie beinahe hinter sich her und blieb erst an der Tür des Verhörraums stehen.

»Was soll das denn jetzt werden?«, beschwerte sich Robert Stegemann. »Wenn ihr euch vom Acker macht, dann sorgt wenigstens dafür, dass ich 'nen Kaffee kriege. Schwarz und stark!«

Kruse drehte sich zur Hälfte um, mehr war ihm der Bauunternehmer offenbar nicht wert. »Du kriegst deinen Kaffee, wenn du uns gleich die Wahrheit sagst …«

»Welche Wahrheit?«

Dem Anschein nach dachte Kruse tatsächlich über seine Antwort nach, bevor er die präsentierte: »Zuerst mal, wieso du Hajo umgebracht hast. Das würde mir für den Anfang schon reichen ...«

49

»Entschuldigung … was haben wir denn jetzt vor?«, fragte Michi, während sie ihrem Chef im Laufschritt über die Gänge des Präsidiums folgte.

Doch Kruse marschierte wortlos bis zum Wachtresen und winkte dort einen Uniformierten herbei. »Da müsste eben ein Fax für mich gekommen sein.«

Der Kollege drehte sich um, schien in diesem Moment das Faxgerät zum ersten Mal zu sehen, setzte sich dann jedoch träge in Bewegung. Kurz darauf lagen die leicht verschwommenen Kopien zweier handgeschriebener Seiten auf dem Tresen.

»Was ist das?«, flüsterte Michi und drängte sich so dicht wie möglich an ihren Chef heran, um ebenfalls lesen zu können.

»Mein Gott, der Typ hat aber auch ’ne Sauklaue!«, beschwerte sich Kruse. Weil seine Stimme durch den ganzen Wachbereich dröhnte, blickten alle Uniformierten in seine Richtung. Dann schüttelten mehrere den Kopf und widmeten sich wieder ihrer Arbeit.

»Hatte ’ne Sauklaue, schließlich ist er tot!«, bemerkte Michi, als sie auf der zweiten Seite den Verfasser des Textes entziffern konnte. »Haben Sie inmitten der ganzen Rechtschreibfehler schon gefunden, wonach Sie suchen?«

Da Kruse fertig war, schob er die Blätter ein Stück nach rechts, um Michi das Exklusivrecht zu gewähren. Sie hatte weniger Mühe mit der Handschrift und war mit dem Lesen relativ schnell durch. »Das ist ja echt der Hammer!«, kam sie flüsternd zu einem Urteil. »Glauben Sie, das reicht, um Stegemann endgültig zu Fall zu bringen?«

Einer von Kruses Mundwinkeln wanderte nach oben, der andere verharrte an Ort und Stelle. »Der Scheißkerl ist geliefert, wenn du mich fragst!«

Dieser Scheißkerl saß erneut mit hängenden Schultern am Tisch, als die Ermittler in den Verhörraum zurückkehrten.

Noch bevor er richtig saß, schleuderte Kruse die beiden ausgedruckten Seiten in Robert Stegemanns Richtung. Sie blieben quer vor ihm liegen.

»Was ist das?«, fragte der Bauunternehmer, ohne dass seine Stimme besonderes Interesse verhieß.

»Wie wär's, wenn du einfach liest?«, antwortete Kruse beinahe freundlich. »Beim größten Teil geht's schließlich um dich.«

Stegemann zog die Blätter zu sich heran, drehte sie und beugte sich nach vorn. Gleich darauf runzelte er die Stirn und erklärte: »Ohne Lesebrille wird das nix.«

»Dann fasse ich den Inhalt gern für dich zusammen. Bevor er sich in seiner Zelle aufgehängt hat, wollte unser Mario offenbar reinen Tisch machen ...«

Eins der vorangegangenen Worte bewirkte zum ersten Mal einen Anflug von Fassungslosigkeit im Gesicht des Bauunternehmers. Welches genau, machte seine Nachfrage klar: »Aufgehängt? Ich dachte, Mario wäre kurz vorm Einknicken. Du hast vorhin selbst gesagt, dass er ...«

»Hoppla!«, unterbrach Kruse. »Aber lass uns bei seinem Geständnis bleiben! Dort steht schwarz auf weiß, dass

Hajo und du ihn mit den Morden am Ehepaar Bruhn, den Bendixens und – wenn möglich – auch an Brigitte beauftragt habt.«

»Das war doch nur, um Hajo was vorzugaukeln, und sollte niemals in die Tat umgesetzt werden!«, polterte Stegemann drauflos. Michi konnte es kaum glauben, denn in dessen Augen machte sich ein feuchter Schimmer breit. »Der Einzige, der das Zeitliche segnen sollte, war Hajo selbst.«

Kruse hakte nicht sofort nach, sondern ließ sich ein bisschen Zeit. »Und was ist schiefgelaufen?«

»Alles!« Allein dieses eine Wort machte ein Höchstmaß an Verbitterung deutlich.

»Vielleicht erklärst du es uns in aller Ruhe«, schlug Kruse vor. »Gern von Anfang an.«

Diese Aufforderung zog zunächst langes Schweigen nach sich. Wobei Robert Stegemann anzusehen war, dass er inzwischen die Hoffnungslosigkeit seiner Situation verinnerlicht hatte. Sein Widerstand war endgültig gebrochen. Dafür sprach auch seine Körperhaltung, denn er kauerte wie ein angekettetes Häufchen Elend auf seinem Stuhl.

Kruse atmete schwer und stieß Michi an. »Hol uns drei Hübschen doch mal 'nen Kaffee.« Erst nachdem sich die Tür zum Verhörraum hinter Michi geschlossen hatte, fuhr der Hauptkommissar fort: »Hast du ein Problem damit, vor dem Mädel auszupacken?«

Stegemann hob den Kopf, schien den Sinn der Frage gar nicht verstanden zu haben.

Also holte Kruse zu einer Erklärung aus: »Mir ist schon der eine oder andere Mörder begegnet. Es gibt welche, die reden mit Vergnügen vor großem Publikum, und andere mögen es lieber etwas intimer. Wie ist das bei dir?«

»Spielt das wirklich 'ne Rolle?«

Kruse zuckte mit den Schultern. »Ich will es dir nur so einfach und bequem wie möglich machen. An der Wahrheit kommst du ohnehin nicht vorbei.«

Erstmals machte sich in Robert Stegemanns Gesicht ein ehrliches Lächeln breit, und wieder nahmen seine Augen einen feuchten Schimmer an. »Sie war meine erste und einzige große Liebe …«

»Brigitte?«

»Wer denn sonst, du Depp?«

Beide Männer mussten unwillkürlich lachen, danach hatte sich so gut wie jede negative Stimmung aus dieser Unterhaltung verabschiedet. Es ging nahtlos weiter: »Ich hätte nur zum richtigen Zeitpunkt um ihre Hand anhalten sollen. Aber ich war wohl zu feige oder … zu dämlich. Als sie nach unserer Trennung wieder *auf dem Markt* war und Hajo sie mir weggeschnappt hat, hätte ich ihn gleich kaltmachen sollen – hab damals sogar drüber nachgedacht. Ernsthaft! Hinterher ein paar Jahre Knast und anschließend hätten Brigitte und ich neu durchstarten können.«

»Ich glaube, das stellst du dir ein bisschen zu einfach vor, aber mach ruhig weiter.«

Hinter Kruse summte es und die Tür sprang auf. Michi hielt eine Pappe in den Händen, auf der sie drei Becher balancierte. Als die auf dem Tisch standen, beugte sich Robert Stegemann weit nach vorn, um trotz Handschellen einen ersten Schluck zu nehmen. Er zog die Nase hoch und schaute die Ermittler abwechselnd an. Seine Miene verriet, dass nun die ultimative Offenbarung folgen würde.

»Hajo stand vor etwa zwei Monaten plötzlich in meinem Büro … sah aus wie der Tod auf Latschen.« Ein schadenfrohes Grinsen huschte über Stegemanns Gesicht. »Du kannst dir wahrscheinlich vorstellen, wie ich geguckt hab. Schließlich waren wir nie große Freunde oder hatten uns neben der geschäftlichen Zusammenarbeit irgendwas zu sagen.«

»Klingt, als hätte er Ihnen sein Herz ausgeschüttet«, lieferte Michi eine Vorlage.

»Er hat mir erzählt, dass er nicht mehr lange hätte. Und während ich mich noch gewundert hab, warum er ausgerechnet mir mit seiner herzzerreißenden Geschichte kommt, hat er die Hosen runtergelassen. Von wegen er wüsste, dass Brigitte noch lebt und wer ihr bei ihrem angeblichen Tod geholfen hätte.«

»Aber er wusste nicht, dass du hinter allem steckst und Brigittes Flucht samt ihrem neuen Leben finanziert hast«, fügte Kruse der Form halber hinzu.

»Natürlich nicht, sonst hätte er mich wohl kaum um Hilfe gebeten.«

»Hilfe?«, rutschte es Michi heraus. Sie wollte ihrem Chef keinesfalls ins Gehege kommen und machte sich neben ihm klein. Doch dann nahm sie beruhigt zur Kenntnis, dass Kruse sie anscheinend gewähren ließ. Also legte sie nach: »Welche Art von Hilfe genau?«

»Er wollte seine Rache, ehe er selbst die Fahrkarte ins Jenseits löst. Die Bruhns sollten dran glauben, die Bendixens ebenso … und wenn ich es schaffen würde, Brigitte zu finden, die auch.«

»Da hat er sich ja buchstäblich an den Falschen gewandt«, lobte Kruse lachend. »Damit ist klar, dass er auf keinen Fall was von deiner Rolle wusste.«

Stegemann nickte. »Hajo meinte, ich soll Mario mit ins Boot nehmen, weil der blöd genug wäre, um am Ende für alles den Kopf hinzuhalten.«

»Deshalb die blutigen Klamotten im Hause der Linnewevers«, verlängerte Michi.

Stegemann nickte abermals und fuhr einfach fort: »Anfangs hab ich Hajo 'ne Abfuhr verpasst und ihn gefragt, ob er nicht mehr ganz sauber tickt. Aber er ist eben ein raffinierter Stinkstiefel.«

»War!«, korrigierte Michi. »Inwiefern raffiniert?«

»Er wusste ganz genau, in was für 'ner geschäftlichen Schräglage ich mich befand, und hat mir 'ne glatte Million als Vorschuss geboten und 'ne weitere, wenn ich alles erledige, bevor er abtritt.«

Kruse mischte sich ein. »Dann hast du die zweite also in den Wind geschlagen, als du ihn mit der Schrotflinte erledigt hast?«

Es dauerte lange, aber irgendwann ließ sich Robert Stegemann zu einem Nicken hinreißen. Seine Miene verzog sich, er sah verbittert aus. »Nachdem Hajo tot war, hab ich direkt Mario angerufen und ihm gesagt, er soll alle Mordaufträge vergessen … und dass er und Rocco trotzdem ihre Kohle kriegen.«

»Wessen Kohle eigentlich?«, wollte Michi wissen.

»Sie können sich nicht vorstellen, wie viel Schwarzgeld der feine Hajo im Laufe der Jahre gehortet hat. Mir hat er dreihundert Riesen in bar gegeben und meinte, er hätte noch mehr, falls das nicht reicht, um die Auslagen zu decken.«

Michi registrierte, wie die Augenbrauen ihres Chefs nach oben wanderten. »Weißt du zufällig, wo er seinen restlichen schwarzen Reichtum versteckt hat?«

»Glaubst du ernsthaft, das hätte er ausgerechnet mir anvertraut?«

Kruse tippte auf Michis Notizbuch. »Unsere SpuSi soll sich noch mal in aller Ruhe Hajos Haus zur Brust nehmen. Ich wette, der Mistkerl kennt Verstecke, die einem erst beim dritten Hinsehen auffallen.«

Michi notierte diese Anweisung ihres Chefs und blickte dann wieder Robert Stegemann in die Augen. »Demnach sollte Alexander Bruhn gar nicht sterben.«

Energisches Nicken. »Mir persönlich hätte Hajo voll und ganz gereicht.«

»Und Mario sollte die Suppe am Ende auslöffeln«, ergänzte Kruse. »Was ist denn da schiefgelaufen?«

»Als ich ihn zurückgepfiffen hab, war der Idiot längst unten in Stuttgart unterwegs, um sich Hannah Bruhn vorzuknöpfen. Ich schätze, Mario wollte trotzdem herausfinden, wo Brigitte abgeblieben ist, und sich einen netten Bonus dazuverdienen.«

»Dann wussten deine Helfershelfer also auch nichts von deiner Hauptrolle in dem ganzen Spiel?«

Wären Stegemanns Hände nicht mit Handschellen am Tisch fixiert gewesen, hätte er Kruse zweifellos einen Vogel gezeigt. »Spinnst du? Glaubst du, ich erzähl solchen Idioten auch nur ein Wort zu viel?«

»Offenbar nicht«, flüsterte Michi in die Stille hinein. Sie wartete noch einen Moment, aber da keiner der Männer etwas sagte, blieb die Fortsetzung an ihr hängen: »Sie werden sich für alles juristisch rechtfertigen müssen, Herr Stegemann. Ferner denke ich, dass bis spätestens heute Abend ein Haftbefehl gegen Sie ergeht.«

»Was wird eigentlich aus Brigitte?«, fragte der Bauunternehmer ungewohnt leise. An seinem eigenen Schicksal schien er kaum Interesse zu haben.

Die Antwort übernahm Kruse: »Wir warten noch auf ein paar Hintergrundinfos, aber ich schätze mal, von unserer Seite hat sie so gut wie nichts zu befürchten. Immer vorausgesetzt, sie hatte keine Ahnung von deinen Mordplänen ...«

»Natürlich nicht!«, brauste Stegemann von Neuem auf. »Sie wusste ja bis heute nicht mal, dass Hajo und der Bruhn tot sind.«

»Das darf sie uns gern noch mal selbst erklären.«

»Geh möglichst nett mit ihr um«, erklang eine Bitte, die sich an Kruses Adresse richtete. Ein derart sanftes Auftreten hätte Michi selbst in ihren kühnsten Träumen nie von Robert Stegemann erwartet.

»Kommt drauf an«, erwiderte der Hauptkommissar.

»Worauf?«

»Ob du uns weiter fleißig bei der Aufklärung hilfst. Das ist nur der Anfang … wir sind noch lange nicht fertig.«

»Kannst dich drauf verlassen.« Trotz Handschellen versuchte der Bauunternehmer, Kruse seine Rechte entgegenzustrecken.

Auch wenn es umständlich und ein wenig albern wirkte, schlug der Hauptkommissar ein und ließ die Hand nicht so schnell wieder los. Vielmehr zog er daran, was ein schmerzerfülltes Keuchen hervorrief. »Ich werd dich dran erinnern, Robert. Falls du doch auf dumme Ideen kommst, sorg ich dafür, dass am Ende auch deine große Liebe den Kopf für alles hinhält.«

Epilog

Ein paar Tage später

Im Büro der Mordkommission roch es nach unterschiedlichen Gaumenfreuden. Dieses Aroma stammte von belegten Brötchen, die ein Cateringservice auf Kruses Kosten erst kurz zuvor angeliefert hatte.

Während Michi und Ulf an einem Tisch lehnten, den zwei uniformierte Kollegen eigens für diesen Anlass hereingetragen hatten, war ihr Chef mit dem Plastikkorken einer Sektflasche beschäftigt.

»Was ist das überhaupt für 'n Gebräu?«, fragte Ulf und reckte den Hals.

Kruse hielt zunächst inne und betrachtete die Flasche in seiner Rechten ausführlich. »Hab ich im Supermarkt gekauft. Wieso?«

»Wie ich dich kenne, ist die Brühe so sauer, dass sich einem die Löcher in den Socken zusammenziehen. Hättest du nicht einmal was Ordentliches kaufen können?«

Kruse sah Michi fragend an.

Die lachte fröhlich. »Mir ist es völlig egal, ich nehm ohnehin nur ein winziges Schlückchen. Sekt war noch nie so mein Ding.«

Da Kruse die Flasche schon seit einer Weile schüttelte, bedurfte es nicht mal mehr einer Hilfestellung, damit sich der Korken jetzt geräuschvoll aus deren Hals verabschiedete und gegen die Decke krachte. Auch der flüssige Inhalt quoll sprudelnd nach draußen und lief Kruse mittlerweile über beide Hände. Entsprechend fiel seine Reaktion aus. »Dann macht euren Scheiß doch allein ... undankbares Pack!«, fluchte er und war im nächsten Moment durch die Tür verschwunden.

Michi und Ulf schauten ihrem Chef hinterher und konnten sich ein Kichern nicht verkneifen.

»Der beruhigt sich schon wieder. Wobei ich nicht weiß, wann er hier zum letzten Mal einen ausgegeben hat.« Ulfs Stirn lag in Falten. »Wenn ich es mir recht überlege – eigentlich noch nie.«

In der Zwischenzeit hatte sich Michi die Sektflasche geschnappt, füllte drei Plastikflöten bis zur Hälfte und drückte ihrem Kollegen eine davon in die Hand. Es dauerte nicht lange, bis auch Kruse zurückkehrte. Der war im Waschraum offenbar zur Ruhe gekommen und wirkte entspannt wie eh und je. Lächelnd nahm er eine der Flöten entgegen und prostete in die Luft.

»Herzlich willkommen in der Mordkommission!«, tönte er, als ginge es um einen runden Geburtstag. Sein väterliches Lächeln wurde von einem breiten Grinsen abgelöst. »Ich hatte Norbert Fischer auch eingeladen, aber ... keine Ahnung, wo der bleibt.«

Michi machte einen Schritt nach vorn und tat, als wolle sie Kruse ihren restlichen Sekt ins Gesicht schütten. »Unterstehen Sie sich! Den Namen möchte ich nie wieder hören. Ist das angekommen?«

Kruse spielte den Reumütigen und nickte verhalten. »Dann willst du wahrscheinlich auch nicht hören, was gestern bei seiner Anhörung rausgekommen ist, oder?«

Michi erstarrte und brachte kein Wort heraus.

Ihr Chef tauschte ein wissendes Lächeln mit Ulf, Letzterer übernahm genüsslich die Erklärung: »Hauptkommissar Norbert Fischer musste gestern Mittag seinen Sheriffstern abgeben. Vorzeitiger Ruhestand … wobei ein anderes Gremium noch darüber zu entscheiden hat, ob ihm der mit üppigen Bezügen versüßt wird. Momentan sieht es eher danach aus, als müsste sich Fischer demnächst mit Aushilfsjobs über Wasser halten.«

Michi spürte Genugtuung in sich aufsteigen. Dieses pure Glück trieb ihr Tränen in die Augen. Mit verschleiertem Blick nahm sie ihren Chef und Ulf nacheinander in Augenschein. »Das hab ich einzig und allein den besten Kollegen der Welt zu verdanken.«

»Hauptsächlich dem da!«, machte Ulf widerstrebend deutlich und zeigte dabei auf Kruse. »Die Aussagen gegen Fischer waren ja teilweise schon ziemlich alt und hätten vielleicht nicht gereicht. Aber dass er am Ende polizeiliche Ressourcen für private Zwecke missbraucht hat, hat ihm wohl den Rest gegeben.«

»Wie haben Sie das eigentlich angestellt?«, fragte Michi und boxte ihrem Chef freundschaftlich gegen die Schulter. »Ich finde, Sie brüten lange genug auf dem Geheimnis rum.«

Ulf lachte wiehernd. »Warte mal ab … auf manch einem kann er jahrelang herumbrüten.«

Kruse verzog wieder nur einen seiner Mundwinkel und lächelte Ulf müde an. Erst als er sich Michi zuwandte, wurde seine Miene um einiges freundlicher. »Ich dachte, einer wie Fischer geht bestimmt auf Nummer sicher. Also hab ich ihm 'ne Falle gestellt …«

»Ist klar! Aber wie genau haben Sie's angestellt?«

»Fischer und ich haben einen gemeinsamen alten Bekannten bei der Landespolizei in Kiel. Ich wusste, dass er sich an den wenden würde, um zu spionieren.«

Michi nickte. Weil Kruse nicht weitersprach, versuchte sie sich an einer Fortsetzung: »Kann es sein, dass dieser gemeinsame Bekannte eher Ihnen als Fischer zugetan ist?«

»Ich hatte Dieter vor etlichen Jahren mal aus der Patsche geholfen und noch 'nen Gefallen bei ihm gut. Man muss ja auch mal Glück haben, oder?«

Dieses Glück wollte Michi aufs Neue begießen und füllte die Plastikflöten nacheinander auf. Sie hob ihre eigene und prostete in die Luft. »Dann sage ich es hiermit noch mal ausdrücklich: Danke, danke und danke!«

»Das war übrigens nicht alles«, erklärte Kruse nach einem großen Schluck.

Michi sah ihren Chef prüfend an. Auch in diesem Fall langte sie nach ihrer ersten Vermutung: »Sagen Sie nicht, Brigitte Petersen erbt alles.«

»Es fehlt nur noch die Unterschrift eines Richters, aber das ist wohl reine Formsache. Und wollt ihr wissen, was sie als Erstes mit ihrem neuen Reichtum anfangen will?«

Michi nickte bereits aufgeregt, auch Ulf fiel träge mit ein.

»Sie will den alten Gnadenhof abreißen und von Grund auf neu errichten lassen. Das soll so ein richtig großes Ding werden, wo jeder, der in Not ist, sein Pferd abgeben kann. Mit reihenweise Boxen und 'ner Kammer, in der die Gäule sogar inhalieren können. Schon verrückt, was es alles gibt.«

Nach längerem Schweigen erhob Michi abermals ihre Plastikflöte, die ihr bei einem solchen Anlass inzwischen skurril vorkam. Trotzdem klang sie feierlich. »Ich denke, wir haben unseren ersten gemeinsamen Fall ganz gut hinter uns gebracht. Robert Stegemann hat komplett reinen Tisch gemacht und sogar Rocco hat nach zähem Hin und Her endlich den Mord an Alexander Bruhn gestanden. Hätte doch kaum besser laufen können, oder?«

»Kann man so sagen«, stimmte Ulf spontan zu.

Kruse hingegen ließ sich mit seiner Reaktion ein wenig Zeit. Als er mit Überlegen fertig war, umspielte ein Lächeln seine Lippen. »Warten wir mal ab, wie's beim nächsten Mal läuft ...«

»Sie sind aber auch ein alter Spielverderber«, schimpfte Michi gekünstelt und boxte ihrem Chef erneut im Spaß gegen die Schulter. »Ist einer wie Sie eigentlich auch irgendwann mal zufrieden?«

Die Antwort übernahm Ulf: »Darauf warte ich schon seit Jahren, also mach dir lieber nicht zu viele Hoffnungen ...«

Folge dem Autor auf Amazon

Wenn dir dieses Buch gefallen hat, folge Thomas Herzberg auf Amazon. Dann erhältst du eine Benachrichtigung, wenn der Autor sein nächstes Buch veröffentlicht. Um dem Autor zu folgen, gehe bitte folgendermaßen vor:

Desktop:
1) Suche auf Amazon.de oder in der Amazon App nach dem Namen des Autors.
2) Klicke auf den Namen des Autors, um auf die Autorenseite zu gelangen.
3) Klicke auf den »Folgen«-Button.

Smartphone und Tablet:
1) Suche auf Amazon.de oder in der Amazon App nach dem Namen des Autors.
2) Klicke auf einen Titel des Autors.
3) Klicke auf den Namen des Autors, um auf die Autorenseite zu gelangen.
4) Klicke auf den »Folgen«-Button.

Kindle eReader und Kindle App:
Wenn du dieses Buch auf einem Kindle eReader oder in der Kindle App liest, wird dir automatisch angeboten, dem Autor zu folgen, nachdem du die letzte Seite des Buches gelesen hast.

Zeitfracht Medien GmbH
Ferdinand-Jühlke-Straße 7
99095 Erfurt, Deutschland
produktsicherheit@kolibri360.de

Druck:
CPI Druckdienstleistungen GmbH
im Auftrag der
Zeitfracht Medien GmbH
Ein Unternehmen der Zeitfracht - Gruppe
Ferdinand-Jühlke-Str. 7
99095 Erfurt